雪原の月影

合わせ月

Tsukiya
月夜

Cover illustration
稲荷家房之介
Fusanosuke Inariya

この物語はフィクションであり、
実際の人物・団体・事件等とは、いっさい関係ありません。

Characters
登場人物
ガンチェ
戦闘種族ダンベルト人の元傭兵。皇太子を廃されたエルンストをメイセンまで追ってきて結ばれ、伴侶になる。エルンストの体液適合者。寿命は百年だが、出来るだけ長く生きて、エルンストの側にいようと決意している。
エルンスト・ジル・ファーソン・リンス・クルベール公爵
リンス国の元皇太子。少年の体のまま成長できない病、クルベール病を罹患し、位を剥奪され、最貧領地メイセンの領主になる。外見は少年だが、中身は有能な施政者。二百年の寿命を持つ長命の種族ゆえに、ガンチェとの寿命の差を悲しむ。

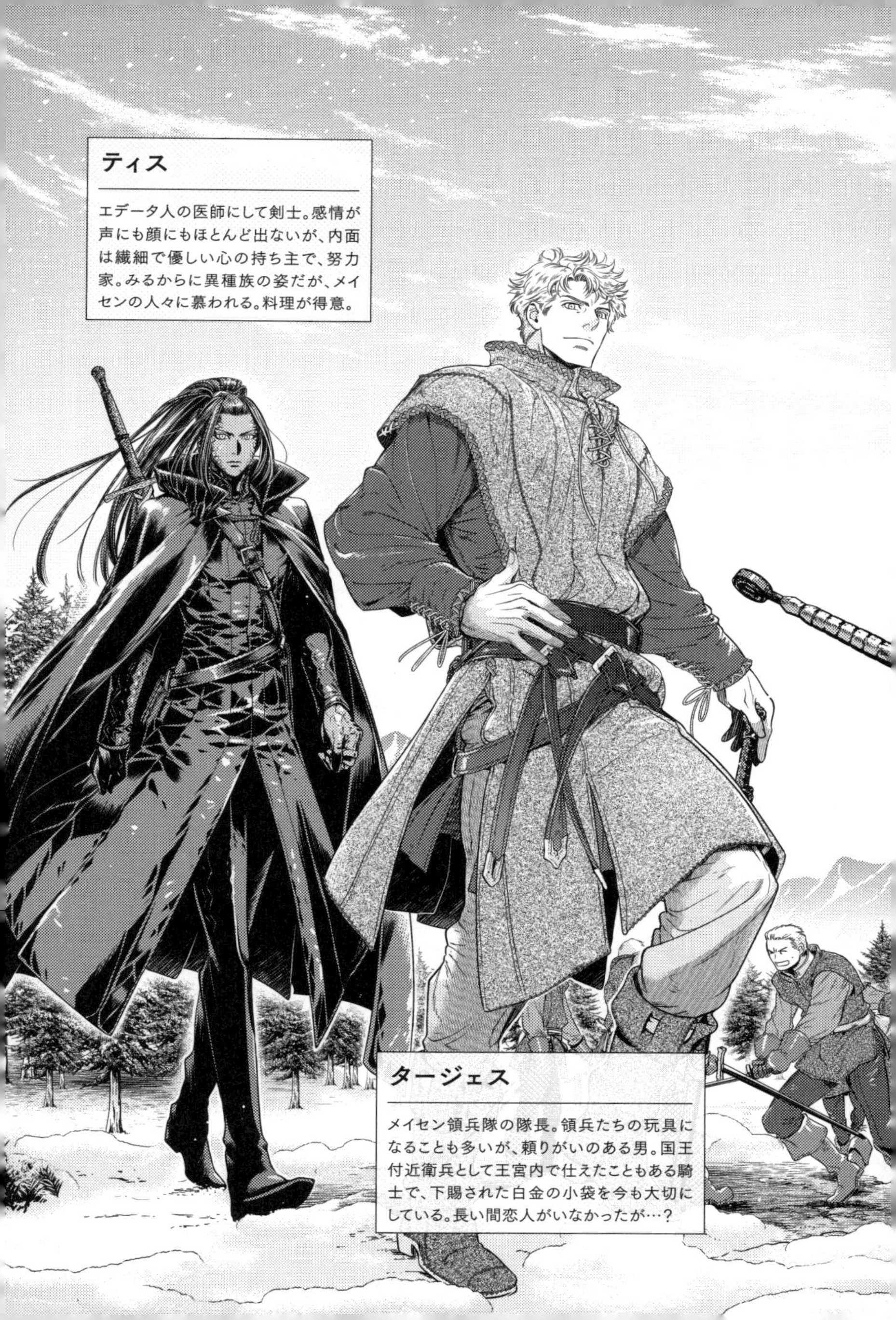
ティス
エデータ人の医師にして剣士。感情が声にも顔にもほとんど出ないが、内面は繊細で優しい心の持ち主で、努力家。みるからに異種族の姿だが、メイセンの人々に慕われる。料理が得意。
タージェス
メイセン領兵隊の隊長。領兵たちの玩具になることも多いが、頼りがいのある男。国王付近衛兵として王宮内で仕えたこともある騎士で、下賜された白金の小袋を今も大切にしている。長い間恋人がいなかったが…？

メイセン領地図
Meissen territory map
MOON SHADOW IN THE SNOW FIELD
Spider thread
リュクス国カプリ領
bee
ヤキヤ村
バステリス河
メヌ村
カタ村
ラテル村
イイト村
リンツ谷
アルルカ村
領主の屋敷
サイキアニ町
領主の館
deer
フォレア町
スニカ村
ウィス森
ヒライキ村
リンツ領
領主の館
ダダ村
王都へ
sheep
キャラリメ村
イベン村
グルード郡地
castle
王都
エグゼ山

祝祭

ガンチェの恐れ

駆けてきた馬が軽く嘶《いなな》き、脚を止める。馬の吐く白い息が、凍る大気にふわりと舞った。ガンチェは馬の首筋を撫でて宥《なだ》め、馬上から雪原を見渡す。視線の先には領主の森、見えぬ先には領主の屋敷がある。

手綱《たづな》を軽く引き、馬首の向きを変える。領主の森を背に、ひたすら続く雪原に視線を走らせる。メイセンの冬は白一色、特にこのあたりはそうだ。どの村からも、町からも遠い。広大なメイセン領で暮らす民は千人足らずだが、冬のメイセンは一年でもっとも民の数が少なくなる。

今年の雪は多い。新年はまだひと月も先だというのに雪が深い。陽光を受け、白い景色は目が痛くなるほどに輝いていた。ガンチェは痛覚を遮断し、雪の上を舐めるように見ていく。

白い、白い雪原に、獣の足跡をあちこちで見つける。足跡は小さなものから大きなものまであった。そこに異変を見つけ、ガンチェは僅《わず》かに前傾する。予想していたと言うべきか、恐れていたと言うべきか。

やはり、という言葉が一番しっくりくるだろう。異変は人の足跡だった。

「あったか」

ガンチェと並んで目を凝《こ》らしていたタージェスが言う。

「どこだ？」

「ああ。三人だな」

クルベール人の目では無理だろうと思いつつ、ガンチェは腕を上げ、指で示した。

「あれだ。向こうの森からまっすぐ、領主の森に向かっている」

足跡を辿るように腕を動かす。遠くの森を出た三人分の足跡は周囲を警戒してか、小走りに駆けているのがわかる。昨夜の行動だろう。雪は、昨日の朝から降ってはいない。

「……あれか」

この位置から足跡を見つけたのか、タージェスが手綱を引き、馬首を領主の森へと向けた。

相変わらず、この男には驚かされる。この距離で、あの足跡が見えるのか。五感に優れるダンベルト人ならともかく、クルベール人の目では驚異的な事だ。

「よし。馬は置いて森に入ろう」

タージェスはそう言うと、領主の森に向けて馬を歩かせた。

「馬を置いていくのか？」

「ああ。あの動き、訓練を受けた者だろう。馬が立てる音で逃げられるのは避けたい。おそらく、夜が更けるまで領主の森で動かないつもりだろう。ならば、夜が来る前に片付ける」

領主の森からエルンストが暮らす屋敷までは、徒歩で三時間の距離だ。雪深い今の時期でも訓練を受けた者なら難なく歩けるだろう。駆ければ一時間強で辿り着く。

今日は新月、暗闇に身を隠して動くつもりか。ガンチェの目が金の色を帯びる。

「……殺すぞ」

抑えた声でガンチェは言った。タージェスの青い目が、ちらりとガンチェを見た。

「まあ、それ以外に選択肢はないな。エルンスト様に対し、正当なる用件があるというのなら、こそこそ動く必要はない。堂々とアルルカ村の目の前を通ればよいだけだ。……昼間にな」

リンツ谷は冬になれば人を通さない。だがそれは、メイセンの民のような、普通の人々を通さないというだけだ。ガンチェは冬であってもリンツ谷を通れる。ティスも渡れる。そして、タージェスも渡るだろう。

つまり、訓練を受けた者が注意深く進むのなら、リンツ谷は冬でも渡れるのだ。

「シェルの種族だと思うか」

足跡の大きさはそうだった。ガンチェの問いに、タージェスも頷《うなず》く。

「万が一メイセンの民に見つかってもよいように、クルベール人を使っているだろうな」

クルベール人は貧富の差に関係なく、金の髪と青い目、白い肌を持つ。同じシェル郡地の種族でも銀や白の髪をした者もいるフェル人やリュクス人のように、個体差による身体的特徴を持たない。

「同じクルベール人だったとしても、メイセンの民には一発で見破られるだろう。余所者であると」

広大なメイセン領で暮らすのは千人弱の領民だ。かつてメイセン領の民は、村々が孤立し排他的に暮らしていた。だが今はメイセン領民同士、活発に交流している。

「田舎者の常識を、王都の奴らは想像もしないだろうさ」

正真正銘、王都生まれ王都育ちのタージェスが鼻で笑った。

ガンチェは森の手前で馬を止めた。タージェスも手綱を引いて馬を止め、音もなく雪の上に降りた。

森の木々から僅かに離れて立つ一本の木に、二頭の馬を繋ぐ。メイセンの馬は気性が穏やかで二頭は喧嘩もせず、大人しく繋がれていた。

タージェスが馬の首筋を軽く撫で、躊躇《ちゅうちょ》なく森へと入っていく。ガンチェも続く。二人とも、剣を鞘ごと摑んでいた。僅かな音も立てないように。

領主の森はその名のとおり、メイセン領主が所有する森で、領主の許しなく入ってはならない。この森に、自由に出入りできるのはガンチェだけだった。

森の奥へと進む。人の手が入らない森は冬でも鬱蒼《うっそう》としていた。

「ガンチェ」

かけられた声で足を止めた。タージェスが足先で抉《えぐ》れた土を示す。

背の高い木々が雪を受け止め、領主の森は外より雪が浅い。その上獣が多く、雪は常に踏み荒らされていた。

「焚火の跡だな」

火を囲み、捕らえた獣を食べたのだろう。周囲に小さな骨が散乱していた。

「兎か……？　それにしても大胆だな、火を熾《おこ》すとは」

タージェスが呆れたように笑う。確かに不用心だ。煙は遠くからでも目に付く。

もっとも、領主の森を視認できる位置に暮らしている民はおらず、冬でも鬱蒼と生い茂る森の中では煙はそれほど高く上がらなかっただろうが。

ガンチェは森の奥へと視線をやり、鼻と耳を働かせる。

「……獣が邪魔をするな。臭いも音も感じない」

正確には、不審者が立てる臭いと音を感じない。領主の森には木々や土の臭いに混じって、多種多様な獣の臭いが充満していた。ダンベルト人の鼻を利《き》かせていては耐え難いほどに。

「だが、近くにはいない。それは確かだ」

ガンチェは意識して、鼻と耳の感覚を抑えた。獣の鳴き声や唸《うな》り声で、耳も働かせてはいられない。

タージェスは焚火の跡を蹴って、燃え残った木の下から何かを取り出していた。小石ほどの大きさの何かを足で踏みつぶす。

「サンダンだ」

「……何だ？」

タージェスは踏みつぶしたそれから足をどける。黒く焦《こ》げた石に見えたが、踏みつぶされたものからは赤い何かが出ていた。

「木の実か？」

「いや、練り玉だな。材料は薬草や木の実や干し肉だ。

そういう物を潰して乾かして粉にして、そして練って小さな玉にする。軍が使う携行食だ」

「軍……」

「俺が知る限り、シェル郡地の国軍はこの携行食を使う」

シェル郡地はリンス国とリュクス国、そしてシルース国の三国があるが、厳密に言えば、地下にはヘル人が築いたコビ国もある。

「コビ国も含む、か？」

「あの国に軍隊はいない。雇われた傭兵ばかりだ」

「傭兵は使わないか」

「お前は知らないだろう？　ということは、傭兵が使う代物《しろもの》ではないということだ」

グルード郡地の種族として生まれたら、ほぼ全ての者が傭兵となる。全員と言っても過言ではないだろう。ガンチェも傭兵として十年以上を過ごした。だが、携行食など使ったこともない。

「軍隊以外では？　物資が流れているとか、一般にも売られているとか」

「ないな。横領するにしても、もっと金になるものを狙う。軍隊を動かすには有効な携行食だが、旨くはないし腹も膨れん」

軽くて小さくて運びやすく、味は悪いが力は漲《みなぎ》る。タージェスが言わんとするところを覚《さと》り、ガンチェはひとつ頷いた。

「……ということは、軍人か」

「騎士ではないな。歩兵だろう」

リンス国で騎士とは、貴族に次ぐ位だ。基本的に気位が高く、汚れ仕事はしない。

「現役の軍人だと思うか？」

「いや？　堕ちた兵士だ」

にやりと笑ってタージェスが言った。

「それも……元、リンス国軍だな」

「……なぜ、そう言いきれる？」

シルース国にもリュクス国にもクルベール人はいる。そうではなくてもリンス国からクルベール人を招き入れ、訓練し、使うことは可能だ。

「サンダンはシルース国軍もリュクス国軍も使うが、中身が違う。こういう、中が赤いのはリンス国軍だけだ。中にジナルの実を入れているからな。おかげで多少、味がいい。だが……」

タージェスは身を屈《かが》め、潰したサンダンを指先に擦りつける。

「わかるか？」

赤く染まった指を、ガンチェの顔に近づけた。ガンチェは意識して、鼻を働かせる。

ぴくりとガンチェの眉が跳ね上がる。

「……薬草か」

「よくない類《たぐい》の、な」

タージェスはそう言うと、木の幹に指の汚れを擦りつけた。

「……脱走兵だと思うか？」

「まさか。そうだとしてもこんなところに来る意味がない。軍隊から逃げ出して、走っていたらメイセンに辿り着きました、なんていう場所じゃないだろう？」

メイセン領に思わず紛れ込んだ者たちではない。それはガンチェにもわかっていた。思わず渡ってしまう気軽さが、あのリンツ谷にあるわけがない。渡り慣れたメイセン領の民でさえ、生き死にを覚悟して渡る谷だ。

リンツ谷を渡ったのは日中だろうが、メイセン領に入ったのは夜だ。闇に紛れてアルルカ村の前を通り過ぎ、森で潜伏《せんぷく》する。アルルカ村の前を通ったのはおそらく、三日前だ。吹雪に紛れて進み、歩いた跡もすぐに雪で消えた。

あまりに人がおらず油断したか。潜伏した森から領主の森までの移動も、降る雪に紛れていれば発見が遅れただろう。この領地が、クルベール人ばかりならば。

ダンベルト人と、クルベール人の皮を被った領兵隊長を数に入れていなかったのが間違いだ。雪に紛れようとどうしようと、この地に足を踏み入れた不審者を見逃したことはない。

「まずは捕らえて理由を聞くか」

「理由と言うか、雇った人物の名を聞き出す」

「お前の予想は？」

「馬鹿な貴族」

「馬鹿じゃない貴族がいるのか」

エルンスト様以外で。ガンチェが目でそう語れば、タージェスも目で同意を示した。

「権力と金と行動力のある馬鹿な貴族が誰なのか、知る必要がある」

森に人が踏み均《なら》した道はない。領主の森は、メイセン領民なら誰もが避ける場所だ。領主の森にあるのは獣道だけで、人ならすぐに迷う。メイセンの民で領主の森を迷わずに歩けるのはガンチェだけだろう。

ガンチェは注意深く森の中を進む。折られた細い枝先、踏まれた下草、抉れた土、汚れた石。これが獣の仕業《しわざ》か、人の痕跡かを見極める。焚火の跡から人の動きを追う。迷いながらも着実に、領主の屋敷に向かっていた。

ガンチェは大木を前に動きを止めた。タージェスも止まり、先を見る。この先をもう少し進めば森を出る。森を出た先には広い雪原、遥か向こうに領主の屋敷が見えるだろう。

鬱蒼とした森の中にまで雪が降り込むのは稀《まれ》だ。森を出ても、今日は雪が降っていない。だがしかし、今夜は吹雪《ふぶ》く。メイセン領兵隊第一小隊長ブレスの読みでは今夜、メイセンは激しく吹雪く。

不審者は雪を待っているのだろう。吹雪けばこれ幸いと駆け出し、領主の屋敷を目指すつもりか。そうして、小さな領主に刃を向けるか。

ガンチェは強く、手を握り込んだ。

「待て」

タージェスの抑えた声が背後から響く。

「俺が行く。お前は上だ」

意図を理解し、ガンチェは無言で頷いた。

ガンチェは大木から離れる。タージェスは大木を廻り込んで歩いていく。身を隠そうとはせず、剣に触れてもいない。散策をしているような気軽さで、タージェスは歩き続けた。

相手の武器が剣だけとは限らない。槍や弓、飛ばせる武器を持っている可能性もある。だがタージェスの歩き方、纏《まと》う空気に変わりはなかった。

肝《きも》が据わっている。そう、思う。スート郡地の参戦者だ。戦闘種族グルードと、優れた剣士システィーカが犇《ひし》めき合って戦う場所に、ひ弱なクルベール人が剣を抜いて立ち、生き残ったのだ。タージェスの強さ、そして肝の据わり方に敵《かな》うクルベール人などいないだろう。

ガンチェはタージェスから視線を外し、冷たい風を切って飛んだ。敵は三人、クルベール人如《ごと》きにタージェスが不意打ちを受けることもないと確信していた。

雪を落とさないように、飛ぶ。ダンベルト人は僅かな足場で空を駆ける。月の狼、それがダンベルト人の異名だ。

枯れているのか、それとも、落葉樹の名のとおりか。葉を落とした木を見つけ、足場とする。飛んで、飛んで、次を目指す。ガンチェは音もなく太い枝に飛び移り、息を潜《ひそ》めた。気配は消したまま、下を見る。

タージェスが、三人の不審者に剣を向けられていた。

「何者だ！」

野太い声が森に響く。タージェスの軽い声がそれに被さる。

「それは俺の言葉だ。……何者だ？」

タージェスの両手はだらりと垂れ下がったまま、剣に触れず、構えてもいない。だが不審者たちは油断することなく、タージェスを囲んでいた。剣の向け方、三人の立ち位置、周囲への警戒、訓練を受けた者のそれだった。

「俺たちが何であろうとお前に関係はない！」

「それがあるんだな。俺は、メイセン領兵隊だ。メイセン領を守る義務がある」

三人の中でも順位があるのか、対応しているのはひとりだった。

「……仲間は？　他の隊員はいるのか」

「あいにくと、俺ひとりだ。非番でな」

タージェスの言葉を信用していいのか図りかねているようだが、少なくともひとりの肩から力が抜けるのをガンチェの目が捉えた。

「休みの奴がこんな場所で何をしている」

「狩りだ」

「……弓矢も持たずに？」

はっ、と男が笑う。

「それがいいんじゃないか。弓矢を使えば簡単に狩れる。だが、そこをあえて剣で行う。困難をやり遂げれば達成感が得られる」

すばしっこい兎も剣で仕留めるタージェスが、ははっと笑って続けた。

「さて、次は俺の番だ。お前たちは何者だ？　ここで何をしている？」

「……素直に言うと思っているのか」

「思ってはいないが、聞かせてくれてもいいんじゃないか？　どうせ、俺は殺されるんだろう？　ならば教えてくれてもいいじゃないか」

よくわからない理屈もこの男が言うと説得力がある。特に、こういう場面では。三人の男たちが迷う様子を見せた。

「あれは何だったんだろうと、気掛かりを残したまま死ぬのは嫌だ。恨みが残って俺の心はこの地に留まる。

お前たちについていくかもしれんぞ」

男のひとりがうぐっと詰まる。おかしな話だとガンチェは内心、鼻で笑う。

死んだ者が心を残す。それはシェル郡地の考え方だ。グルードは違う。死ねば終わり、何も残さず消え失せるだけ。あちらの世も、次の世界もない。生まれ変わりを信じているのもシェルの種族だけだ。

だが……。

高い木の上から遥か彼方の屋敷を見た。ガンチェの逸《そ》れた意識を、男の声が引き戻す。

「い……いいだろう！　教えてやろう！」

男が虚勢を張って話し出した。口の端が歪《いびつ》に上がる。

死んだ者が怖いのに、よく軍隊なんかで生きていられたなと思う。いや、生きてはいられなかったから軍を抜けたのか。

リンス国には内乱も戦争もない。国軍が担っているのは国境警備と、街道を襲う盗賊の討伐だ。国境警備はともかく、盗賊の討伐には命の危険もある。だが、ガンチェにしてみればお遊びみたいなもので、それはタージェスも同じだろう。

器《うつわ》が違う。踏んだ場数が違いすぎる。ガンチェは枝に腰を下ろし、タージェスを見た。

「お前らの領主を始末しに来たのよ！　とあるお方がな、メイセン領主の命を御所望だ！」

笑う男の声が森に響く。命を奪われるのは嫌で、奪うことにも慣れてはいない。人を殺したことはあるのだろうか。剣を握る男の手が震えていた。

「とあるお方とは、誰だ？」

「それは言えん！」

言えないと言いつつ、目が泳ぐ。当然か。人は、自分が知る情報を他人に話したがるものだ。自分しか知らないと思っていれば尚更に、口に出したがる。

誰だか知らぬが馬鹿を雇ったものだ。グルードの種族なら絶対に、取り交わした契約を口にしたりはしない。

「まあ、いいじゃないか。その方の名前を知ったところで、俺にはどうしようもない。それに、こんな田舎で暮らす俺が、御貴族様の名前など知るはずもないだろう？」

タージェスにそう言われ、男が微《かす》かに首を傾げた。

「……それも、そうか。お前如きが王都で暮らす貴族を知っているはずがないか」

その男は王都の生まれだぞ。位は騎士で、元近衛兵だ。軍隊の中でも特に、貴族に近い存在だ。気配は消したまま、ガンチェは苦笑を浮かべた。

タージェスを見て、田舎育ちの領兵隊だと思い込めるのがすごい。中身を知っているガンチェでも、無言で立つタージェスには近寄りがたい気品を感じる。顔の造作はもとより、体の造りからして平民とは違う。言いたくはないが、全てにおいて完璧な調和を感じた。

国軍の歩兵には農民が多いと聞いた。中には戸籍を持たない奴隷も多いという。つまり、学がない。タージェスを出会った場所、国境の辺境地メイセン領の出身者と信じて疑っていない男は愚かにも雇い主の名を口にした。

「俺たちを選び、雇ってくださったのは……」

男が雇い主の名を口にするのと、タージェスの抜いた剣が男の首を胴から切り離したのは同時だった。

タージェスは話していた男の首を切り落とし、返す刀で右手に立つ男の胸を切り裂く。だが、ひとりを取り零《こぼ》した。残ったひとりはタージェスに向かっていくことはせず、森の中を駆け出した。ガンチェは木を蹴って空を飛び、逃げる男の前に飛び降りた。

雪交じりの土の上に両足が着く前に剣を抜いていた。男の荒い息遣いがすぐそこにあった。ガンチェは背中でそれを聞きながら身を沈め、握った剣を水平に動かした。大きく右足を後ろに引き、剣の軌道を大きな弧《こ》に変える。男は、突然目の前に現れたガンチェに足を止められず、自ら切っ先に突っ込んできた。

男の青い目が驚愕に見開かれる。絶望の色を浮かべることさえできず、その形のまま絶命した。

「……どうする？」

転がる遺体を前にガンチェが問う。

「土に埋めてやりたいが……素手では難しいだろう」

タージェスが踵《かかと》で雪を蹴る。分厚く重なる葉のせいで森の積雪は少ないが、メイセン領の冬は大地が凍りつく。

「金か何か知らないが、人に害を為そうと思えば返り討ちに遭う覚悟くらいはしているだろう。まともに死にたければまともに生きるしかない」

剣を振って血を落とし、タージェスが鞘に収める。ガンチェも同じようにして、僅かについていた血を落とした。

互いに汚い世界を見てきた。筆舌に尽くしがたい惨《むご》い場面も見てきた。楽しく酒を酌《く》み交わした相手が翌日には惨たらしく死んでいる。死ねば、終わりだ。人格も何もなく、ただの肉塊と化す。戦場で斃《たお》れたら、葬られる前に踏み荒らされる。

タージェスが元来た道のほうへ、歩き出す。

「御屋敷に戻るぞ。早くしないと陽が落ちる」

ガンチェも男たちに背を向け、歩き出す。人も獣も死ねば同じ。生きた獣の餌食《えじき》となる。

「……知っている貴族か」

途中から駆け出した。ブレスの天候読みはガンチェも信用している。ブレスが吹雪《ふぶ》くと言えば、吹雪くのだ。今夜、必ず。

ガンチェの足に、タージェスもついてくる。クルベール人のくせに足まで速い。む、として、速度を上げる。

「知っているな」

平然と口まで利けるか。倒れて朽《く》ちかけた大木を飛び越える。大木に片手をついただけでタージェスも飛び越えた。

「奴らがまともに除隊していたとしても、三人合わせてダンベルト人ひとり雇えんくらいの金で使われただろう。脱走兵ならもっと安上がりだ。金に飢えて、半端な金にでも飛びつく」

「そのくせ、命を奪う覚悟がない」

「ああ、慣れてはいない。威勢だけに騙《だま》されたか。兵士ならできるとでも思ったか。何事も慣れるまでには経験が必要だ。それが人殺しなら、慣れと強い精神力が必要になる」

十歳で独り立ちし、傭兵として生きてきた。ガンチェが奪った命の数はいくつだろう。数えてはいない。数えながら生きてはいけない。

タージェスはどうなのか。傭兵となり、ガンチェよりも長い時を生きている。おそらくはティスよりも長い時を、タージェスは傭兵として生きてきた。それだけの年数に相応《ふさわ》しい数の命を奪っている。

タージェスが白い息を吐きながら、肩で息をし始める。ガンチェは僅かに足を緩め、速度を落とす。

「エルンスト様にお知らせするか」

タージェスを振り返る。

「いずれは、な」

乱れた息の下、タージェスが沈んだ声で答えた。ガンチェも思いは同じだ。無言で頷く。

……余計な心配をさせないため。

聞こえのいい言い訳は、後の禍しか生まない。

だが、それでも、これ以上の重荷をあの小さな肩に載せるのは心が苦しい。降ってくる火の粉は叩き落とせる。今はまだ、この体は十分に働けるのだから。ガンチェは自分の手をじっと見て、ぐっと握り締める。

エルンストには不安など微塵《みじん》も感じずに過ごしてほしいと願うのだ。

「……戻ろう」

いつの間にかガンチェの足が止まっていた。通り過ぎざま、タージェスがぽんっとガンチェの肩を叩く。ガンチェが抱く恐れを、この男もまた抱えているだろう。天はいつも、残酷な偶然を突きつける。

ふたりとも無言で森の中を歩いた。吐く息が白い靄《もや》になって舞う。踏み締める雪がだんだんと深くなり、やがて領主の森を出た。出た瞬間に足が雪に埋まり、タージェスと顔を見合わせ乾いた笑い声を上げた。

ふと空を見上げると、陽光を弾きながら新しい雪が舞い降りてきた。きらきらと輝く雪片。ガンチェにもわかる。これは、吹雪く前兆なのだ。

「急ぐぞ。備えなければ隊舎が潰れる」

タージェスが手早く馬の手綱を木から外す。ガンチェも外し、馬に飛び乗った。馬はガンチェの体重を難なく受け止め、歩き始める。いくらか歩かせてから、速度を上げた。

深い雪原を馬が駆け出す。騎馬になればタージェスは速い。ガンチェよりも速い。さすがは騎士だと思う。だが、ガンチェも負けじとついていく。

騎馬は、馬の力がものをいう。そう断じるのは愚か者だ。馬の力と人の技。これが一体となって力を発揮する。タージェスは風のように駆け抜けた。

メイセン領兵隊中隊長のロウと、その配下の領兵に馬を預け、ガンチェは屋敷に向かう。タージェスは自分で馬の面倒を見る。騎士は馬と離れがたいのか、自分が乗った馬の世話を誰かに任せているのを見たことがない。

屋敷に入る手前で足を止め、ガンチェは空を振り仰ぐ。森を出たときはきらきらと舞い落ちるだけだった雪が、ぼとぼとと水分を含んだ塊《かたまり》で落ちてくる。

水分を含んだ雪が、既《すで》に降り積もった雪の上に落ちる。夜半には凍るだろう。凍った上に、さらに雪が落ちてくる。重い雪は屋根を押しつぶす。直しはしたが、西の一角に穴を空けられたのは昨年の冬だった。

屋根に上り、雪を下ろす。屋敷の広い屋根はメイセン領の厳しい気候に晒《さら》され、あちこちが脆《もろ》くなっている。踏み抜いてこれ以上の損害を与えるわけにはいかない。慎重に、足を進めた。

どさどさと雪を下ろしていくそばから、どかどかと雪が降ってくる。雪下ろしに意味がないとは思わないが、これほどまで雪が降り積もっていくと無駄なことをしている気にもなってくる。とにかく、今ある雪を下ろす。明日の朝までもてばいい。

派手な音と悲鳴が聞こえ、ガンチェは屋根の上から領兵隊舎を見た。屋根が落ちたか、幾人もの領兵が外へと飛び出してくる。

「備えるんじゃなかったのか」

ガンチェは腰に手をやり、苦笑交じりに呟《つぶや》いた。タージェスが何事か叫んで、率先して屋根に上っていく。その手には数枚の板を持っていた。隊長自ら屋根直し、メイセン領兵隊では見慣れた光景だった。

手を貸してやろうかと身を乗り出しかけたが、間に合っているなと見てやめる。若い領兵が幾人も、タージェスを追いかけ屋根に上っていた。あれだけいればどうにかなるだろう。

気位が高いはずの騎士様も、メイセン領では土に塗《まみ》れる。いや、あれもタージェスだからか。あの男に気位の高さを感じたことがない。

面倒見がいいのだろうか。いつだったかガンチェがそう言うと、第一小隊長のブレスが笑いながら言った。あれはただの子供だ、と。

そう言われてみると、タージェスが時折挟み込む訓練には遊びの要素が多かった。小隊ごとに点数を競って戦う。馬で駆けて、足で駆けて、陣取り合戦。これがかなり盛り上がり、楽しみにしている領兵が多い。エルンストが参加したくてうずうずしているのが困りものだが。

ガンチェは苦笑して屋根から降り、肩に積もった雪を払って屋敷の中に入った。

エルンストとの夕食を終え、風呂の用意をする。十分に風呂場が温まったのを確認して、エルンストを迎えに行った。私室にいるかと思ったがおらず、もしやと執務室に向かった。

もう少し、そう言うエルンストを説得する。ガンチェがいなければエルンストはずっと仕事を続けるんじゃないだろうか。ふと、そう思うことがある。

ぐずる年上の伴侶を片手で抱え上げ、冷えた廊下を風呂場に向かって歩いた。

支度部屋で服を脱がせ、風呂場で小さな体を丁寧に洗う。お返しにと、エルンストはガンチェの頭を洗ってくれた。

そして、何の脈絡もなくエルンストが言った。

「賊は、領主の森か」

エルンストの背に触れていたガンチェの指が、びくりと跳ねる。いつものことだが、この方の突然の言葉に反応しすぎてしまう。うまく隠し事ができた試しがない。

ガンチェは観念し、立ったままのエルンストを見上げた。

「……お気づきでしたか」

「ふむ。タージェスと狩りに行ったのに、ふたりとも何も得ずに戻ってきた」

ガンチェは何も言わず、エルンストの細い肩に湯をかけた。泡を流し、湯船に入る。熱い湯に浸かると、ふたり揃って息が漏れた。

エルンストはガンチェの肩に頭を載せ、ふぅと溜め息をついた。

「ガンチェには苦労をかける」

湯気の中、エルンストの青い目が濡れているように見えた。

「なんの。こう見えて、私はとても強いのですよ」

腕を曲げて力こぶを作ったら、エルンストがその硬い筋肉に指を這わせた。

「ガンチェは強い」

「はい」

「だが、ガンチェはひとりだ」

「……はい」

ひとりでできることは限られる。自分は万能だと高慢になれるほど、ガンチェは世間知らずでも若くもない。戦場を知っている。戦い抜いた過去がある。己の、力の限界も見せつけられた。

「ティスもいます。隊長だって力になりますよ」

エルンストは頷き、ガンチェの肩にするりと両腕を回した。

「みんな、エルンスト様をお守りします」

「守りきれぬときは……」

「ありません。守りきれないときは、共に斃《たお》れるだけです」

置いて、逃げることはしない。エルンストのいない世界で、僅かにでも生き長らえたくはない。

「……時と共に、私に脅威を感じる者は少なくなっていくだろう」

この方に野心があると見る輩《やから》が多すぎる。権力に溺《おぼ》れる者は、誰もが己と同じように権力を欲すると思うものだ。

エルンストがメイセン領主でいたいのだと誰もが信じるまで、あとどれほどの時を要するのだろう。

エルンストの細い指がガンチェの腕を撫でる。

「だが……私を利用できると思う者は、増えていくであろう……」

それはガンチェもタージェスも懸念していた。

これまで倒した襲撃者の目的は、ふたつあった。ひとつはエルンストを殺すこと、もうひとつは、攫《さら》うことだった。

陸の孤島メイセンは隔離された島などではなく、万人からエルンストを守る盾を持たない。

ガンチェは腕の中の小さな体をぎゅっと抱き締め、その熱さに慌てて立ち上がる。長湯しすぎたのか、抱き上げたエルンストの白い肌が熱を持っていた。

「大丈夫ですか？」

「ああ」

体調を聞きながら、エルンストが口にする大丈夫ほどあてにならないものはないとわかっていた。自らの体調の悪さを完璧に隠す人だ。それが身に沁みついているとも言える。皇太子が咳のひとつでもしようものなら上を下への大騒ぎだったのだろう。

ガンチェは足早に支度部屋に入り、柔らかな布でエルンストの体を拭《ふ》いた。薄い夜衣を着せ、自分も身に纏う。エルンストにはさらに、分厚い外套も着せた。

片腕に軽い体を乗せ、空いたほうの手で剣を持って支度部屋を出る。屋敷の中でも剣を手放すことはない。


空気の凍った廊下を歩く。外気温よりは少しましという程度の暖かさだった。

「御屋敷中の暖炉に火を入れたら、廊下も暖かくなりますかね？」

「かつてはそうであったかもしれぬが……隙間風が多く、この屋敷では難しいであろうな」

「暖炉の前に修繕ですか」

「修繕するより建て替えたほうが早いかもしれぬ」

もう寝入ってしまっただろう使用人に気を遣い、小さな領主が密《ひそ》やかに笑う。

「建て替えますか？」

エルンストが凍えずに済む屋敷が欲しい。ガンチェの声が弾むのを聞いて、エルンストが苦笑する。

「金がない」

「……修繕は」

「そちらも金がない」

適当でいいならガンチェでも直せるが、適当が過ぎて東棟の一角に大きな穴を空けてしまった。メイセンの強風を侮《あなど》りすぎたのが原因だ。

「それに、領主の屋敷より領兵隊舎を建て替えてやらねばならぬだろう？」

「あちらは好きにしますよ」

分厚い扉を開き、エルンストとガンチェの私室に入る。暖炉の火は赤々と燃え、部屋は暖かかった。エルンストを分厚い敷物の上に下ろし、外套を脱がせる。ガンチェも剣を椅子に立てかけ、エルンストを膝に抱いて暖炉の前に座った。

「やはり、職人を呼ぼうと思う。メイセンに数年滞在させ、その間に最低限の職人の技術をメイセン領民に学ばせたい」

メイセン領民の中に家を建てられる者はいない。かつてはいたが、今はいない。領民は皆、百年以上前に建てられた家を修繕しつつ暮らしていた。それも難しくなった村は自ら家を建てていたが道具もなく、粗末な小屋としか言いようのないその家はメイセン領の冬に耐えられず、数年で崩れる。崩れた家を薪《まき》にして、使える材木を利用してまた家を建てる。そして崩れて薪にして……この繰り返しだった。

「何が違うんでしょうね……」

ガンチェも家づくりを手伝うが、何が悪いのか誰にもわからなかった。しっかり建てたつもりでも、ひと冬を過ごせば柱が歪んでいた。

「何かが違うのだろうな。我らが見過ごすような些細な決まり事、そのようなものが後に生きてくる要《かなめ》となるのかもしれぬ。ガンチェもそうであろう？　剣の扱い方にばかり目がいくが、足の動きが大事だと教えてくれたではないか」

エルンストが笑って見上げてくる。ガンチェは秀でた額に口づけを落とす。

「家を建てる職人と……鉄を鍛《きた》えられる職人も呼べたらいいですね。システィーカ郡地の鉄を使った農具ですが、いずれ修繕が必要となってくるでしょう？」

「ああ、そうだ。今は外から得ているものをできるだけ多く、メイセン領で得られるようにしたい。材料を外から運んだとしても、加工はメイセンで行うのだ。そのためにもまずは、修繕だな。修繕の技が身に着けばいずれ、材料を加工して自分たちで作り出すこともできるようになるだろう」

リンツ谷を整備し、リンツ領やその向こうの領地、王都も含んだリンス国内全ての領地を相手にメイセンの産物を売る。リュクス国カプリ領との物流も活発に行い、太い繋がりを持つ。

エルンストが脳裏に描くメイセン領の将来図は、外との交流でより多くの金を得るものだった。

「エルンスト様は、メイセンを商業地にされるおつもりですか？」

「いや……」

エルンストは静かにそう言って、首を横に振った。

「だが、いずれはそうなるであろう」

「いずれ……」

「そうだ。私がどう手を打とうとも、人は易《やす》きに流れるものだ。地を耕《たがや》して一年で得られる糧と同等のものを、一度の商売で得られるとわかればそちらに傾く。メイセンの民が増えれば商人も増える。土に塗れて生きる農民より、一見優雅に見える商人のほうが裕福となる。これでは不満が溜まり、民は土に根差して生きることを放棄する」

「だから、メイセン領は商業地になると……？」

「そうはならぬように、民の位《くらい》替《が》えは簡単には行えないのだ。だが、より多くの民が望めば、そこに商機を見出す者が必ず出てくる。つまりは……金貸し業だ。そして、おそらく、位を替えさせるための代行業も成り立つ」

現在のメイセンで金を貸すことを主な生業《なりわい》とする商人はいない。だがもちろん、王都には掃いて捨てるほど存在する。

「商業地になるのは駄目ですか？　スミナーカ領みたいに、メイセン領が裕福になると思うのですが」

狭い領地しか持たないスミナーカ領だが、王都の隣という立地条件を最大限に生かし、商業地として大成功を収めていた。現スミナーカ領主であるカタリナ侯爵は、リンス国王を凌《しの》ぐ財力を持つと囁かれている。

「王都の隣地であり、周囲を自国領に囲まれているスミナーカ領が農を捨てるのはまだよい。だが、メイセン領はならぬ。領民全ての口を賄《まかな》えなくなったとしても、できるだけ長く、農を手放してはならぬ。王都からこれほど遠く離れ、国境地でもあるメイセン領は、何が起きてもひと月は耐えられるだけの自給力を備えていなければならぬ」

そう言って、エルンストは暖炉の炎をじっと見た。

「贅沢を言えば、一年は自力で生きられるだけの力は持ち続けたほうがよい。そうでなければ弱みを作る。飢えた民を抱えていては選択肢が限られる。外敵からの……脅しに」

「……外敵とは、リュクス国ですか」

国境地であるメイセン領が接しているのはリュクス国だけだ。シルース国は遠く、グルード国は国の体《てい》を成していない。

ガンチェは膝に載せたエルンストの腹に手を回し、領主と同じように暖炉の炎を見た。

「現時点で考えれば、敵となり得るものはリュクス国とリンス国だが、時が移り変われば敵も変わる。どのような敵が何を仕掛けてこようとも、戦えるだけの力は持たねばならぬ。だがそのとき、民が飢えていては戦うこともできぬ」

エルンストの言葉に、ガンチェは首を傾げた。

「エルンスト様……リンス国は、その……この国ではありませんか……」

渡るに険しいリンツ谷に隔てられているとはいえ、

メイセン領はリンス国の領地だ。メイセン領の民が自国ではなく、バステリス河を隔てた先にある他国に親近感を持つように、エルンストの心も変わったのだろうか。

ガンチェが眉を寄せて考え込むと、エルンストの細い指がその眉を撫でてくれた。

「国と領地は時に敵対する。領地の事情など考えもせず、国は無理難題を言ってくることがある。そうではなくとも簡単に切り捨てられることがある。そうはならぬよう、今、メイセン領の価値を上げようとしているのだ。だが、いくら価値が上がろうとも、それで新たな弱みを作ってはならぬ。……メイセン領が農を捨てたとき、外から得られる食糧に全てを頼ることになる。食の物流を意図的に止められれば、一日も生きてはいられなくなる。ならばと、聞けぬ無理も聞かねばならぬ」

エルンストが膝で立ち、ガンチェの頭を抱き寄せる。

「他に依存してはならぬ。信用と信頼は大事だが、それでも依存してはならぬ。金を失っても生きてはいける。鉄を失っても死にはしない。だが、食を失ってはならぬ。どれほど発展しようとも、農を手放してはならぬのだ」

エルンストの薄い背中を抱きしめる。領主の決意と、恐れも一緒に抱き締める。

「……それでも、メイセンはいずれ、農を手放してしまう？」

「そうだ。人が増えれば畑の上にも住むようになる。ひとつの畑で得られる糧より、その上に建つ商家の稼ぎが多くなれば、人は商に走る。そちらのほうが賢いやり方だと思うからだ。それ故に、農の価値を上げなければならない」

「メイセン領にはない農法を他領地で学び、メイセン領の収穫量を上げる、というやつですか？　ひとつの畑で得られる収穫量が増えればそれだけ、得られる金も増えるでしょうし」

エルンストは今、メイセン領民を受け入れてもらえるよう、いくつもの領地と交渉を重ねていた。出稼ぎとして行かせるわけではない。学びのために向かわせる。

だが、どこの領主も農を学ぶという意味を理解せず、交渉は難航していた。

「収穫量を上げるのはもちろんだが、品種改良を行い、より高く売れる農作物を作り出したい。できれば、メイセン領でのみ採れるような作物だ。そして加工を行い、年間を通じて売り続けたい」

「羊毛のように?」

ガンチェが顔を上げてそう聞くと、エルンストが笑って頷いた。

「そう、羊毛のように」

キャラリメ村の羊毛をイベン村で染色し、アルルカ村で織って敷物にする。三つの村が共同で行う産業は着実に成長していた。今では誰も、羊毛を麻袋に詰めただけで売ろうとはしない。

「芋ひとつを1アキアで売るか、10アキアで売るか。これはとても大きな問題だ。だが、この問題が解ければ農を捨てる者はいなくなる。位替えの困難さで嫌々農をするのではなく、得られるものに満足して働く。同じ時間分を作業しても、嫌々するのと納得ずくでは効果が絶大に違うだろう?」

「心と体の疲れも全く違いますよ」

領兵隊の訓練も嫌々行えば成果は上がらないし、怪我もする。だが、積極的に訓練を行う者の成長は目覚ましかった。そして、そんな者には周囲も目をかける。より多くの教えを与えられ、より一層成長する。一年も過ぎればその差は歴然となる。

「家を建てることと同じだ。必要とされない技術は遠からず失われる。完全に失った後で欲しても、復活させることは難しい。特に農地は……一年放置しただけで使い物にならなくなる」

土が痩せる。ガンチェはメイセンで暮らすようになって初めて、土を育てるということを知った。

メイセン領の民は森から落ち葉を大量に集めてきて、それを畑に混ぜて耕す。氾濫した川の泥も畑に混ぜる。そうやって、土を肥《こ》やしていた。手を掛けられなくなった耕作放棄地はすぐに使い物にならなくなる。

「仕事が違うのだ。得られる報酬が同等になることは決してない。だが、そこに誇りがあれば人は簡単に職を変えたりはしない。……そうであろう？」

エルンストはガンチェと向き合うように座り直し、細い指でガンチェの髪を梳《す》いた。

「得られる報酬が少なくとも、他に必要とされている仕事ならば誇りが持てる。自らが目指す先があるのならば、困難な道でも歩いていける」

それは正しくエルンストのことだろう。これほど困難な道を歩いている領主などいるのだろうか。この方の公爵という位があれば、本来ならもっと裕福な領地を与えられていたはずだ。

だがエルンストは与えられた領地に向き合った。今生きる民のために、これから生まれる民のために、メイセンという土地に発展の種を撒こうとしていた。

「エルンスト様の誇りはメイセン領民ですか？」

「なぜ、そう思うのだ？」

エルンストの青い目が見開かれ、驚きを示す。

「メイセン領民のために働いておられるし、彼らが暮らしやすくなるようにと心を砕いておられる。メイセン領民がよく笑うようになって、健康に肥えてきたら、それはエルンスト様の誇りになりませんか？」

「ふむ」

エルンストは少し考えるそぶりを見せ、そして、ふっと笑った。

「いや、やはり、それは違う。私の誇りと言うのならば、それはガンチェであろう。私がしていることは、ただの仕事だ。あまり大きな声では言えぬが、目の前に差し出された書類に対処するようなことと同じだ。メイセン領地を与えられたから、メイセン領主として働いている。メイセン領民の暮らしがよくなるようにと動くのは、領主に課せられた義務だからだ」

小さな手が伸ばされてきて、ガンチェの頬をくすぐるように撫でた。

「そんな私の姿を見て、ガンチェが何かを感じてくれて、私と共にいてくれる。それこそが誇りであろう？　私はいつも、ガンチェに恥じぬようにと動いている。ただ、それだけだ」

もし誰かが、国王が、元老院が、ガンチェとの仲を裂こうとしたら、国も位《くらい》も全てを捨てる。捨ててガンチェとふたり、別の国で暮らそう。

エルンストの口から何度も語られた言葉を思い出す。思い出したらふわりと花が開くように、ガンチェの胸に温かな風が吹いた。

「……エルンスト様」

小さな体をぐっと抱き締める。エルンストの細い指がガンチェの両頬に添えられ、深く口づけられた。

「私の誇りもエルンスト様です。学も身分もない。種族さえ違う武骨な私を受け入れてくださったことに感謝しかありません。私の手がエルンスト様に触れられること、こうやって、話ができること……エルンスト様が私を選んでくださったことの全てに感謝と誇りを感じています」

この思いが正しく伝わっているだろうか。少し体を離し、至近距離から澄んだ青い目を見つめる。何もかもを見透かすような青い目がふっと笑い、細い指がガンチェの脇腹に触れた。

「涙ではなく、笑顔を見せてくれ。ガンチェはいつも可愛いが、笑った顔が一番可愛い」

エルンストの小さな手がガンチェの脇腹をくすぐる。視界が霞《かす》んでいたことにようやく気づく。

ガンチェはぎゅっと目を閉じてから再び瞼を開くと、お返しとばかりにエルンストをくすぐった。皇太子殿下にこんなことを仕掛けた者はいないだろう。エルンストは敏感で、微かに声を上げて笑った。

耳に転がるエルンストの笑い声が好きだ。脇腹をくすぐり、背をくすぐり、腰をくすぐる。エルンストはそのたびに、身を捩《よじ》って笑った。

「ガンチェ、ガンチェ……っ」

はぁと息をつき、エルンストが両手でガンチェの顔を挟んだ。上体を起こして口づけながら、足を広げてガンチェの膝の上に座る。どちらも既に夜衣を脱ぎ捨てており、生まれたままの姿で抱き合った。

ぴたりと抱き合い、ガンチェは小さな尻を両手で包み込んで柔らかく揉みしだく。エルンストは回した両腕で、ガンチェの背中を撫でていた。細い腰がもぞもぞと動き、ガンチェの屹立を股間で撫でる。その動きを助けるように、ガンチェは摑んだ腰を持ち上げ、そして、落とした。

「あ……んっ……」

エルンストが仰《の》け反《ぞ》り、甘く鳴いた。

「中に？」

「なかに……」

艶を含んだ青い目でガンチェを見上げる。ガンチェは笑ってエルンストの尻の狭間に指を添わせた。

「よぉく、解《ほぐ》してからにしましょうね」

「それなりに、で構わぬ」

む、と睨《にら》まれても情に塗れていれば怖くはない。

「舐めてください」

エルンストに指を差し出す。エルンストは両手でガンチェの手を持つと、目を閉じて舌を伸ばした。

小さな舌がガンチェの指を舐める。ちろちろと舐める舌を指先で押さえ、愛しい人の口中へと潜《もぐ》り込ませる。きゅっと口を窄《すぼ》め、エルンストが指を吸った。温かい舌がガンチェの指に絡められる。金色の睫毛が震え、濡れた青い目がガンチェを見た。

エルンストの踵が寝台の上で滑り、柔らかな太腿がガンチェの足を撫でていた。

「エルンスト様……」

小さな口から指を引き抜き、代わりに舌を差し込む。些《いささ》か乱暴に舌を使いながら、濡れた指でエルンストの秘所を突いた。そして、ゆっくりと中へと押し入る。

「んぅ……」

口を塞がれたまま、エルンストが呻《うめ》く。甘い声を直接飲み込み、もっと奥へと、さらに奥へと指を潜り込ませた。

愛しい人の好きな場所がどこにあるか、ガンチェは知り尽くしている。優しく撫で、時に突き、エルンストをさらに鳴かせた。

ガンチェに順応したエルンストの体はすぐに蕩《とろ》ける。指を増やしても難なく受け止め、ガンチェを迎え入れようと完全に弛緩した。


「……エルンスト様」

目の前の光景に、いつもながら目が眩《くら》む。高貴な人の乱れた姿にガンチェは我を失いそうになる。だが、無茶はするなと自分に言い聞かせた。これも、いつものこと。ガンチェに向けて大きく足を開いたエルンストの前で腰を下ろし、細い両足を自らの膝に乗せ、ガンチェは深く呼吸をして己を落ち着かせた。

「ふっ……はっ……はぁ……ふー……」

ガンチェの呼吸音が部屋に響く。エルンストがそれを密やかに笑う。痛いほど屹立したガンチェが揺れ、溢《あふ》れた雫が敷布に落ちた。

細い足を両手で掴み、ガンチェは奥歯を噛み締める。ぷつり、ぷつりと欲が溢れ出す。粘りつくそれを指に絡め、エルンストの秘所に塗り込めた。

ガンチェは何もない空に向け、二度、三度と腰を振り上げた。硬く太いガンチェが弾み、膨らんだ頭から雫を撒き散らす。エルンストの白い腹に、白く濁った花が咲く。それを見て、ガンチェの頭の奥で火花が散った。

誰も侵してはならない宝を、自らが汚す高揚感に背が震える。これは、ガンチェだけに許された特権を目で確かめる行為だった。

「エルンスト様……っ……エルンスト様っ……」

ガンチェは太い自分を片手で掴み、エルンストの蕾《つぼみ》に押しつけた。ぐっと押しつけると、エルンストが息を詰めて飲み込んでくれた。互いに落ち着けるところまで進める。数えきれないほど体を重ね、探り当てた場所だった。

「あっ……くぅ……っ」

きつく敷布を摑み、エルンストが身を捩る。薄い背がしなり、開かれる苦しみに耐えていた。ガンチェは完全に動きを止め、エルンストが馴染むのを待った。

慣れても、楽なわけではない。クルベール病を患うエルンストの体はこの先も成長はせず、小さく、敏感なままだ。今宵《こよい》は慣れても、明日には戻る。慣れて、緩くなるということがないのだ。

ガンチェは手を伸ばし、エルンストを刺激しないようにゆっくりと、優しく、薄い腹を撫でた。自分がどこまで潜り込んでいるのかわかるほど、薄い腹だった。それをゆるゆると撫で、縮こまってしまったエルンストの茎を優しく摘《つま》む。

「んん……っ……」

未熟だが、感じるのだ。常には吐き出すこともないが、それでも感じるのだとわかる。揉んで、撫でて、摘んで刺激を送る。小さな玉も指先で捏《こ》ねると、苦痛に寄せられていたエルンストの細い眉が解れていった。

やがて、とろんと蕩けた青い目でガンチェを見上げた。目で先を促され、ガンチェは頷いて腰を進めた。

「あぅっ……」

甘く鳴き、細い首を反らす。身を屈めてその首に吸いつき、さらに奥へと腰を入れた。

「あんっ……もっと……っ……ガンチェ……もっと……」

甘い声でねだり続ける。可愛い人。随分《ずいぶん》と年上で、ガンチェなど足元にも及ばないほど大きく、深い人。だけど寝台の上では途轍《とてつ》もなく、可愛いと感じるときがある。

たまらず口に吸いつき、舌を潜り込ませた。手を伸ばして金の髪を掻き乱すようにして頭を撫で、最奥《さいおう》に頭を着ける。ぐりぐりと腰を捻じ込み、奥へと吐き出した。

「…………っ！」

嬌声《きょうせい》は喉の奥で受けた。ガンチェの呻きはエルンストに飲み込まれた。ガンチェの腹を、エルンストが微かに濡らす。

今日は達《い》ってくれたか。達くほど悦《よ》かったか。そう思うとより一層腰が震え、続けざまに注いでいた。

雪嵐は翌日も続いた。一日吹雪き、さすがのガンチェも屋敷に籠《こも》る。エルンストは天候に関係なく、執務を行っていた。午前中を執務室で過ごし、午後からはガンチェと共に過ごす。

赤々と燃える暖炉の前に座り、エルンストと語らう。ふたりの私室には厚い敷布がある。暖炉の前の敷布は、ガンチェが仕留めた獣の毛皮で作った。

「ガンチェ、私の膝に」

エルンストはそう言って、自分の膝をぽんぽんと叩いた。エルンストの太腿はガンチェの腕よりも細い。そんなところに重い頭を載せていいものか迷うが、年上の伴侶はガンチェを甘やかしたくて仕方がないのだ。

仕方がないなと苦笑し、ガンチェは敷布の上で横になった。そして、エルンストの折れそうな太腿の上に、そっと頭を載せる。

「重いでしょう？」

「何を言う。この重さがよいのではないか」

エルンストは嬉しそうに、茶色の巻き毛を撫でた。

鎧戸《よろいど》の向こうで吹き荒れる嵐の音と、暖炉で薪が爆ぜる音だけが部屋に響く。聴覚に集中すれば、屋敷で働く者たちがどこにいるのか動きを探ることはできる。だが、ガンチェは極力耳の動きを封じ、エルンストだけに意識を向けた。

これほどの雪嵐なら、不届き者もやってはこないだろう。注意を怠《おこた》り、取り返しのつかない後悔はしたくもないが、嵐の中の僅か一時ならばふたりだけの時を楽しむ。

二人きり、そう自分を騙して、どうしても拾ってしまう音を意識の外に追いやった。

「……朝は、どうやって過ごしていた？」

「今日は嵐がひどかったですからね、薪を屋敷内に運び入れるくらいしかできませんでした」

メイセン領主の屋敷にはふたりの侍従がいるが、どちらも嵐がひどくなると屋敷に閉じ籠る。侍従も侍女もみな、ふたつの町の出身者で商人の位を持つ。そのためか、外が荒れると屋敷周りの仕事は放棄しがちだった。ガンチェは、彼らが雪下ろしをしている姿を見たことがない。

「私から言っておこう。ガンチェにばかり負担がかかっている。これではいけない」

むっと眉を寄せたエルンストに手を伸ばし、頬をくすぐる。

「構いませんよ。彼らには立っていられないほど強い風でしょうし」

「だが……」

エルンストの口に指先を当て、言葉を塞ぐ。

「私は、エルンスト様に褒めていただきたくてしているのです。ですからどうぞ、褒めてやってください」

細い腰に片腕を回し、愛しい香りを吸い込む。上等な布越しにエルンストの腹に口づけると、小さな手がガンチェの頭を撫でてくれた。

「ありがとう。ガンチェのおかげで私はつつがなく日々を過ごせる」

ガンチェは目を閉じて、エルンストが頬を撫でてくれるのを感じた。

エルンストに抱き着いたまま、ガンチェは目を開く。昏《くら》く沈みそうになるガンチェの耳が、ふぅ、と微かに落とされた溜め息を拾った。

顔を上げ、エルンストの額に触れる。

「……今年は何事もなく、春を迎えられたらいいですね」

揺らめく暖炉の炎がエルンストの顔に陰りを落とす。長い冬の間、疲れと不安は澱《おり》のようにエルンストの中に溜まっていく。

「そうだな……」

二年前の冬はひどかった。第二駐屯地で雪崩が起き、植樹したばかりの木々がなぎ倒されたのだ。

冬の間、メイセン領内では頻発して雪崩が起きる。水分を多く含んだ重い雪が降る春が近くなると、危険はさらに増す。対策を練ろうにも専門家がおらず、領民の知恵で乗り切っているのが現状だ。その結果、一度雪崩が起きた場所を避けて暮らす、という程度の対策しかとれていない。それでも雪崩に巻き込まれ、被害が出る年もある。

「今年の税もぎりぎりですよね……」

金があれば他領地から専門家を呼ぶこともできる。メイセンの民を学ばせるため、外に出すこともできる。

「毎年恒例、ぎりぎりだ。いや、僅かに足りぬ」

メイセン領の国への納税は絶対だ。何を置いてもやり遂げなければならない責務だ。メイセン領が納税を遅らせるような事態に陥ることを、手ぐすね引いて待っている輩《やから》が多すぎるのだ。

エルンストはまた、ふぅと溜め息をついた。ガンチェの前以外では決して見せない姿だった。思い悩む領主など誰も見たくはないだろう。いつもそう言っては、平然とした顔で民の前に立つ。

「……私は思い悩んでばかりでみっともないな。いけないとわかりつつ、いつもガンチェに甘えてしまう」

恥じるように俯《うつむ》くエルンストの頬に手を添えて、上を向かせる。

「私もエルンスト様には甘えてばかりです。エルンスト様の前では誰よりも、雄々しくありたいのですが……」

どうしてだが、エルンストの手に撫でられると猫の仔のように甘えてしまう。頭を撫でてほしいなんて、物心ついてから一度も思ったことはないのに。

「ガンチェは誰よりも雄々しい。だが、同時に、とても可愛い」

エルンストは膝で立つと、ガンチェの頭をぎゅっと抱き締めた。

「可愛くて、私はどうしてよいかわからなくなる。こう、ガンチェを小さくして、懐に入れてしまいたいほどだ」

小さな手が、丸い球を載せるように差し出された。

「小さな人形のように?」

「そう、小さな人形のように」

そう言って笑うエルンストのほうが、小さな人形のように可愛い手足をしている。だが、その中身は誰よりも凜々しく、雄々しい。

エルンストの青い目がガンチェを見て、何かを思い出すようにふっと笑った。

「……なんです?」

ガンチェは微かに眉を寄せて聞いた。

「いや……伴侶となったばかりの頃を思い出していた」

ガンチェに背を預け、エルンストが暖炉に向かって座る。

「あの頃のガンチェは、私にしてはならぬことはないかといつも気遣ってくれていた。言ってはならぬことはないかと、よく考え込んでいた」

ぱちりと音を立て、薪が爆《は》ぜる。

「偉大なるグルードの種族は、悩まない人々だと思っていた。だが、それは間違いだったとガンチェが教えてくれた」

その頃を思い出し、ガンチェの頬が熱くなる。

「……お恥ずかしい限りです。エルンスト様を怒らせるのがこれほど難しいとは知りませんでしたから」

「可愛いガンチェに怒らねばならぬことは何もない」

「私が離れたりしなければ？」

「そう。ガンチェが私の側《そば》を離れなければ、何をしてもよい」

わざと横柄《おうへい》に答えるエルンストに、ガンチェは声を上げて笑った。

「ガンチェもあまり怒らぬほうだと私は思う。ガンチェは、自分の機嫌の取り方がうまいと思う」

「自分の……機嫌？」

意味がわからず、ガンチェは首を傾げる。

「こう、腹の奥から、もわりと立ち上る負の感情がないだろうか？　明確な理由があるときばかりではなく、風の吹き方で感じるような、不確かな感情だ。ふっと、不機嫌になる。そのような風が吹くときだ」

首を傾げたまま、ガンチェは自分の腹に触れる。

「負の感情に囚われ、気分のままに暴言を吐いたり、暴力を振るったりする者がいる。そうではなくとも、負の感情を撒き散らす者は多い。周囲は腫れ物に触らぬように、遠巻きに様子見をせねばならぬ」

領兵隊ではそういうことがよくある。多くの隊員がひとつの場所で寝食を共にするのだ。誰かの機嫌の良し悪しで隊内の空気は微妙に変わる。

そう言われてみると、タージェスやブレスの機嫌の取りようはうまいと感じた。あの明るいミナハでさえ、機嫌が悪いときはむっつりと黙り込むのだから。

「……私がそうだと言うのなら、エルンスト様こそ上手でしょう？」

エルンストが不機嫌さを見せたことはない。皇太子宮にいた頃から、エルンストの心はいつも平坦に見えた。

まるで、人並みの感情などないかのように。

「私は……訓練だな」

エルンストが、ふふっと笑う。

「私が気分のままに振る舞えば、多くの人々を命の危険に晒す。それは、決して許されないことだった」

「エルンスト様を見ていると、小さな頃からの訓練は本当に必要だなと感じます」

後ろからエルンストの肩を撫でる。

「子供を傷つけてはならないと、周囲が気遣ってばかりでは子を駄目にする。過剰に気遣われ、甘やかされた子供は、取り返しのつかない人生を歩むことになる。……メイセンのように貧しい領地で育った子のほうが、ある意味では幸せなのかもしれない」

エルンストの目が、揺れる炎を見ていた。

「……理不尽も時には必要だ。抑えつけられる苦しみは心を鍛える。幼い頃から心を鍛えておけば、成長してから武器になる。メイセン領の民が慣れぬ土地で働いていけるのは、幼い頃から鍛えた心があるからかもしれぬ」

豊かになれば親に余裕ができる。時間や、金、できた余裕を子に向ける。手を出す、金を出す、口を出す。子を思い、行われたそれらの全てが役に立つとは限らない。適度な試練は人を鍛える。鍛える場を失った子らは、甘えた大人に育つ。

ガンチェも傭兵としてあらゆる人々を見てきた。雇用主は恵まれた者たちだ。彼らがみな、エルンストのようであったとは言えない。馬鹿者が浅はかな考えで、金に任せて愚かな欲を満たす。

「メイセンも豊かになれば、金と手をかけられた子らが増えていくだろう。心だけは、柔らかなうちに鍛えたほうがよいと思うが……だが、それもまた、時代の中で移り変わってゆくだろう。今はよいと思えることも、千年経てば考えが変わる」

「千年……」

　ふっとガンチェは笑う。

「ガンチェ？」

「いいえ、時の流れが違うと感じて。ダンベルト人なら、百年先と言いますよ」

　ダンベルト人の百年は、一生。クルベール人の百年は、半生。手にした時の違いは思考の違いを生み出す。千年先などガンチェには遠い、あまりに遠い先だった。ガンチェの手を握り、エルンストがぽつりと言った。

「時折……」

　目を伏せ、軽く首を横に振る。

「ガンチェには怒られてしまうだろうが、私は時折、誰かがこの命を終わらせてくれないだろうかと思うことがある」

　後ろから、エルンストを緩く抱き締める。


「私を守ろうとしてくれるガンチェやタージェスには悪いと思うし、二人のことはありがたいと思う。だが……ガンチェより先に逝ってしまいたいと、そう、願うことがある」

　ガンチェは目を閉じ、エルンストの香りを胸に吸い込む。

「……怒らぬのか？」

「いいえ？　エルンスト様にも弱音を吐く場は必要ですから。私もエルンスト様に甘えさせていただくことがありますし、互いに弱音を吐き合って生きていきましょう。……それに、そんなことは絶対に起きませんよ。私がさせません」

　エルンストが仰け反るように首を反らし、ガンチェを見上げた。

「あまり長く離れていたくはない」

「割と長く離れることになるでしょうね」

　エルンストを抱く腕に力を込め、抱き寄せた。恐れはいつも、この腕の中にある。

踏みつけても、踏みつけても、踏みつけても、のそりと起き上がる黒い感情。

だが、それでも、なおも踏みつけ前を向く。この方の道を、塞がぬために。

「……エルンスト様、私は老衰にします」

努めて明るく言ってみた。

「周りに嫌がられるくらい長生きして、それから死にますよ。だからエルンスト様も、老衰にしてください。同じ死に方なら、同じ場所に逝けますから。そうしたら、同じ場所でまた会えますよ」

死ねば終わり、何も残さず消えるだけ。グルード郡地の死生観も、この人のためならいくらでも変えてやる。

「同じ死に方なら、同じ場所……？　興味深い信仰だな」

エルンストが、ふふ、と笑う。


シェル郡地は来世を信じているのではなかったのか。悔やみを残せば魂が残るというのは、タージェスの作り話か。

馬鹿げたお伽噺《とぎばなし》をしてしまった。ガンチェは顔が熱くなるのを誤魔化《ごまか》すように、エルンストの髪に頬を寄せた。

「だが、救いがある」

「救い……？」

「ああ、そうだ。死ねば無に帰すという考えより、また会えると信じていられるほうがよい。真実かどうかは関係ない。誰も、生き返った者はおらぬ。ならば意識を残したまま、逝った先で会いたい相手と再会できると思っていたほうが救われる」

エルンストを抱き締めたまま、細い肩に口づけを落とす。金色の髪にも口づけ、華奢《きゃしゃ》な腕を擦った。

「約束ですよ。私が迎えに来るまで、しっかりと生き抜いてください」

エルンストからの返答はなく、代わりに、薪が爆ぜる音がした。

吹雪は三日三晩続き、メイセンの民を屋内に閉じ込めた。吹雪が収まるのを待ち、ガンチェは急いで屋根に上る。危なかった。屋根の上の雪は、ガンチェの身丈を遥かに超えて積もっていた。

せっせせっせと雪を下ろすガンチェの眼下で、領兵隊舎の雪下ろしをタージェスがしていた。隊長だけにやらせてはおけないと幾人かは屋根に上ろうとしたが、分厚い新雪に足をとられ、屋根の上を歩くのにも難儀していた。そんな中、苦もなく歩くタージェスはさすがだと思う。足腰の強さが尋常ではない。あれで百歳を超えているのがガンチェには信じられなかった。

一通り雪を下ろし終え、屋根から降りる。メイセン領主の屋敷は無駄に大きく、屋根が広い。豪雪地帯に相応しく傾斜の強い屋根ではあるが、それなりに雪が積もる。それが広い屋根ならば、民の家より重く積もる。領主のいない百年間、よく崩れなかったものだと感心した。

この屋敷を建てたのは先代領主だ。政敵に敗れてメイセン領に飛ばされたが、元は権力を持つ貴族、唸るほどの金を持っていた。その金を惜しみなく使い、自分が暮らすための屋敷を建てた。ついでにと、隊舎も馬小屋も建て替えている。金をかけてしっかりと建てられた建物は強く、百年を過ぎても柱に歪みはなかったが、屋根や、常に強風が吹きつける西側の壁の傷みは目立ってきていた。

屋根から下ろした雪が屋敷の扉や窓を塞いでいる。ガンチェは扉周辺の雪を掘り、道を作っておく。冬の間、エルンストが屋敷の外に出ることは稀だ。出たとしても行先は領兵隊の訓練場か、隊舎になる。

ガンチェは雪をかいていた手を止め、屋敷を背に周囲を見渡す。

　メイセンの冬は、民に苦難を与える。畑から得られる作物は消え、獣を狩るにも道具がない。森や山に分け入ろうにも冬に実をつける木々はなく、川は凍りついて魚も獲れない。冬が来るまでにどれほどの保存食を作れるか、それが生死を分けると言っても過言ではなかった。そして多くの場合、保存食は必要最低限の量しか作れず、僅かにでも春が遅ければ極限まで飢える。

　金で解決できる問題は多い。民が飢えないだけの十分な食糧をメイセンという土地が与えてくれないのなら、外で買ってくればいいのだ。だが、外で買うための金がない。民にも、そして、領主にも。

　冬の間、どこよりも苦しいのは商人かもしれない。サイキアニ町もフォレア町も慣れない畑仕事で自分たちの口を満たそうとしているが、所詮、商人は商人。農民ほどの収穫はなかった。彼らは商売で得られた金で食糧を買っているが、十分な量ではなかった。

　小さな領主は常に民のことを気にかけているが、冬の間は気に病んでいると言えるほどだ。民が飢えていないか、雪崩などの災害に遭っていないか、危険な獣に襲われてはいないか。メイセンは広大で、民は馬を持っていない。危急を領主に報《しら》せたくとも、自分の足で走るしかないのだ。

　今年の冬はまだ始まったばかりだ。だが既に五回、エルンストは領兵隊にメイセン領内を廻らせた。本当は自分の目で見たいのだろうが、堪《こら》えている。エルンストが動けば領兵隊の動きが鈍る。エルンストが馬車に乗ろうと、誰かと騎乗しようと、小さな領主を気遣い、馬を駆けさせることはできないからだ。

　エルンストがメイセン領内を廻るのは冬に一回、夏に一回だ。半円を描いて屋敷に戻り、次の季節で残りの半円を廻る。昨年の冬に廻った場所は今年の夏に出向き、昨年の夏に巡った場所には今年の冬に訪れる。

どこの村でも町でも、年に一度は向かう。二年連続して同じ季節には行かない。冬と夏、苦難の季節と活気溢れる季節。このふたつの季節をどのように過ごしているのか、エルンストはそれを確かめに行った。

ガンチェの視界に、きらきらと光り輝く雪片が舞う。また吹雪くのだろうか。空を見上げ、微かに溜め息をついた。

恐れは常に胸の内にある。この恐れは巨大で、年を追うことに大きくなってくる。ガンチェの恐れは誰にも解消できない。エルンストでさえ、そうだ。

そして、タージェス同様、エルンストもまた、ガンチェが抱えるこの恐れに気づいていた。

「…………」

ガンチェは自分の手をじっと見る。

この手に残された時間は、あと、どれほどだろうか。

種族が違う。それは、天から与えられた時が違うということだ。何をどう足掻《あが》こうと、ガンチェはエルンストより先に逝く。エルンストはガンチェ亡き後、数十年、長ければ百年をひとりで過ごす。

そのとき、誰が、エルンストを守るのか。誰に、エルンストを託せばよいのか。

「…………」

誰もいない。タージェスに残された時間はガンチェと変わらないだろう。ティスも、そうだ。

二百年を生きるクルベール人のタージェスと、百二十年を生きるエデータ人のティス、そして、長くても百年しか生きられないダンベルト人のガンチェ。

天から与えられた時は違えども、その生まれ年の違いにより、三人が去り逝く時にそう違いはないのだ。

「…………っ」

この偶然が、エルンストと起きればよかったのに。この偶然が悔しく、震えるほどの恐怖を感じる。

どうにもならないことを思い悩んでも仕方がない。そんなことはするだけ無駄だ。だがどうしても、拭《ぬぐ》いきれない恐れが胸を覆う。恐怖が澱《おり》のように溜まっていく。いずれ、自分を歪めてしまうのではないかと思うほどに。

エルンストが禁じても構わずスート郡地に向かうか。あの戦場で十年も働けばそれなりの金になる。その金で傭兵を雇うか。ガンチェ亡き後、エルンストを守れるように。

「……一体、いくらの金が必要になるんだ？」

馬鹿な考えに自分を笑う。ダンベルト人が稼いだ十年分の報酬で、クルベール人の傭兵を百年雇うことは可能だろう。だが、ひ弱なクルベール人の傭兵ひとりで何ができるものか。

ならば、とダンベルト人を雇うことはできない。メイセン領という長閑《のどか》な土地で領主を守る。そんな内容の契約でもガンチェの稼いだ金で雇えるのは、せいぜい三十年か。三十年で雇った傭兵の命が尽きるし、そもそも三十年ではエルンストの時が終わらない。


「それに、エルンスト様がお許しくださるものか」

ガンチェも、そうだ。僅か一日であってもエルンストと離れていたくはない。限りある月日だからこそ余計に、一日、半日、一時を大事にしたい。

ガンチェは顔を上げ、太く長い息を吐き出した。その視線の先にはメイセン領兵隊、隊舎があった。

「領主を守るのは、領兵隊。……やはり、これしかないか」

エルンストが領主となる前と現在では、メイセン領は僅かにでも変化を見せている。ならば、ひ弱な領兵隊も変われるはずだ。


屋敷に迫る雪壁を崩して除け、深い雪を踏み締めながら馬小屋に向かう。併設した広い馬場では馬が元気に走り回っていた。吹雪の三日間、馬小屋に閉じ込められていたのだ。雪を蹴散らして走る姿は喜びに溢れていた。

馬の頭数を数える。一頭いない。馬小屋に入り、残した馬の世話をひとりでしていたタージェスに声をかけた。

「変わりないか」

ガンチェが入ってきたことには気づいていたのだろう。振り向きもせず、答えた。

「ああ、何とかな。一番気掛かりだったこの馬が元気でよかった」

そう言って、馬小屋に一頭残した仔馬の首筋を撫でる。

「食欲は？」

「ある。まだ十分とは言えないが、それでも食べるようになった。……アステ草のおかげかもな」

タージェスが多少、声を潜《ひそ》める。ガンチェも黙って答えずにおいた。

ある一定の年齢に達するとそこから先には成長せず、体は死すまで少年少女のまま。シェル郡地リンス国のクルベール人に多い、クルベール病。生活に困窮する者がよく罹《かか》るこの病に、メイセン領主エルンストも罹っている。

クルベール病の原因がアステ草にあると、気づいている者は限られる。タージェスは何も伝えられていないはずだが、その敏《さと》さで気づいていた。

ガンチェも仔馬に近づき、様子を見る。人も獣も濃すぎる血は害になる。メイセン領兵隊の馬に新しい血を求め、リュクス国カプリ領から仔馬を迎えたのは秋の終わりだった。

春に生まれたはずの仔馬は貧相としか言えない体格で、メイセン領の冬を越せるのかと誰もが案じた。一番案じているのがタージェスで、何かと面倒を見ていた。

食が細く、体調を崩しやすい仔馬に、アステ草を与えるよう指示を出したのはエルンストだった。その意味を、タージェスは正しく理解していた。

「……やりすぎるなよ」

「ああ」

わかっているだろうが、忠告する。タージェスはじっと仔馬を見たまま頷いた。

ガンチェも馬の世話を手伝う。汚れた寝藁を掻き出し、新しいものと取り換える。十分な量が用意できるわけではない。吹雪いていなければ日中は馬を外に出し、寝藁が汚れるのを極力減らす。

馬が戻ってくる前に飼葉も用意した。雪を掘っていくらかは食えるだろうが、羊のように満たされることはない。飼葉は夏から秋にかけて収穫し、冬の準備をするが、十分な量は得られない。仕方がないので金で買う。これも、エルンストの頭を悩ませる出費のひとつだ。それでも領兵隊の未来のため、新しい馬を迎えたのだ。

一度隊舎に戻ったタージェスが、桶《おけ》に湯を入れて戻ってきた。その湯に布を浸し、固く絞って仔馬の体を拭いてやる。仔馬は気持ちよさそうに鼻を鳴らした。親身に世話をしてくれるのがわかっているのだろう。タージェスに顔を寄せ、頬でタージェスの体を擦っていた。

「領兵隊に、システィーカの鎧はどうだろうか」

ガンチェは太い柱に凭《もた》れ、両腕を組んで言った。

「今の鎧は使い物にならんだろう。新しい鎧を買うにしても、今と変わらんものでは意味がない」

古いから使い物にならないだけではない。元が粗悪で話にならないのだ。

「システィーカ？　そりゃまた無謀だな」

仔馬を拭きながらタージェスが答える。笑い飛ばさないのはこの領兵隊長もまた、ガンチェと同じ懸念を抱え続けているからだ。

「エルンスト様は何と？」

「エルンスト様は以前からシスティーカの武具を気にかけておられた」

「そういや、そうだったな……」

国境地メイセン領で、領兵隊の武具を揃えるのは火急の課題だった。領主不在の百年間で剣に使われていた鉄は売り払われ、領兵隊が腰に差していたのはただの棒だったのだ。領主エルンストの体には戦慄が走っただろう。

エルンストは無い金をやり繰りし、領兵隊に僅かばかりの金を毎年与えてくれる。領兵隊副隊長アルドはさらにそれをやり繰りし、どうにか数本の剣を買っていた。ガンチェから見ればみすぼらしい、玩具のような剣だったが。

「武具一式を揃えることは難しいだろうが、鎧だけならどうにかなるかもしれん」

「まあ……そうだな。俺の武具はお前のと違って出来合いのものだが、それでもこの剣が三本もあれば鎧が買えるぞ」

互いに武器は手放さない。ガンチェもタージェスも、腰に剣を差したままだった。

システィーカ郡地で鍛えられた鉄は強い。その鉄を使って作られた剣は他のどの郡地で作られたものよりも高価だった。そして、武具の中で一番高価なのも剣だった。

「どこの国のを狙っている？」

「ムテア国だ」

「ムテア国……？　それは、あれか？　お前が建国に力を貸したという……」

「そこまで大袈裟なものではないがな。俺は、ムテア国で起きた内乱の、最後の一年を戦っただけだ」

「最後の一年がムテア国内乱の、一番の激戦だっただろう？」

タージェスは苦笑し、肩を上げた。

「職人に知り合いでもできたか」

「職人ではないが……」

一瞬口籠り、だが、言った。

「ムテア国王を知っている。その周辺にいる重鎮も、顔が変わっていなければ知っている」

タージェスの眉がぴくりと動き、そして、納得したように頷いた。

「そうか。国王の伝手《つて》で職人を紹介してもらうつもりなんだな。まあ、確かに、国王ならいい職人を知っているだろうし、そうじゃなくてもいくらでも探す手はある。国王の口利きなら、多少は安くなるかもしれん」

「足元を見られて安物の粗悪品を売りつけられるわけにもいかんがな……」

「商人を使うつもりじゃないだろう？　お前も知っているだろうが、あの土地の商人は悪党だぞ？」

システィーカ郡地で商人を使わず、職人との直接交渉になぜ人が走るのか。その理由がこれだった。

「いや、それは避けたい。システィーカにまともな、誠意ある商人などいるわけがない」

「必ず吹っ掛けられる。最悪、金の持ち逃げだ」


騙されるほうが悪い。そう言って笑われるのがシスティーカ郡地という場所だった。システィーカ郡地の種族にも傭兵になる者は多いが、システィーカとグルードとでは雇用主と交わす契約の意味が変わる。

グルードは何においても守るもの、システィーカは隙を見て破るもの、だ。

「交渉には俺が行ってもいいが、エルンスト様がお許しくださらないだろう」

「ま、当然だな」

タージェスが呆れたように笑って、手にしていた布を桶の残り湯で洗う。

「……ティスに、行ってもらえないだろうか、と考えている」

しゃがんで布を洗っていたタージェスの手がぴたりと止まり、そのままの姿勢でガンチェを見る。

「エデータ人はどこの国に行こうとも迫害される。話を聞かれないくらいならいいが、危害を加えられるかもしれん。それは俺も案じているが……ティスなら案内役にもなれるし、あの土地の決まりにも詳しいだろう?」

これはガンチェの考えだが、エルンストも同じことを考えているだろう。どんなにメイセン領を見渡しても、システィーカ郡地に詳しい者はティスをおいて他にいないからだ。

そしておそらくこれも、エルンストと同じ考えだ。

「だが、ティスに交渉は無理だ。だから、領兵隊からもひとり、ティスと共に向かわせたほうがいい」

「……誰を考えている?」

タージェスが立ち上がり、ぱんと布を張って縄に干した。期待を感じる背中に言ってやる。

「お前だ」

タージェスの肩がほっと息をつく。

「あの土地は過酷すぎて、メイセン領兵隊の誰を行かせても途中で倒れるだろう。その点、お前なら大丈夫だろう。あそこの王都はスート郡地に近いしな」

新たに建国するときに王都の位置を変えた。ムテア国の新しい国王は、外との交流を望んでいた。傭兵ではなく、産業を。命を賭けず、誰もが豊かに生きる国。

それを目指して剣を握ったのだ。

「新しく生まれ変わったムテア国なら、あのときのまま、建国理念が変わっていなければ……エデータ人のティスも、受け入れてくれるかもしれん。そうなるように、エルンスト様も手を尽くしてくださるだろう」

ムテア国を離れてから一度、鎧を買いにシスティーカ郡地に入った。そのときに聞いた、ムテア国の噂。

新しい国は火種の絶えない危険な国となっていた。悪い噂しか耳に入らず、ガンチェの足はついぞ、ムテア国に向くことはなかった。

ガンチェの懸念に気づいたのか。タージェスがにっと笑って言いきった。

「何があってもティスは俺が守る。それに、エルンスト様のことだ。ただの領主ではなく、リンス国を背負っているかのように振る舞われるさ」

不敵に笑うこの男も、国軍を背負っているかのような顔をして対峙するのだろう。

妬《や》けるほどによく似ていた。エルンストもタージェスも、どちらもはったりがうまい。

「ガンチェはよく理解しているだろうが、エルンスト様の書状はただの紙ではない。文字が読めて意味を理解できる者が見れば、おいそれと粗末には扱えない代物になる。相手が勝手に誤解し、エルンスト様が望むように動く、魔法の紙だ」

グルード郡地は契約社会。言葉の裏に隠された罠になら、どこの種族よりも気づきやすい。

ガンチェは微かに視線を落とし、そして、ふっと笑みを浮かべた。

「そうだな……エルンスト様なら、よくよく考えてくださるだろう。ティスも、メイセンの民だ。メイセンの民は必ずお守りくださる」

タージェスは桶を手にして外に行き、中の湯を撒き捨てて戻る。

「交渉し、できるだけ安く買おう。まずは、一領《りょう》だな。鎧の使い道は領兵隊に一任してくださるのだろう？ならば、最初の一領は第二駐屯地に置こう。備えるべきはリュクス国からの侵略で、バステリスの河岸に並ぶシスティーカの鎧は見ものだろうな」

「一領でもか？」

眉を寄せて苦笑したガンチェに、タージェスは当然とばかりに頷いた。

「一領でもだ。メイセン領兵隊の張りぼて鎧とは違う。システィーカの鎧は威風堂々、遠目からでもその違いがわかる。リュクスを畏《おそ》れさせ、メイセンを立たせる背骨になる。あの鎧には、それだけの強さがある」

傭兵として戦う者の全てがシスティーカ郡地の鎧を身に着けるわけではない。システィーカの剣士でさえ、多くはシェル郡地で作られた安物の鎧を選ぶ。価格が違いすぎるのだ。だが、その違いが鎧の出来に差を作る。

タージェスの言うとおり、システィーカ郡地で作られた鎧は威圧的で雄々しく、そこにあるだけで他を圧倒した。

「エルンスト様にお話ししよう。システィーカの鎧を安く手に入れられる伝手があると」

ガンチェとムテア国との関係に、エルンストは薄々気づいているだろう。ガンチェは契約社会に生きるダンベルト人の元傭兵で、過去に取り交わした契約内容についてはエルンストであっても話しはしない。だが、あの方のことだ。ガンチェとの会話の端々から気づいていることは多いだろう。

「エルンスト様ならまず、書状を書かれるだろうな。それをムテア国に送り、返答を待つ。その内容如何《いかん》によっては行き先の国が変わるかもしれないし、提示された金額によっては数十年単位で金を貯め続ける必要があるが……まあ、実際に交渉に出向くのは早くても、二年後の春というところか」

「そうだな」

不器用に嘶《いなな》く仔馬の痩せた首筋をタージェスが撫でる。

「……中身も育てなきゃな」

タージェスが呟き、ガンチェは肩を上げる。

「一番重要なとこだよな」

人を育てるのは難しい。長い時が必要だが、時間をかけてもできないこともある。だが、諦めて歩みを止めれば全てが終わる。

タージェスが歩き出し、通り過ぎ際にガンチェの肩を軽く叩いた。気にするな。気に病むな。

言葉にしない言葉を受け取り、ガンチェも凭れていた柱から背を離した。

「近衛兵でも作るか」

振り向きもせず、タージェスが言う。

「白いお馬さんに乗った玩具の兵隊か？」

ガンチェが軽口で返すと腹を抱えて笑う。

「いらんな。それは」

タージェスは、ははっと笑って馬房の扉を開けた。目に痛いほどの白が飛び込んでくる。

「……でき得る限りの備えをしよう。幸いにも、エルンスト様の時代にはまだ、領兵隊は存在する。鍛え続ければいつか、細い木も太く成長するだろうさ」

「根が腐っていなければな」

「ああ、根が腐らなければ太く育つ」

この男が隊長でいる限り、腐ることはないだろう。次は、ミナハか。ならば、次も大丈夫だろう。その次はわからん。その次は、知らん。

そう考えた自分をふっと笑う。笑うガンチェに気づき、タージェスが足を止めた。

「どうした？」

「いや……俺は所詮、狭い視野しか持てんなと思っただけだ」

「何だ、それは」

「エルンスト様のように、千年先まで考えが及ばない。俺の望みは百数十年の安全だけだ。エルンスト様がこの世を去られるときまで、メイセンが平安であればよい。その先のことまでは知らんと言い切ってしまえるのが小さいなと思っただけだ」

笑うガンチェを呆れたようにタージェスが見た。

「何を言っているんだ。それでいいんだぞ？　自分の一生が終わるまでの平和を望む。次いで、大切な相手の一生が終わるまでの平和も望む。子や孫ができていれば、その孫が一生を終えるまで……長くても二百年だな」

ダンベルト人なら百年か。

「そうやって、平和を望む心を繋いでいくんだ。それが民の生き方だ。リンス国民一千万、そんな数で千年先まで考えていられるものか。それは為政者の仕事で、俺たちは身近にいる、一番年若い者が一生を終えるまでの平和を望んでいればいいんだ」

「……そんなものか？」

「そんなものだ。起きるかどうかわからん遠い先の火種を恐れ、鬱々《うつうつ》と生きるのも馬鹿らしいだろう？　先のことは先で生まれる奴らに任せろ。今を生きる俺たちは、今を踏み固めてやればいいんだ。この長閑《のどか》なメイセン領の、この長閑な時間が長く、できるだけ長く続くようにな」

タージェスはそう言って、雪に覆われた馬場を駆ける馬たちを顎《あご》で示す。

「馬はいいだろう？　難しいことは何も考えず、今を楽しんで駆けている」

その馬に乗って、自分も駆け出したいと思っているのがありありとわかる声音だった。タージェスとふたり、しばし無言で馬を見る。確かに、楽しそうだった。


「……お前の恐れもわかる。俺があと、五十年若ければお守りできたんだがな……」

ガンチェの恐れはタージェスの恐れでもある。蹲《うずくま》って泣き叫んだところで、誰しも手にした時からは逃れられない。

「育てるしかないな」

「ああ、そうだ。メイセン領兵隊を強くしなければ誰も守れない。領地も、民も、領主も……」

守るのが一年でいいのなら傭兵を雇う。二年でいいのならどうにかなる。エルンストがどう言おうとも、ガンチェはスート郡地で金を稼いできただろう。

だが、エルンストが残される百年を、傭兵で守り続けることはできなかった。

「できることをしよう」

エルンストと同じ、タージェスの青い目が、駆ける馬を見ながら言う。

「馬は増やすことができる。領兵は鍛えることができる。見せかけの鎧だったとしても、それを着るに相応しくなれるよう、頑張る奴も出てくるかもしれんだろう？　それに……」

「歩いていればいつか、答えが見つかる」

　これは、エルンストの言葉だ。立ち止まって考えているだけでは見えないこと、気づけないことがある。わからないままにも歩いてみる。進んでみればそのうちに、何かが見えてくることがある。

「「だから、動け」」

　タージェスと言葉が重なり、互いに顔を見交わし、同時に肩を竦めて笑った。

タージェスと繁栄の祈り

　エルンストの使いでイイト村へ向かう。月に数回はあるお楽しみのお使いだ。冬が始まったばかりで、新年はまだ少し先だ。だが、今年は雪が深い。

　積もった雪を跳ね上げ、馬を駆けさせる。黒毛のこの馬は力がある。駄馬と言われた仔馬が始まりだろうに、何代かを経て生まれたこの馬の体格はよかった。

　メイセン領に野生の馬はいない。メイセン領にいる馬は全て、外から運んできた仔馬が始まりだ。元からいない生き物だからか、メイセン領で馬を養うにはそれなりの金が必要だった。長い冬の間、馬を飢えさせないだけの草が得られないからだ。

　僅かに手綱を引き、馬の速度を緩める。白い息を吐きながら鼻を鳴らし、馬が不平を漏らす。それを宥め、タージェスは馬を歩かせた。走らせすぎれば馬を殺すことになる。逸《はや》る馬を抑えるのも騎士としての腕前だった。

崩れかけた領主の館で一泊し、イイト村に着く。出迎えた村長が、ティスと数人の村民はウィス森に行っていると言う。ティスがいればウィス森も怖くないのだろう。イイト村の民は頻繁に森へ入り、薬草の採取や狩りを行っていた。

イイト村の薬草はまだまだ未知数だ。この十年で何度も薬師府《やくしふ》とやり取りし、よくある薬草なら使えるようになった。それでも辺境領地が作って売る薬に抵抗感は強く、稼ぎが出るのは随分と先だろう。イイト村の出稼ぎ者の数は、エルンストが領主となってから変わっていない。

タージェスは村長に案内され、空き家のひとつに入って驚く。メイセンの領民は多くを持たないが、案内された家の中は物で溢れていた。

「これは？」

部屋の中央には大きな机が置かれ、その上に、枝や葉、乾燥した花などが積み上がっていた。

「……新年の祝い飾りか」

ガリの枝を持ち、タージェスは言った。シェル郡地では新年に、ガリの枝にバークの葉や花を飾って新年を祝う。

だが、それにしては数が多すぎだった。

「商売にならないかと思いましてね」

そう言って、村長が照れたように笑う。

「うちは出稼ぎ者が多いでしょ？　だけどイイト村の者は畑仕事には慣れていないから、商人の家で下働きをすることが多い。だから、変な物もよく見てしまうんですよ」

「変な物？」

「そう。こっちじゃ材料を森で拾ってきて自分で作るこんな飾りを、商人はわざわざ店で買ってくるんですよね。だから、メイセンでもこういう飾りを作ったら売れるんじゃないかって」

　確かに、そうだ。タージェスも王都で暮らしていた頃、新年の飾りは市場で買ってくるものだった。

「だが、メイセンでは売れないだろう？」

　飾り如きに金を出すくらいなら芋を買う。タージェスがそう言ったら、村長は笑って顔の前で手を振った。

「メイセンじゃ売りませんよ！　誰も買いませんって、こんなくだらない物。リンツ領でも難しいと思うんですが、その先のガトル領なら商人が多いし、リュクス国のカプリ領も羽振りはいいから買ってくれるかもしれない。ほら、リュクス国は森が少ないから」

　広い平地を必要とするリュクス蜘蛛のため、リュクス国は森や山を均して商業国家になった。

「……そうか。メイセンじゃ珍しくもないが、向こうなら売れるかもしれんな」

「そうでしょ？　まあ、失敗したっていい。何でも試さなきゃわからないですからね。フォレア町とサイキアニ町のどっちも渋っていましたが、売れないときはイイト村で買い戻すということで交渉成立です。こっちは受け取った金を返すだけだし、売れなきゃうちの新年の飾りにするし、暖炉に放り込んで火種にしたっていいですから」

　ははは っと笑って村長が続ける。

「それでも渋る商人がいたので、飾りと同じ重さの干し肉を運び賃として渡すことにしたんです。どっちの町も商売だけでは食っていけないでしょ？　慣れない畑仕事をする辛さはよくわかるし、だからウィス森で獲った肉を渡すことにしたんです。これで渋っていた商人も気分よく運んで売ってくれるってもんですよ」

　さすが商人の家で働いていただけあり、イイト村の村長は交渉がうまい。

「……この花、香りがいいな」

　タージェスは乾燥した花を手に取り、匂いを嗅《か》いだ。新年飾りに花を使えるのはイイト村くらいだろう。ウイス森は一年を通して暖かく、花も咲いていた。

「わかります？　それ、カリア木の花なんですよ」

「これが……？」

カリア木は、メヌ村の山にある木だ。薪にすると香りがよく、媚薬の成分があるとされていた。

だが栽培が難しく、そうそう数が取れない。そんな木の育て方をメヌ村は経験で身に着け、今、イイト村が背負うウィス森で苗を育てていた。

「あたしもここまで良い匂いだとは思ってもいませんでした。乾燥させたほうがより一層、匂いが立つんですよ。メヌ村もうちと同じように出稼ぎ者が多く、畑仕事には慣れていないから商人の家に行くんです。だから、こういうの、売れるんじゃないかって……」

イイト村もメヌ村も、基本的には山民だ。山で、木を相手に生きている。

「メヌ村が話したら、ヤキヤ村もひと口噛ませろって。これ、イイト村とメヌ村、ヤキヤ村でやってみようということになったんですよ」

「ヤキヤ村は何をするんだ？」

あの村の民は農民で、畑と蜂蜜から糧を得ている。ヤキヤ村の蜜蜂はメヌ村のカリア木から蜜を集める。そのため、ヤキヤ村の蜂蜜は薫り高く、味もいい。カリア木の特性もあり、媚薬入りだという売り文句をつけ、高値で売る。メイセンで一番裕福な村で、当然出稼ぎ者などいない。

「新年の飾りは扉の外に吊るしたり、窓に吊るしたりするだけでしょ？　こういう、枝と葉っぱを麻縄で括《くく》ったりして……」

村長は机の上にあった飾りを手に持つ。

「だけどヤキヤ村が蔓を使って籠《かご》みたいにして、暖炉の上に置く飾りを作ったらどうかって。そうしたら新年に限らず、年中売れるじゃないですか。小さいやつを作って、中にヤキヤ村の蜜蠟を入れたら燭台代わりになるって。ほら、あれですよ」

試しに作ったものなのか、暖炉の上に置いていていた飾りを村長が示す。タージェスはそれを手に取った。

タージェスの掌《てのひら》に載る程度の大きさだ。中央には小さな蠟燭《ろうそく》があった。よくある細長い蠟燭ではなく、平たく丸い形をしていた。

「この形は……？」

あまり見ない形の蠟燭だった。あまり、というより、タージェスは初めて見た。

「いい案でしょ？　メヌ村のシリが、前に働いていた教師の家で見たんですって。金があるのにしみったれた奴だったらしく、皿の上で蠟燭を使って、溶けた蠟を集めてまた使って……そういうこと、繰り返すんです」

それはメイセン領主もやっている。メイセン領の蠟燭は質が悪く、二度も使えば黒い煤《すす》を吐き出すようになるが。

メイセン領で蠟燭を使っているのは領主だけだろう。メイセン領兵隊も領民も、蠟燭などという洒落《しゃれ》た物は使えず、暖炉の灯《あか》りだけで夜を過ごしていた。

「そのうちに、皿で溶けた蠟燭をそのまま使うようになったんですって。それが、その形です。燭台もいらないし、机の上だけならそれで十分だからって。だから試しに作ってみたんですよ。蠟燭を固めるときの器を工夫して、底をちょっと上げているから、見た目より蜜蠟が少なくて済むんです。ヤキヤ村がいつも作っている蠟燭と同じ分量で三つは作れるんですから」

蜜蠟で作られた蠟燭は黄色味を帯びている。この色が暖かくて、素朴な飾りとよく合っていた。

「これ、いくらだ？　エルンスト様にもお見せしたい」

喜んでくださるだろう。民が自分で考え、自分で動こうとしていることに。失敗を恐れず、歩き出したことに。

シェル郡地は全ての物を商人からしか買ってはならない。だがその片方が貴族ならば、その限りではない。

エルンストは公爵の位を持つ貴族で、商人ではないイイト村から直接購入することも許されていた。

だが、タージェスの申し出を、イイト村の村長は両手を振って断った。

「いや、いいですよ！　こんなものにお金なんて！　どうぞ、どうぞ。それは御領主様に」

「しかし、売り物にしようという品を、金も払わずもらうことはできない」

エルンストにも叱られてしまうだろう。固辞し続ける村長の姿にタージェスはつと考え、提案した。

「じゃあ、こういうのはどうだ？　俺は二日間滞在する。その間に、ウィス森で獲物を狩ってこよう。新年祝いの御馳走にでもしてくれ」

この申し出に村長は顔を輝かせた。

「そりゃあいい！　ええ、ええ！　それがいいです！　五日後にはメヌ村も来るし、お裾分けできるくらいでっかいのを頼みますよ！」

「おお、任せておけ。ヤキヤ村にも持っていけるよう、でかいのを狩ってこよう」

タージェスはそう言って、どん、と自分の胸を叩いた。

「ということだから、手伝ってくれ」

森から戻ってきたティスを、ティスの家で出迎えた。留守中に勝手に入っていたタージェスを咎めることもなく、ティスは黙って頷いた。

ティスは背負っていた大ぶりの剣を下ろし、壁に立てかける。ティスがその体から剣を離すようになったのも、ここ最近のことだ。それまでは誰が側にいても、肌身離さず剣を背負っていた。おそらくは、ひとりのときもそうだったのだろう。

暖炉の火に鍋をかけ、棚の上から小瓶を取り出し、その中の香草を鍋に振り入れた。朝のうちに仕込んでいたのだろう。鍋の中身に熱が伝わるにつれ、いい匂いが部屋を満たし始めた。タージェスの腹がぐるると鳴る。

突然の客だろうに、ティスが怒ったことはない。エルンストの使いでメイセン領兵がイイト村に来るときはいつも、ティスの飯を食っていく。滞在場所は空き家だが、食事だけはティスの飯なのだ。この飯目当てにイイト村行きの使いがいつも争奪戦になっているのをティスは知っているのだろうか。

タージェスは椅子から立ち上がり、暖炉の前に歩いていく。ティスの後ろに立ち、その手元を覗《のぞ》き込んだ。ティスは干し肉や乾燥させた何かの葉などを鍋に入れ、水を足して嵩《かさ》を増やしてくれた。鍋の中身はタージェスとふたり、腹いっぱい食っても十分な量に見えた。

「……旨そうだな」

ごきゅりと喉が鳴る。ティスは小皿に鍋の中身を掬い入れ、タージェスに差し出した。

受け取った小皿に口をつけ、啜《すす》る。目が見開くほどの旨さだった。

「旨い……っ！」

いつものことながら感動するほど旨い。どうやればこんな味が出せるのだろう。メイセン領兵隊、誰が習いに来てもこの味は覚えられなかった。

「毎日この飯が食えるのなら、俺もイイト村に住みたいな」

半ば本気でそう言ったのだが、ティスは表情も変えずタージェスをじっと見ただけだった。

「……本気だぞ？」

重ねて言うと、ティスの金の目が逸らされ、鍋に視線を落とす。

「御領主様がここにはいませんから」

かちかちと聞こえる声でティスが言う。

「俺も、いつまでもメイセン領兵隊の隊長をやっているわけじゃないぞ」

メイセン領の民なら、とっくに引退している年だ。

過酷な土地はメイセン領民からあらゆるものを奪う。クルベール人としての長い寿命でさえ、メイセン領民には得難いものだった。

「貴方は隊長ではなくなっても、隊舎で暮らします」

断言され、タージェスは不満で鼻を鳴らす。

「わからんだろう」

「暮らします」

再度言われ、唸る。違うとは言い切れない。それはタージェスにもわかっていた。これが騎士の宿命かと思う。騎士の多くは国軍騎馬隊に入り、生涯を王族に捧げる。

国王や皇太子の近衛兵になれるのは騎士だけで、それは最高の名誉だった。

「……エルンスト様が皇太子殿下だったから、だから、お側近くで仕えたいというわけではない」

ぼそっと言ったタージェスの腕にティスが軽く触れ、椅子へと促す。タージェスは素直に座り、たっぷりと料理が盛られた深皿が目の前に置かれるのを待った。

ティスも椅子に座り、向かい合って食事をする。温かい料理に腹が満たされていく。

「御領主様は得難い方ですから、必ずお守りしなければなりません」

金の目が正面からタージェスを見た。真剣なその目に、吸い込まれそうだった。

「……ああ、そうだ。ガンチェや俺、領兵隊にティス、そして何より、メイセンという土地がエルンスト様を守っている。だが……それだけでは不十分だ」

ティスは黙って頷き、食事を再開した。タージェスはおかわりを三度して、食事を終えた。

暖炉の火は絶やさない。極寒のメイセン領でも一番寒さが厳しいのがイイト村だ。雪は降らず、寒風が吹きすさぶ。夜間は特にひどく、防風林で守られている村でも音が耳に痛いほどだった。

外から薪を抱えて戻ったティスが扉を閉め、タージェスはほっと息をついた。粗末な家だがそれでも、風と音を僅かにでも遮ってくれる。

ティスは音を気にした素振りもない。慣れたのだと思う。寒さは言わずもがなだろう。シェル郡地リンス国メイセン領の冬より、システィーカ郡地の日中のほうが寒い。寒いというより、凍りつく。

「リンツ谷を渡ってくる侵入者がいる」

暖炉に薪を放り込んでいたティスの手が止まり、金色の目がタージェスを見た。

「侵入者は始末した」

タージェスは言葉を継いだ。

「侵入者は三人だった。縛りつけた男三人、冬のリンツ谷を渡らせることはできない。かといって、余計な三人に飯を食わせる余裕はない」

そもそも、エルンストの命を脅かす者がいるとは公《おおやけ》にできない。メイセン領には衝撃が走るだろうし、リンス国では別の動揺が広がる。

元皇太子襲撃犯が誰であれ、利用価値があれば別人が犯人に仕立てられる。これ幸いにと、政敵を殺す材料にする者が現れる。それを察知し、反撃に向かう者も出てくる。憶測が憶測を呼び、怯えや警戒が攻撃に変わる。

結果、起きるだろう国を巻き込んだ大騒動に、エルンストが無関係でいられるはずがない。下手をしたら被害者を演じただけの加害者扱いをされ、処罰される。

「……秘密裏に始末したほうが誰にとっても都合がいい。送り込んだ奴も、あいつらが戻ってこなかったと騒ぐ馬鹿ではあるまい。リンツ谷にでも落ちたと思ってくれればそれでいい。まさか、田舎領地の領兵隊に始末されたとは思わないだろう」

今は、まだ。

だが、こんなことを何度も繰り返せば向こうも気づく。メイセン領の誰かに、始末されたのではないかと。

エルンストの伴侶がダンベルト人であることは国中の貴族が知っている。いや、シェル郡地中の貴族が知っていると言っても過言ではない。

リンス国で暮らすクルベール人は選民意識が強く、貴族はくそほど気位が高い。おまけに、ふたりしかいないリンス国の王族は天よりもさらに上にいる御方たちだ。

リンス国の「元」王族、エルンスト・ジル・ファーソン・リンス・クルベール公爵。メイセン領第十七代領主、リンス・クルベール公爵が伴侶にと選んだのが、ダンベルト人のガンチェだ。これは最大限の驚きを持ってシェル郡地を駆け巡った情報だろう。

だが、おそらく、今も、エルンストがガンチェを伴侶に選んだのは護衛のためだと思われている。傭兵と交わす契約の、毛色の違ったものだろうと。伴侶契約としたのは元王族の戯言だと。

エルンストの金が尽きればガンチェはメイセン領を去る。それまで待って、襲撃してもよい。そう考えている貴族もいるだろう。

「……エルンスト様が御領主となられて十年、襲撃は七度だ。だがこれも、少ないほうだろう。これからはもっと増えると思う」

ガンチェは絶対にエルンストの下を去らない。様子見をしていた奴らも痺れを切らす。

もしかしてあれは真実の伴侶か？　それとも、元皇太子はいったいどれほどの金を摑んで王宮を出たのか。

……いっそのこと、邪魔なダンベルト人ごと始末すればよい。

「隊長殿？」

ティスの硬い声に意識を戻す。黒く、艶やかな鱗《うろこ》状の肌に頰を寄せ、掌に口づけた。

「エルンスト様の敵は多い。というより、エルンスト様を利用すれば邪魔な敵を陥れられると考える者が多すぎる。エルンスト様は、利用価値の高い……駒《こま》なんだ」

王宮という名の鳥籠から出された元王族が、これほど困難な道を歩むとは思いもしなかった。堅苦しい王宮を一歩外に出れば、そこには自由な世界が広がっていると思っていた。

国軍を除隊し、国を捨てて生きようと決めたとき、タージェスには自由があった。僅かな金と、身ひとつ。タージェスは身軽に飛び出したのだ。

未知の世界に飛び出す一抹の不安と共に抱えた自由は、大きな風となってタージェスの背中に吹きつけていた。

「ガンチェがその名のとおり、本物の伴侶であると奴らが認めたら、別の襲撃者がやってくるだろう」

ティスの体を引き寄せ、タージェスは大きく開いた両足の間に立たせた。

「俺が一番恐れているのは……ウィス森を渡って、グルードの種族がやってくることだ」

しなやかな剣士の体を抱き締める。

「奴らは金で雇うことができる。そして、エルンスト様を利用しようとする輩は全員、腐るほどの金を持っている」

大人しく抱かれたまま、ティスは身動きひとつしなかった。

「……グルード郡地の種族は契約で動く。奴らは契約に反することは絶対にしないが、同時に、契約に記されていないことも通常はしない。……契約に記された目的を阻む障害がない限りは、無闇に人を傷つけないんだ」

ティスの腰を強く抱き寄せ、タージェスは金色の目を見上げた。

「もし、ウィス森を通ってグルード郡地の種族が来たら、邪魔はするな。何もせず、通してやればいい」

「向かう先は御領主様のお屋敷です」

感情のない声が降ってくる。

「ああ、そうだ。そこで迎え撃つ。俺と、ガンチェで」

「私も戦えます」

謙虚な剣士にタージェスは笑う。

「ティスは強い。戦えるのはわかっているし、頼りにしている。だが、ひとりで立ち向かうな。俺と、ガンチェ、そこにティスが駆けつけてくれたら心強い。戦力を分散してはならない。特に、限られた戦力ならば」

ティスの引き締まった腹に口づける。硬く、黒い生地越しに、愛しい香りを吸い込んだ。

「明るいところだけを見て歩こう。そのうち、本当に明るい場所に辿り着くからな」

タージェスは立ち上がり、ティスを抱えて持ち上げた。

ほっそりとした見た目に反し、エデータ人のティスは結構重い。う、と詰まったタージェスの腕から逃れ、ティスが軽々とタージェスを抱き上げた。

「……年のせいだ。俺が若い頃はもっと力もあったんだぞ？」

「はい」

信じているのかいないのか、ティスは表情も変えずにそう答えると、タージェスを寝台に運んだ。

タージェスを寝台に座らせてから、ティスは暖炉に向かう。火にかけた鍋から桶に湯を入れ、大きな水瓶から水を注ぎ足して温度を調節した。そうして、布と桶を手にタージェスの前に戻ってくる。

タージェスの靴を脱がせ、ゆっくりと桶の中に足を入れさせた。湯に浸した布で優しく、ティスが足を洗ってくれた。荒れ狂う風がティスの家に吹きつける。時折、家が揺れるのを感じた。

「……建て替えたほうがいいんじゃないのか？」

器用な指が、タージェスの足の指を一本一本洗う。

「イイト村の民は家具を作りますが、家を建てるのは難しいようです」

イイト村は加工もできる山民で、机や棚などを作って売る。

「家を建てる技術はないのか……」

「かつてはあったようですが、道具の鉄も売ってしまったようです」

どこも同じかと溜め息をつく。鉄は高値で売れる。領主不在の百年で困窮に陥ったメイセン領の民はまず、農具や道具に使われていた鉄を売って金に換えた。メイセン領兵隊では剣を売って食糧とした。

金を出して家を建て替えようとした者などいなかっただろう。必要とされない技術は廃《すた》れる。

「今は、防風林を増やす方向で動いています」

タージェスは湯から足を出し、代わりにティスを寝台に座らせた。靴を脱がせ、足を湯の中に入れさせる。そうやって、手で、ティスの足を洗った。

「御領主様が、ウィス森とは反対側に向けて林を増やすように……と」

ティスの息が微かに乱れる。しなやかで強い剣士の足を両手で揉むように、撫でる。

「ウィス森に向けて木々の道を作ってはならぬ、か。これ以上、獣が出てきても困るからな」

「……はい……っ」

グルード郡地の獣は大きく、ただの兎でもそのひと蹴りで家の壁に穴が空く。粗末な家なら崩れるかもしれない。

「ティスがいれば防げるが、留守のときが怖いな」

メイセン領で唯一の医師だ。ティスは月に数度はメイセン領を巡回し、広大なメイセン領で点々と暮らす民の往診をする。そんなティスのため、エルンストはメイセン領兵隊の馬を一頭、イイト村に置いたのだ。

「イイト村にも領兵隊を置きたいな……」

願望というよりは、無謀な野望だ。現在の領兵隊を無理に割《さ》くことはできる。だが、率いる者がいない。

ティスは強い剣士だが、指導者にはなれない。人が好すぎて他者に厳しい訓練を課すことはできないだろう。

ティスの膝に口づけ、濡れた足を両腕で抱える。そんなタージェスの髪に、躊躇《ためら》いがちにティスが触れた。顔を上げると、気遣う色を帯びた金色の目があった。

にやりと笑ってタージェスは立ち上がる。

「そうだな。気落ちしていてもどうにもならない。明るいところだけ見て歩く、だ」

タージェスは足で、湯の入った桶を脇にやる。寝台に片膝をつき、ティスへと身を乗りだす。息が触れるほどの距離に顔を寄せ、鼻先でティスに触れた。恥じらっているのだろうか。ティスが視線を逸らし、長い睫毛が瞬きを繰り返す。それが可愛くて、音を立ててティスの頬に口づけた。

片手でティスの肩を摑み、もう片方の手でティスの頭を抱き寄せる。目を開いたまま口づけ、金色の目が閉じられていくのを楽しんだ。タージェスも目を閉じ、舌で触れる全てに集中する。

固く閉じられたティスの唇を、口づけたまま舌先でつつく。舐めて、開けてくれと促す。肩を摑む手に、力が入る。細身に見えてしなやかな強さを持つ剣士の体は、タージェスの力にもびくともしない。その、強さが愛おしかった。

「は……っ……」

甘い吐息と共に、ティスの口が開かれる。タージェスは舌先を潜り込ませ、中で縮こまるティスを誘い出した。舌を絡め、歯列を探り、頰を中から舐める。

「んぅ……あっ……」

ティスの声を飲み込む。長い髪に指を絡め、肩を摑んだ手を背に回す。寝具を摑んでいたティスの手が、気づくとタージェスの足に触れていた。

微かな水音を立て、口を離す。ふたりの間を光る糸が繫ぎ、切れた。ティスが目元を染め、手の甲を自分の口に押しつける。

タージェスは、ティスの首元に指先で触れ、そのまま下へと辿っていく。黒く、硬い衣服の下の、しなやかな筋肉の僅かな動きを探るように。ゆっくりと、下へ、下へと。鎖骨を指先で撫で、胸の飾りを探り、引き締まった腹を指先で押し、掌で下腹部に触れた。

「あ……」

後ろ手に体重を支え、ティスが喘いで腰が跳ねる。何も感じられない下腹部を二度、三度と撫で、タージェスはそこから手を離した。

ティスと視線を合わせたまま、寝台から降りる。そうして、ゆっくりと、張り詰めてきつい前を寛がせた。

何ヶ月ぶりの恋人だろう。飢えて蜜を垂らすのをそのままに、タージェスは上を脱ぎ捨てた。

「……ティス?」

窺《うかが》うようにその名を呼び、タージェスは軽く首を傾げた。ティスの喉がこくりと動き、剣士の手がタージェスに伸びる。

ティスの手は、細く長い指の先までも黒い鱗に覆われていた。暖炉の炎がティスの全てを輝かせる。しっとりと心地よい指先が濡れたタージェスを撫で、より一層輝きを増した。

「くっ……」

悦に顔を歪め、タージェスが笑う。待ち望んだ手に、体に、ティスに、体中が歓喜に震えていた。

がっと抱き締め、力いっぱい突き上げたくなる。獣のように一晩中でも腰を振っていたい。遅咲きの恋はみっともないほど、タージェスを狂わせる。

だが、とどまり、ティスに触れさせたまま、タージェスは下も脱ぎ捨てた。

「………っ」

晒されたタージェスの裸身に、ティスが息を呑むのがわかった。膝で立ち、タージェスににじり寄る。タージェスの胸に両手を置き、ゆっくりと胸筋を撫でた。

ティスの手が滑らかに、タージェスの体を移動する。それは医師の検診のようでもあった。離れている間に異状が起きていないか、医師の目で確かめようとしていた。

くっと呻いて、いつもの儀式が終わるのを待つ。

ティスは微かに目元を染めながら、タージェスの肩を、腕を、胸を、腹を、足を診《み》ていった。

「異状なし、か？」

「……はい」

安心したように笑い、タージェスの肩にするりと両腕を回す。ティスが笑うのだと、知っている者はどれほどいるだろう。ぎこちない笑みは虐《しいた》げられた過去に原因がある。タージェスはもちろん、それにも気づいていた。

タージェスの肩に顔を寄せるティスの頬に手を当て、こちらを振り向かせて口づけを交わす。優しく触れるだけのそれを、深く、思いを伝え合うものに変える。舌を絡ませ、ティスの衣服に手をかけた。

「んぅ……」

甘い吐息ごと吸いつく。衣服を脱がせて現れた肌に手を這わせる。滑らかな鱗状の肌に、手が吸いつくようだった。

しなやかな足を割り、体を入れる。尖った頭は滑り、ティスを求めて泣き続けていた。濡らした指でティスの秘所を撫で、中に潜り込ませて悦い場所に触れる。何ヶ月離れていようと、何年離れていようと、忘れはしないだろう。タージェスが探し当てた、場所だ。

「あ……んぅ……っ」

ティスが甘く鳴き、体を捩る。足が閉じないようしなやかな腿を片手で押さえ、さらに奥へと、指を増やして進む。

タージェスの尖った頭から、ぽたりぽたりと情欲の蜜がティスの下腹部に落ちていた。ティスを濡らすその蜜に誘われるように、ティスの、微かに発光する黄緑色の芽が顔を覗かせていた。

システィーカの男は、常には何もない体だ。敏感な場所は全て体内に閉じ込め、過酷な大地で生き抜く。その気になったときだけ姿を現し、媚薬入りの蜜で狙った獲物の理性を奪う。

だがティスは、タージェスが仕掛けなければこの武器を使うことはなかった。いや、タージェスが仕掛けても、その媚薬入りの蜜を使っているという意識はないだろう。

ティスの腿を押さえていた手を離し、顔を覗かせたばかりの美しい芽に触れる。指先で捏ねるようにして、出てきた頭を中へと戻す。押し込み、タージェスも指先を潜り込ませた。

「あうっ！」

敏感な場所だ。後ろの秘所より、前のほうが敏感だった。こんなこと、タージェスの他にも誰か知っているだろうか。システィーカ郡地の男は、前の秘所がとても敏感だと。

中のティスがタージェスに吸いつく。後ろの秘所もタージェスを恋しがって指を咥《くわ》えていた。

……たまらない。

両方の手を取られ、タージェスは堪え難き蜜を空に振り撒く。タージェスの蜜はティスを濡らし、タージェスの腕や足や腹、胸までも濡らしていた。

「……っ！　……ぜっ！　はっ……っ！」

息が乱れる。久々の恋人の中ではなく、その外で達してしまうとは。情けないと己を恥じる余裕さえなかった。

ティスから指を引き抜き、濡れた頭を押しつける。いいかと確かめることもできず、己を進めていた。

「……ああっ！」

ティスが鋭く鳴き、背がしなやかに反る。タージェスの指を押し返し、若葉色の芽が飛び出してきた。ぐんと反り返って、ティスの腹につく。

「ティス！　ティス！」

硬い剣士の体を抱き締め、さらに奥へと腰を進める。

タージェスの背に回されたティスの両腕も、きつく抱き返してきた。

しなやかに見えて、力強い体。クルベール人のタージェスより、明らかに強いエデータ人のティス。この強さに安心する。互いに守り合える、互いの背を預けられる、そんな気がした。

ぐっと抱き締め、最奥で吐き出した。強い足がタージェスの腰に回され、誰の中も知らない細い芽からティスの想いが吐き出された。

頭の芯を焼く香りは遅れてやってくる。ふたりの間から立ち上る媚薬の香りに突き動かされるように、タージェスはティスの口を荒々しく塞いだ。

舌を絡め、貪るように口づける。抱き締める腕に力を込め、繋がったまま硬く隆起した。

「あ……っ……んぅ……っ」

ティスの口から漏れる声が、僅かに残ったタージェスの理性を消し去る。寝台に両手をつき、ぐっ、ぐっと腰を前後に振った。ティスの中はきつく、とても熱かった。鱗状の肌は外だけで、中の粘膜は柔らかく滑らかだった。

タージェスは足を立てて踵に尻を乗せ、ティスのしなやかな足を両脇に抱える。ゆっくりと、ゆったりと、ティスを揺らして腰を振る。だが、そんな動きもすぐに余裕をなくし、タージェスはティスの腰を両手で強く掴むと、一気に追い上げた。

「……んぅっ……あっ……あ……んっ……」

ティスの甘い声が腰に響く。手を伸ばし、ティスの胸の飾りを指で摘む。可愛いそれを捏《こ》ねて、押しつけ、顔を寄せて舌で嬲《なぶ》った。

「んん……ぅ……」

ティスの手が、タージェスの背に回されていた。微かな痛みを背に感じ、爪を立てられたのだと気づく。ぴくりと剣士の腕が動き、タージェスの背から外された。

「爪を立てろ」

美しい顔を両手で挟み、逃げを許さない距離で金の目を覗き込む。

「ですが……」

「俺の背に傷をつけてみろ。ティスのものだという印が欲しい。離れていても、それを見ると愛しさを思い出すように……」

傷などなくとも常に愛しさを感じているが。

「……っ」

目元を染めたティスが腕を上げ、タージェスの背に回す。だが爪は立てず、抱き着いてきた。

「ティス？」

しなやかな体がぎゅっと抱き着いたまま、タージェスの首筋に熱い吐息がかかる。そして、ちゅっと音を立ててティスが吸いついた。

そっと離れたティスの長い指が、タージェスの首筋に触れる。そこに、跡があると示すように。

タージェスはティスのその手に自分の手を重ね、できたばかりの所有印を覆う。

「俺も印を残したいが……」

「私の肌では無理です」

鱗状の肌には所有印がつけられない。

「……そうだな。では、こちらに残そう」

にやりと笑って、タージェスはティスの腰を強い力で引き寄せた。屹立がティスの中を抉り、長い黒髪を優雅に舞わせてティスが喘ぐ。喘ぐティスの声だけを耳が拾う。ティスの香りだけで胸が満たされる。頭の芯は蕩けるように痺れ、タージェスの全ての感覚がティスへと向かう。

幾度放っても満足できなかった。どれほど抉っても奥へ潜りたかった。ゆるく、優しく抱き締めて、語らう言葉が尽きることはない。時に訪れる沈黙は、互いを渇望する欲に火をつける。

離れて暮らす恋人との逢瀬《おうせ》はいつも、激しく、濃いものとなった。

ティスとふたり、朝のウィス森に入る。森の外では冬の嵐が止むことも知らず吹き荒れていたが、森の中は相変わらずの無風で、生暖かい空気が漂っていた。

分厚い苔《こけ》を踏み締めながら歩く。獣が活動を始める頃なのだろう。そこかしこに、生き物の気配を感じる。低い獣の声が遠くに聞こえる。タージェスは神経を研ぎ澄まし、周囲を警戒した。

互いの剣が届かない距離を置いて、ティスが隣を歩く。ガンチェとはまた違った意味で、ティスと行動を共にするのは心地よかった。互いが互いのすることを理解している。理解するのに言葉は必要なかった。それがとても、心地よい。

タージェスの前方で、何か、動く気配がした。何だと考えるより前に体が動く。同時に、ティスも後ろに跳んでいた。

ちきりと音がして、ティスが剣を抜いたのを背中で感じる。振り下ろす先はタージェスの遥か後方、タージェスが向き合う獲物とは別だ。ティスなら案じる必要はない。ティスも、タージェスなら大丈夫だと信用し、前方の獲物を任せてくれた。この信頼関係もまた、心地よい。

タージェスの体はいつも、勝手に動く。頭は遅れて判断する。言葉で、思考で状況を判断する。それでいい。まだ、こういうことができる体に安心した。

片足を上げ、大きく一歩を踏み出しながら剣を抜く。肩から腕の長さ、摑んだ剣の切っ先、その距離は僅かな狂いもなくタージェスに叩き込まれていた。

足が地面に着く前に、目が獲物の姿を捉える。当然、人ではない。幼い獣でもない。命を奪い、肉を食らってもよい相手だと判断した。向こうも牙を剝《む》き、タージェスを食おうと口を開いていた。

大きな獣が後ろ脚で地面を蹴り、タージェスに向かって飛びかかってくる。タージェスは剣を持っていないほうの手で下草を押さえ、体を沈ませた。獣の前脚の爪がタージェスの髪を掠める。

獣が飛びかかってきたことで剣の長さが邪魔になった。タージェスは摑んだ剣の柄を手の中で返し、柄の頭を拳で包み込み、獣の腹に打ち込んだ。

「……ぎゃっ！」

甲高い声を上げ、獣が鳴く。

右足を後ろに引き、低い姿勢はそのままで、体の重心を右足に載せる。ぐっと体を折り曲げた獣の体が目の前にあった。タージェスは柄を握り込んだ拳を獣の背に打ち下ろす。そして、左足を後ろに引きながら、握り直した剣の刃を獣の首に振り下ろした。

どさりと首が落ち、束の間の静けさに包まれる。グルード郡地の獣だろう。大きな、不思議な形をしていた。

「……これ、食えるのか？」

離れた場所で鳥を仕留めていたティスに聞く。シェル郡地ならば犬ほどの大きさの鳥を片手で摑み、ティスが頷いた。

「美味です」

「旨いのか……」

この形相《ぎょうそう》で、この色で、旨いのか。タージェスは仕留めたばかりの獣の脚を摑み、ティスに向かって歩く。

「ふたつもあれば大丈夫か？」

「はい。あまり長居しては危険です」

「そうだな。血の臭いで色々と引き寄せそうだ」

既に気配は感じる。タージェスとティス、ふたりの力量を図ろうとでも言うのか、何かが周囲を取り囲んでいた。知能のある獣は危険度が増す。

「森を出よう」

大きな獲物を摑んで森を歩く。ティスも同じく大きな鳥を提《さ》げて歩き慣れた森を進む。途中で、ティスはいくつかの薬草を採っていた。珍しいものでも手に入れたのか、金の目が悦《よろこ》びに輝いていた。

いくらか進んだところで、危険な獣の気配が消えた。諦めたのだろう。タージェスは内心で息をつき、肩から力を抜いた。森の出口は近い。

「……領兵隊に、システィーカ郡地の鎧を手に入れられないかと考えている」

隣に並んで歩くティスに話しかけると、金色の目が黙ってタージェスを見た。

「おそらく、ムテア国のものとなる。あの国はスート郡地に近く、多少は過ごしやすい場所にある。それに、ガンチェの知人がムテア国にいるんだ」

それでも日中は極寒で夜間は灼熱となることに変わりはない。その寒暖の差が「多少」ましなだけだ。

「スート郡地と接しているのはテリス国だが、あの国の市場では悪徳商人が荒稼ぎをしているのは知っているだろう？　だが、システィーカ郡地に他郡地の種族が入り込むのは至難の業で、基本的には無理だ。グルード郡地の種族でなければ入ってはいけん」

「では、御伴侶様が？」

タージェスは、ぶはっと吹き出す。

「ないない！　エルンスト様が行かすものか。可愛いガンチェが迷子になったらどうしようと、心配で眠れやしないだろう」

あのでかい図体を見て可愛いと思えるのが不思議だが、エルンストは本気で可愛いと思っているのだ。

「俺が行く」

「……隊長殿が」

「若い頃に一度、テリス国に行ったことがある。俺の鎧はテリス国で手に入れたものだ」

さすがにタージェスの体に合わせて作ることはできなかった。鎧が出来上がるまで待っていられるほど、生易しい土地ではなかったのだ。かといって、受け取りに戻りたくもなかった。

今出来上がっている鎧の中で一番納得のいくものを手に入れ、すぐに逃げ出した。

「ガンチェの鎧はルクリアス国で作ったものだ。あいつはあの国で火熾《ひおこ》しをしながら、自分の体に合わせた鎧が出来上がるのを待っていたらしい」

「……！　さすが……」

システィーカ郡地で生まれ育ったエデータ人のティスでさえ、目を見開いて驚いていた。タージェスもその話を聞いたときは、嘘だろうと呆然と呟いた。

システィーカ郡地の中心地にあるのがルクリアス国だ。広大な国土面積を持つルクリアス国は過酷な土地で、ルクリアス国の人々でさえ生き抜くことが困難なほどだ。それを、鎧が出来上がるまでの数ヶ月間を過ごせたとは。その上、なお過酷な、燃え盛る火を熾しながら……！

スート郡地で参戦し、己の軟弱さに何度も嫌気がさした。クルベール人など、グルードの種族にしてみれば赤子も同然。システィーカの種族にも敵わない。体の構造が元から違いすぎるのだ。

タージェスは掴んだ獣の脚を握り直し、軽く頭を振って嫌な考えを追い出す。

生まれは変えられない。手にしたこの体で生き抜くだけだ。決して得られないものを欲し続けるのは破滅への序章となる。

足るを知る。己を知る。良いも悪いも冷静に受け止める。成長できるかどうかは、その先にある。

「……ティスの鎧はログア国のものか？」

システィーカ郡地ログア国、ティスの生まれ故郷だ。古傷を抉ることになるかと、システィーカ郡地の話をティスに聞くことはこれまでになかった。ティスは感情の読めない顔で正面を向いたまま、硬い声で答えた。

「はい。父のものを譲り受けました」

「……そうか」

システィーカ郡地では子が育ちにくい。世界で一番、子が育たない場所と言えるだろう。だからこそ、親は生まれた赤子を大事に、大事に、必死に育てる。それは本当に、命をかけて守る。

ティスも、そうやって育てられただろう。だが、故国の話同様に、ティスが両親の話をしたこともなかった。

タージェスはそれ以上問わず、話題を変える。

「もし、ティスが嫌でなければ、俺と一緒にムテア国に行ってくれないか？」

ティスが驚いてタージェスを見た。

「ティスが嫌な思いをしないよう、エルンスト様が色々とご用意してくださるだろう。ガンチェの知人は、現ムテア国の国王だ。この方が力添えをしてくださるかもしれん。それでも嫌な思いはするかもしれんが……そのときは、俺が……」

守る、と続けようとしたタージェスの言葉を遮って、ティスが言った。

「行きます」

感情のない声だった。ティスのいつもの話し方と言えばそれまでなのだが、あまりに何も感じられない平淡な声で、タージェスは足を止めた。

「本当か？　無理はしなくていいぞ。ティスが嫌な思いをしてまで行く必要はない。そもそも、商人を介して買えばいいだけだし……」

吹っ掛けられるだろうが、メイセン領もいつまでも貧乏で居続けるわけではない。エルンストが絶対にどうにかするだろうし、それまで鎧を買わなくてもいい。

ティスも足を止め、正面から金色の目でタージェスを見た。

「行きます」

今度は幾分、穏やかな声だった。弾むような、そんな音も感じた。

「行きたいです。貴方と」

ティスの、獣を掴んでいないほうの手が、タージェスに伸ばされる。

「……ムテア国は遠いから……」

艶やかな黒い鱗に覆われた手が、タージェスの頬に触れる。

しっとりと心地よい指にタージェスは笑みを浮かべ、掴んでいた獣をどさりと落とした。

「ああ、そうだな。嫌になるほど遠い」

「嫌にはなりません」

ティスの手からも獣が落とされる。

「ああ、嫌にはならない」

ティスをそっと抱き締めた。ティスの手も、タージェスの背に触れていた。

「ムテア国は遠い。行って、戻るのに二ヶ月……いや、三ヶ月くらいか？」

「楽しみです」


春のように暖かいウィス森で抱き合い、束の間の平穏に目を閉じた。だが次の瞬間、二人は同時に離れて後ろに飛びのき、剣を抜いてそれぞれの背後に迫っていた獣を切り倒す。

タージェスは、足元に落ちた獣を見下ろし、ティスを見た。ティスもまた、自分が倒した獣を見て、タージェスに視線を向ける。そして、かちかちと聞こえる声で言った。

「そちらは駄目です。こちらは食べられます」

食うか、食えないか。その判断をティスが間違うことはない。タージェスは倒したばかりの獣は捨て、先に倒していた獣の脚を掴み持つ。

「土産が増えたな」

ティスは大きな鳥と倒したばかりの獣、両方を片手で掴んで持った。強い剣士はいつ何時も、片手は空けておくものだ。

大きな獣が三体、三つの村で分け合うには十分な量だった。

　歓喜する村民に獲物を渡し、ティスの家に戻る。大部分は干し肉に、一食分だけの生肉を料理に使う。これは獲物があるときだけの贅沢だった。

　食後にティスが淹《い》れてくれた茶を飲む。薬草だと思うが、旨かった。乾燥させた葉っぱを煮出して飲む。

　ただそれだけのことなのに、ティスの手で行われると全てが不思議と旨くなる。

　ゆったりとした時間が流れるのを楽しむ。嵐のような風は今日も吹き荒《すさ》んでいるが、その音にさえ心地よさを感じた。

　タージェスはもう一杯茶を飲んで、ふと思い出し、ティスに聞いた。

「村長が新年の飾りを見せてくれた。ティスも手伝ったのか」

「はい」

　器用なティスのことだ。綺麗な飾りを作ったのだろう。もしやと思い、帰りの荷に入れた小さな飾りを取り出す。

「これを作ったのはティスか？」

「はい」

　やはり。ティスの声にはっきりと、嬉しそうな色が混ざる。

「これはいいな。見た目がいいし、大きさもちょうどいい。蜜蠟もいい。それに、媚薬入りだ。恋人たちによく売れるだろう」

　媚薬だの何だの、色恋に関することを好む者は多い。

「カリア木の花もいい」

　タージェスが手にする小さな飾りにも使われていた。

「乾燥させたほうが、匂いがいいのか？」

「はい。イイト村は風が強いですから、何でもすぐに乾きます。肉も魚も、作物でさえ、イイト村は乾燥させて保存食とします」

ティスがイイト村で暮らすまでは、出稼ぎ者が戻る夏の間にできるだけ多くの食糧を溜め込んでおく必要があった。

「メヌ村がそれを見て、カリア木の花を乾燥させてみたのです。それまでメヌ村は花を気にもとめていませんでした。ヤキヤ村の蜂のために必要なものだと、ただそれだけで。木に咲いているときの花は微かに匂う程度ですし」

「だが、乾燥させてみたら驚いた、と？」

「はい」

飾りにつけられた、乾燥した花を手にとる。

「カリア木の花ってのは、たくさん咲くものなのか？」

木はなかなか育たず、出荷量が限られる。

「花は多いです。蜜は関係ありませんから、ヤキヤ村の蜂が蜜を獲り終えた花を使うそうです」

カリア木の花は小さなもので、タージェスの小指の半分程度の大きさだった。

「今までは枯れ、落ちるに任せていた花を、今年は人の手で摘《つ》み取ってみたそうです。ヤキヤ村も手伝って……それをイイト村で乾燥させ、新年の飾りにも使えないかと試しているところです」

「花は木にひっついているのか？　こう、細い枝の先で咲いているのなら、枝ごと取ったほうが飾りやすいと思うんだが……」

タージェスが持つ飾りに使われている花に、枝や茎らしきものはなかった。

「花は木に直接咲くものです。茎はありません。ですから飾りに組み込むのが難しくて……」

それで、蔓を編んだ置物を考案したのか。これなら編み込んだ蔓に差し入れるだけで固定できる。上に載せてやるだけでもいいだろう。蔓を細かく編めば、小さな花も挿し込みやすい。

「いっそのこと、乾燥させた花を小袋に入れて、それで売れないかと考えています」

「香り袋か」

貴族は好んで香り袋を使う。懐に忍ばせたり、枕元に置いたり。衣装箱に入れ、衣服に香りをつけたりもする。

「メイセン領で新しい布を手に入れるのは難しいのですが……」

「布を織れる者はいないからな」

羊毛を使った機織りだけだ。敷布や分厚い寝具は作れるが、薄い布は織れない。そもそも糸が手に入り難い。それが絹であれ、麻糸であれ、メイセン領では難しいのだ。

布の最高級はリュクス蜘蛛が吐き出した金糸で作る金布で、王侯貴族が使うものだ。もちろん、ただの白い布ならリンス国でも作られている。

「少しなら手に入ったので、試しに作っています。ですが、ただの白い布なので味気なく、イベン村で染色してみました」

ティスの目が右手の書棚に向けられる。

タージェスは立ち上がり、本が詰め込まれた棚の一角を占める、小さな箱の引き出しを開けた。中に三つの小袋が入っていた。ふたつは白い袋、もうひとつは薄い茶色に染色された袋だった。

「これは……？」

ふたつの白い袋のうち、ひとつには刺繡《ししゅう》が施されていた。その袋を手に聞くと、ティスが微かに目元を染めて俯いた。

「布を染色してもいい色に染まらなかったので、糸を染色して刺してみました」

糸だけのほうがよく染まるのか、素朴な赤い花が刺されていた。器用なティスは何をやらせても上手にこなす。

「綺麗だな」

「そうでしょうか。もっと見た目をよくしなければ選んではいただけません」

リンス国の王都で何年も過ごしたティスだ。手に入らなかったとしても、良き品を目にしたことはあるだろう。王都の市場で売られているような品物、目指すはそれか。

「御領主様は、図案集などはお持ちではないでしょうか？　何か参考になるような絵柄を見てみたいのですが」

「うーん……エルンスト様は、実用的な物以外は売ってしまうからなぁ……」

常に金に困っている御領主様だ。エルンストが通った後は塵《ちり》も残らない。メイセン領民の笑い話の種だが、それほど間違ってもいない。

「御領主様のお召し物に、刺繍されているようなものなどはありませんか？」

「そんなもの、あったかなぁ」

エルンストの衣服は皇太子時代から着続けているものだ。それだけに洗練された超一級品で、ティスの望みを叶えてくれるかもしれない。だが、小さな領主が刺繍に溢れた衣服を着ていた記憶がない。

腕を組んでエルンストの服を思い出しながら、あっと気づいた。

「そうだ！　これがいい！」

タージェスは自分の懐を探った。そうして、数十年の時を共に過ごした白金の小袋を取り出した。

「所々擦り切れてしまったが、どうだ？」

誰にも見せたことのない白金の小袋。誰の手にも、目にさえも触れさせず、話したこともない。タージェスと、今は亡き、先代国王付侍従長と近衛兵隊隊長だけが知る秘密だった。

だが、ティスならいいだろう。ティスなら許してくださるだろう。タージェスは差し出されたティスの手に、そっと白金の小袋を載せた。

ティスは大事そうに両手に載った小袋を掲げ、暖炉の火に照らして見ていた。

「……とても美しいですね……」

ティスの口から感嘆の声が漏れる。いつものかちかちとした話し方ではなく、心の底から零れ落ちるような、感情の溢れる声だった。

揺らめく暖炉の火に照らされ、白金の小袋が光を弾く。数十年も前に作られた小袋は、擦り切れても色褪せることはなく、作った人々の思いがそこにはあった。

選ばれた職人が技を凝らして作ったのだろう。丁寧に糸を紡ぎ、丹念に布を織り、ひと刺しひと刺し思いを込めて彩《いろど》った。中におられる方を守るように、幾人もの職人が技を繋いだのだ。

「隊長殿……？」

白金の小袋が弾く光が目に眩《まぶ》しく、ティスの顔が滲《にじ》んで見えた。タージェスは俯いて、自分の目頭を強く押さえた。

顔を上げ、笑う。

「いや、何でもない。……参考になりそうか？」

「はい。こちらの絵柄を参考にさせていただいても構いませんか？　同じものは絶対に作れませんが、色合いや、模様などを参考にさせてください」

ティスが興奮してか、口数が増えていた。

感情の発露が少ない恋人の、常にない様子にタージェスは笑う。

「ああ、もちろんだ。ティスが使ってくれたら嬉しい」

あの方も喜んでくださるだろう。誰よりも民を案じた方だ。民のためになることなら、とても喜んでくださるだろう。

ティスは紙を取り出し、迷いのない手で絵柄を描き写していった。美しい手が描いていく、いくつもの美しい絵。

タージェスはティスと向かい合って座り、数十年の間、タージェスを支え続けた文様が息吹を与えられる様を見ていた。

それは、心躍る光景だった。

新年の飾り作りは新しい年を迎える半月前から行われる。

まずは、ガリの枝。そして、バークの葉。メイセン領兵隊は新年の飾りに必要なそれらのものを、近くの森で集めてきた。

隊舎の食堂の床に、ガリの枝が堆《うずたか》く積み上がっていた。バークの葉は大机の半分を占め、残り半分にはクロの実やコガラやアカリ、インムクイの枝などが置かれている。

新年の飾りは、ひとり一つは必ず作る。もちろん、ひとつ以上を作ってもよい。新年を彩る飾りが多ければ多いほど、新しい年の幸せが増えると言われていた。

何もないメイセン領だが、新年飾りの材料だけは腐るほどある。ということで、メイセン領の新年飾りは毎年、溢れるほど作られていた。


「こんなものが売れるんですか？」

イイト村で聞いた話をしてやったら、ミナハが笑っていた。ミナハはメイセン領でも比較的裕福なダダ村出身で、出稼ぎに行ったことはない。

「あー、でも、売れるかもしれんなぁ。俺はエッグ領で出稼ぎをしていたことがあるんだが、新年の飾りが市場で売られているのを見たことがあるぞ」

そう言う第二小隊のゼントの手にはガリの枝とバークの葉が握られていた。そして、ひとつだけ入れる願いの材料をいくつも並べ、どれにしようかと迷っていた。

新年飾りはガリの枝を主軸に形を組み、バークの葉で飾りつけ、叶えたい望みを示す実や、葉や、枝をひとつだけ入れ、それぞれに意味を持たせる。サラスの実なら健康、アカリの葉なら商売繁盛。そうやって、たったひとつの願いをひとつだけ入れて、天に届けと願いを込める。

「俺も見たことがあるな。ガリの枝とバークの葉だけを使った飾りが売られていて、ひとつの願いは別に買う。そして、最後の仕上げは自分でやるんだ」

「へぇ……こんなものがねぇ……」

ミナハは手にしたガリの枝を見て溜め息をつく。

「よいではないか。何であれ、売れるものを見つけることは大事だ」

エルンストはそう言って、ガリの枝とバークの葉とコガラの枝を目の前に並べた。どう配置しようか考えているのだろう。

ひとり一つの飾りを作るとは言っても貴族は使用人に命じて作らせ、手ずから作ることはない。ましてや王族が、野山で育つものに手を触れることなど決してない。

元王族のエルンストが躊躇なく新年飾り作りの輪に加わっていることを、メイセン領兵隊の誰も不思議に思わない。ガンチェでさえ、そうだ。リンス国の王族がどういう存在か、側近くで仕えて知っているタージェスだけが慄《おのの》いていたが、そんなこともこの小さな領主の側で一年も過ごせば飽きてしまった。

領兵らはあちこちに分かれ、それぞれに飾りを作っていた。ひとつきりの暖炉に火は入っていたが、それだけではなく、集まる領兵の熱気で部屋は暖かい。

第二駐屯地でも今頃、新年飾りを作っているだろう。あちらは正しく森の中に隊舎がある。いくらでも材料は集められそうだった。

「ディルスは恋愛か」

第一小隊長のブレスが若い領兵を揶揄《からか》う。入隊七年目のディルスは赤い顔で、新年飾りに入れようとしたシルスの実を机に置いた。

「いいじゃないか。入れろ入れろ。相手は誰だ？　フォレス町のルナか？」

古参の領兵も揶揄い、ディルスの顔はますます赤くなった。シルスの実が示す意味は、恋愛成就だ。

「揶揄っちゃ可哀想ですよ。ちゃんと願いのものを入れなきゃ悪いことが起きますよ」

　自分の心に背いてはならない。新年飾りにはそういう言い伝えもある。タージェスは揃えられた願いの品からひとつを選び出し、自分の飾りに入れた。アルイの葉、平穏無事を願う飾りだ。

「……隊長、相変わらず年寄りくさいですねぇ」

　タージェスの手元を覗き込み、ミナハが笑う。

「うるさい。これが俺の願いだ。不埒者が入り込まず、災害が起きず、お前たちが怪我もせず、平穏無事に一年を過ごすことが一番大事なんだ」

　メイセン領兵隊は数も揃わず、腕も上がっていない。まともに食えず、体格も悪く、体力もない。今攻め込まれても防ぎようがない。それは、相手が他国軍でも盗賊でも同じだ。

　あと少し、もう少し、メイセン領兵隊が育つまでは平穏無事に過ごし続けたい。

「……エルンスト様も、毎年同じ願いですね」

　ブレスが呆れたように笑い、周囲の領兵らもそれに続いた。タージェスが視線を上げると、エルンストが真剣な顔でコガラの枝を組んでいた。コガラの枝の意味は、金だ。

「エルンスト様、エルンスト様。コガラの枝だけで作っちゃ駄目ですって。コガラを願いにするのなら、枝は一本だけ入れるんですよ」

　エルンストは去年も同じことをミナハに言われていた。目の前に並べたガリの枝もバークの葉も無視し、エルンストは真っ赤なコガラの枝だけで飾りを作ろうと悪戦苦闘していた。

　見かねてガンチェが手を貸そうとするが、エルンストはそれを片手で制した。

「ならぬ。新年の飾りは自分の手で作らねば叶わぬ」

「ですから、コガラを願いの材料にするのなら枝は一本だけですって。それに、コガラの枝はつるつるしているから、それだけじゃ纏まらないですよ」

新年飾りはガリの枝を主軸に、バークの葉で飾りをつけ、ひとつだけ願いの品を入れる。三つの材料を纏めて括《くく》るのはノバの蔓やモエスの細長い葉だ。王都では色鮮やかな紐が使われる。

「ふむ……真理だな。金は手に摑みにくいものだとは……」

感心しつつもコガラの束を手放さず、エルンストはなおもノバの蔓で括ろうとしていた。これも毎年の光景で、ミナハもブレスも呆れて見守っていた。

「エルンスト様……せめて、バークの葉を入れちゃどうですかい？」

「そうですよ。バークは滑り止めになりますから」

ふたりが差し出すバークの葉を受け取り、エルンストはどうにかひとつの飾りを作り上げた。

「……よし。これで金が得られる」

できたばかりの飾りを掲げ、エルンストが満足して頷いた。メイセン領主は毎年金に溢れた飾りを作るが、その願いが叶う兆《きざ》しは未だ見えない。

エルンストが手にした、今にも崩れそうな不格好な飾りを横目に見て、タージェスはガンチェに視線をやる。メイセン領主の御伴侶様は、全てを察して目で頷いていた。

メイセン領主は呆れるほど不器用だが、その伴侶はとても器用だ。あの飾りも新年の祝いが終わるまでは形を保っていられるよう、作り直されることだろう。エルンストに、気づかれないように。

一日をかけ新年の飾りを作っていく。ブレスはコガラの枝を一本入れた飾りを、ミナハはテヨウの実を入れた。テヨウの実が示すのは、狩猟の成功。弓矢の腕前上達を願っているのだと思っておこう。

新年の飾りは戸口や窓、家の角や暖炉の上、枕元などあらゆる場所に飾られる。一人ひとりが作った飾りも全て纏められ、誰の飾りがどこに飾られるのかはわからない。皆の願いがひとつとなって、満願成就を目指す。

先が赤や黄色に色づくバークの葉で飾られた新年飾りは、花々が咲き乱れたように鮮やかだ。黒いガリの枝が引き締め役となって、より一層、鮮やかさが増す。

所狭しと飾られた新年飾りが隊舎と、領主の屋敷を華やがせる。領主の屋敷の新年飾りはメイセン中から集まったものだ。本気の願いは一人ひとつだけを作り、それ以上に作る飾りには願いを入れず、ガリの枝とバークの葉だけで作る。

そのはずなのに領主の屋敷に集まった新年飾りにはアルイの葉など、色々な願いの品がひとつずつ入れられていた。領民同士で示し合わせてでもいるのか、コガラの枝がやたらと多い。

タージェスは苦笑を浮かべて領主の屋敷を飾る新年飾りを見上げた。

「今年も派手だな」

ガンチェも屋敷を彩る飾りを見上げて笑った。

「コガラが多いと、全体的に赤くなるからな」

「お前は今年も馬小屋を飾ったのか？」

「当然だろう。あいつらも新年を祝わなきゃな。健康第一、サラスの実で作ったさ」

新年飾りには使わない材料だが、アステ草も入れてみた。隣で笑うガンチェが作った飾りにはカズラテリの葉が入れられていた。天候良好を願う飾りだった。

タージェスは空を見上げた。陽が陰り始めた空から、ちらちらと雪が舞い落ちる。風は微かに感じる程度で、空に浮かぶ雲は薄い。

「……今年の新年は穏やかに過ごせそうだな」

空を見上げたまま、タージェスは呟く。四年前の新年は大嵐で、カタ村の近くで雪崩が起き、村の畑を潰してしまった。

「酒が過ぎなきゃ隊舎の中も穏やかに過ごせるだろう」

茶化すようにガンチェが言った。タージェスは腕を組み、喉の奥で唸った。

「酒樽をひとつかふたつ、隠しておこうか」

「無駄だろう。奴らは絶対に見つけ出す」

「……あんな安酒でよく酔えるものだよな」

安い上に、雪を入れて水増しまでしている。

「酔ったつもりで笑いたいのかもしれん」

「まあ……そうだな」

笑い飛ばさなきゃやってられない。それが、メイセンの長い冬だった。

「さあ、笑いに行こうか！」

景気づけるようにタージェスは両手を打ち鳴らした。ガンチェもタージェスの肩を叩いて、隊舎に足を向ける。

「よし！　行こう！　肉だけは用意したぞ！」

「それだとエルンスト様がお辛いだろう？」

「エルンスト様には魚を用意した。今朝、コーリ川で手に入れたばかりの新鮮なヴォルガだ」

「……それはまた、貴重な魚だな。よく釣れたな」

ヴォルガは数が少なく、メイセン領で釣れることはまずない。

「釣ったんじゃない。獲ったんだ」

「……どう違うんだ？」

ガンチェは曲げた自分の右腕を、ばんと叩いた。

「摑み獲った」

「……素手でか!?」

驚いて叫ぶタージェスに向け、ガンチェが得意げに笑った。

「おう！　ヴォルガは餌には食いつかん。だったら力ずくで獲ったほうが早いだろう？」

「いや、あの魚は泳ぐのも速いから釣りにくいんだろうが……網でも獲れんと聞いたことがあるぞ」

ヴォルガの餌は岩につく苔だが警戒心が強く、極度の飢餓状態であったとしても釣り針についた餌に食いつくことはない。その上、泳ぎが速いから投網でも獲ることは至難の業だった。

「氷の張った川で網は使えんし、素手で氷を割るならついでに魚も摑み獲っただけだ」

「氷を割るのには道具を使うんだ。岩か、でかい鉄槌だな」

鉄槌などメイセン領にはなく、岩を投げ入れる道具もない。メイセン領で漁とは、春から秋までのものだった。

「……どうしても、エルンスト様に召し上がっていただきたかったのだ」

滅多《めった》に手に入らないヴォルガは、吉兆を示す川魚だった。

「……そうだな。新年に召し上がっていただければ、今年のメイセンには良いことが起きるかもしれんな」

「そうだろう？」

ガンチェは子供のように笑うと、歩く速度を上げた。


エルンストにはヴォルガを、領兵隊には鹿や猪、兎や鳥を焼いた。冬が来るまでに領兵隊総出で、大甕《おおがめ》いっぱいの木の実を集めていた。その木の実をたっぷりと入れた特別なパンも用意した。

祝い酒はいつもと同じ、水で嵩《かさ》を増やした安酒だ。酔うに酔えない水のような酒を、酔ったつもりで飲み干していく。新年の祝いは夜通し続け、朝日が出るまで眠ってはならない。

屋敷で働く侍従や侍女たちも、この日ばかりは眠らない。全員隊舎に集まり、広い食堂で共に過ごす。ただひたすら飲んで、食って、話して、笑う。いくつかの小集団は賭けをしていた。遊戯盤を持ち出し、歓声を上げる小集団もある。無謀にもエルンスト相手に陣取り合戦をしている領兵たちもいたが、あっという間に負かされていた。

「エルンスト様に敵うわけがないだろう」

笑うタージェスに領兵が不満の声を上げる。

「いや、でも、こっちは兵隊ですよ！　絶対に勝てますって」

根拠のない自信で向かっていき、一瞬で盤上の駒をひっくり返されている。傍から見て、見事だと感心した。途中までは領兵が優勢に見えるのだが、エルンストが打つ一手で全ての駒がエルンストの色に変わる。

「エルンスト様！　エルンスト様！　もう一勝負！」

二度勝負を挑んで惨敗したグラックが叫ぶ。

「ふむ。構わぬが……」

「やめておけ。お前が何度向かっていってもエルンスト様に敵うもんか」

笑う領兵に向けて、グラックが吠えた。

「うるせぇ！　俺には奥の手があるんだ！　これで駄目ならきっぱり諦める！」

「おぉ！　その奥の手とやらを見せてみろ！」

「そんなものがあるのなら最初から使えよ」

グラックは、わははと笑う領兵らを掻き分け、一番後ろにいたタージェスの腕をむんずと摑んだ。

「これだ！　俺の奥の手、隊長を向かわせる！」

どんと背中を押され、遊戯盤が載った机を挟んでエルンストと向かい合わせられた。

「ちょっと待て！　俺か⁉」

叫ぶタージェスの声が、領兵らの笑い声に掻き消された。

「いいぞー‼　やれやれ‼」

「我らが隊長殿の腕前をとくとご覧あれ、だ！」

「腕前じゃねぇだろ！　頭だ、頭」

薄い酒でも樽三つを飲み干せば酔えるのか。がっはっはと笑う領兵の集団に取り囲まれ、タージェスは無理矢理椅子に座らされた。

「タージェスが相手か。これは手強そうだ」

ちっともそう感じられない口調でエルンストが言った。

「……エルンスト様、手加減をお願いしますよ？　こいつらの手前、負けたら隊長としての威厳に関わりますから」

身を乗り出してこっそり囁いたのに、耳ざとく聞きつけたブレスに暴露される。

「何を言っているんですか！　エルンスト様、手加減なくお願いしますよ」

ブレスは両腕を高々と上げ、声を張り上げた。

「さあ！　張った！　張った！　エルンスト様が勝つと思う奴は右手に、隊長がその実力を見せると思う奴は左手だ！」

領兵全員が右手に、侍従と侍女がお情けで左手についた。

タージェスは唸りながら一手を指す。エルンストは無言でそれに返す。二手、三手と進むにつれ、エルンストの強さがわかってきた。

傍目で見ているよりこれは……。

「……エルンスト様、嫌な指し方をしますね」

「む。心外だ」

エルンストの青い目が、ちろりとタージェスを見る。

中盤に差し掛かり、タージェスは負けを覚悟した。勝てる気がしない。動揺させて悪手を出させようと無駄な足掻きをしてみるが、エルンストは眉ひとつ動かさず指していた。

「陣取り合戦の指し方で性格がわかるそうですよ」

エルンストの指し方には全く隙がなかった。反対に、隙と見せかけた罠は、そこかしこに仕掛けられていた。罠に気づいて得意満面で避けてみたら、真実の罠に落とされる。そういう指し方だった。

簡単に言うと、底意地が悪い。

「ふむ……タージェスは素直だな」

そう言われ、酒にむせる。

「ごほっ……げほっ……」

「ちなみに、タージェスは私の性格をどう見たのだ？」

「ええと……」

動揺し、悪手を指してしまった。

「あ……」

一度指せばやり直すことはできない。だがそれでも手が伸びそうになったタージェスよりも先に、エルンストが止めの一手を指した。盤上の駒のいくつもが、たった一手でエルンストの色に変わる。

勝ちを確信した目がタージェスを射貫《いぬ》き、にやりと嗤《わら》った。

「遠慮はいらぬ。正直に答えよ。タージェスは、私の性格を、どう見たのだ……？」

「う……」

唸り、タージェスは肩を跳ね上げた。嫌な汗が背中を流れていく。目の前の小さな領主が大きく、とてつもなく大きく感じられた。エルンストの……目が、怖い。

「うぐぅ……」

唸るタージェスを憐《あわ》れに思ったのか、エルンストの背後に立ったガンチェがぽんっと、エルンストの肩を叩いていた。振り仰いで見上げるエルンストに向け、軽く眉を寄せて小さく首を振っている。

誰よりも可愛い年下の伴侶の無言の戒《いまし》めに、エルンストの目がいつものそれに変わる。

「ふむ……タージェスは、手強かった」

領兵らの手前か、エルンストが淡々と告げる。元よりないと思うが、隊長の面目を保ってくれるつもりなのだろう。

寄越《よこ》してくれた舟に、タージェスは躊躇なく飛び乗った。

「参りました」

駒を置き、深く頭を下げる。ほっと息をついたタージェスの後ろでは、掛け金の分配が行われていた。

「駄目じゃないですか！　隊長！　いざというとき、隊長が俺らを動かすんでしょ！」

「これじゃ死にますって！」

領兵相手よりはましだが、盤上の駒は七割方エルンストの色に変わっていた。

「うるさい！　そもそもエルンスト様に勝てると思うな！」

あんな底意地の悪い指し方をする相手に勝てる者などいるのだろうか。タージェスは怒鳴りながら、ガンチェを見た。言われる前に全てを察したガンチェは、降参するように両手を上げて首を横に振った。

「勝てたことはない」

そう言ったガンチェの言葉をエルンストが訂正する。

「いや、それは正しくはない。私は、五回に二回はガンチェに負ける」

「おぉ‼」

いつの間にか食堂に散らばっていた全員が集まっていた。全員が感心してどよめきを上げたのを、ガンチェが片手で制した。

「あれは勝ったのではなく、勝たせていただいただけです」

「ああ……」

全員から納得の声が漏れる。誰よりも可愛い年下の御伴侶様を喜ばせるため、小さな御領主様はいくらでも勝ちを譲ったことだろう。皆が苦笑し、全てを理解していた。

「エルンスト様はどこで覚えたんですか？　王宮にもこんなものがあるんですか？」

ミナハがそう言って遊戯盤を示した。これは領兵の手作りだが、王都の市場に行けば同じものが普通に売られている。遊び方も同じで、タージェスはメイセン領にこの遊戯盤があったことのほうが驚きだった。おそらく、出稼ぎで他の領地に行った者が持ち込んだ遊びだろう。

「ふむ。もう少し手の込んだものではあるが、あった」

少しどころではなく、ものすごく手の込んだものだろう。タージェスが子供の頃に遊んでいた遊戯盤でさえ、駒の色分けには宝石が使われていたのだから。

「へぇ……皇太子さんでもこんなもので遊ぶんですね！　友達とかとですか！」

ミナハの無邪気な質問に眩暈《めまい》がしそうだ。だが、さすがに十年もこんなやりとりを見ていたら止めようとも思わない。案の定、エルンストは特別反応を見せず、普通に、答えていた。

「私に友人と呼べる相手はいなかったが、用意された者と指した」

侯爵の子息か、侯爵自身か。侍従や侍女ではあり得ないだろう。

「エルンスト様……友達がいなかったんですね……」

気の毒そうな目で、第二小隊のトートが見た。エルンストの眉が、むっと寄る。

「私は誰彼となく、気軽に話しかけることはできなかったゆえ」

「挨拶《あいさつ》は友達になるための基本ですもんね。こんにちは、ができなければ友達も作りにくいですよねぇ……」

「エルンスト様、人見知りだったんですか？」

トートもミナハもダダ村出身で、どちらも出稼ぎに行ったことがない。エルンスト以外の貴族や金持ち商人がどういう存在なのか、わかってはいない。

ふたりの会話を生ぬるい目で見ながら、第二小隊のクレゼントが言った。

「王都の新年祝いって、どういうことをするんですか？」

「ふむ……王都の新年祝いなら、タージェスのほうが詳しいだろう」

確かに、そうだろう。廃位されるまでエルンストは王宮に閉じ込められていたのだ。エルンストが知る新年の祝いとは王宮で行われるもので、格式ばった堅苦しいものばかりだろう。

「……王都の新年祝いは、一言で言えば、派手だな。それに、とてもうるさい」

　あちこちで金持ちが呼んだ楽団が楽器を打ち鳴らし、踊り子が一晩中踊り続ける。酒は大量に振る舞われ、御馳走も用意される。

「大商人が年に一度の大盤振る舞いをする日だからな。酒も御馳走も無料で振る舞われる。誰が食ってもいいし、飲み干しても構わん」

「誰でも⁉」

　領兵らが、ばんと大机に両手を置き、身を乗り出した。

「誰でもだ。どれだけ人を集められたかで、新しい年の商売繁盛が決まる。そんな言い伝えがあるらしい」

「いいですね！　それ！」

「メイセンでもやりましょうよ！」

　叫ぶ領兵にタージェスは苦笑を浮かべた。

「誰がやるんだ。メイセンで金を持っている商人がいるか？」

「あ……いないかぁ……」

　現実を理解して、領兵の半分が椅子に座る。

「でもいいなぁ……エルンスト様。新年祝いのときに、王都に行っちゃ駄目ですか？　ほら、王都に税金を納めに行くやつ。新年祝いのときに合わせましょうよ」

「そんなことをしたらメイセンに帰ってこれんぞ。お前は冬のリンツ谷を渡れるのか？」

「うー……春が来るまで王都で……」

「滞在する金がない」

　エルンストの冷静な声に、ブレスの声が被る。

「そりゃ出稼ぎだ。ついでに王都で働いてこい」

　僅かな望みで立っていた領兵らも椅子に腰かけた。

「はぁ……無理かぁ……いいなぁ……御馳走……」

「飲み放題……いいなぁ……」

「隊長、リンツ領ではやってないんですか？」

「どうだろうなぁ。俺は国境警備であちこちの領地に行ったが、そういう大盤振る舞いは王都の新年祝いだけだったな。あとは領主が……」

言いかけて、あっと口を押さえた。そのまま目だけを動かしてエルンストを見ると、小さな領主は何かに耐えるような顔で目を閉じていた。

「……わかっている。本来ならば、新年祝いで領民に幸福を振る舞わなければならないのが、領主だ。だが…………」

エルンストはぐっと握った手を机に置き、ぶるぶると腕を震わせた。

常にない領主の様子に、広い食堂に重い空気が垂れ込める。皆が息を詰めてエルンストの様子を見守る中、小さな領主が慟哭《どうこく》するように言葉を吐き出した。

「…………金が、ない……っ！」

全員の肩から、どっと力が抜ける。あちこちから大きな溜め息が漏れた。

「はぁ～、何を言うのかと思ったら」

「わかってますって。エルンスト様に金がないことくらい」

「そうじゃなきゃ、あれほどコガラの枝を集めるもんですかい」

ブレスが酒の入った瓶を掲げ、エルンストの杯に注いだ。

「さあ、さあ！　飲みましょう！　メイセンに御馳走はないが、酒ならある！」

「酒じゃなくて、ほぼほぼ水だがな！」

がははっと笑って乾杯と叫ぶ。酒が混じっただけの水でも酔える。酔ったら笑える。笑っているうちは生きていける。それでいいかと水のような酒を飲む。

タージェスも杯を空け、ブレスに差し出した。

「俺にも注いでくれ！」

縁まで注がれた清い水が杯から溢れ、タージェスの手を濡らした。それにも笑い、水酒を啜って飲み干した。

「エルンスト様！　王宮の話を聞かせてくださいよ！　王宮の新年祝いは何をするんですか」

気分を変えようとしてか、ミナハが明るく訊《たず》ねた。

余計なことを聞きやがって……話の行き着く先を覚り、タージェスは内心で唸った。

「ふむ。儀式だな」

「……儀式？」

「そう、儀式だ。新年を祝う日は暗いうちから水を被り、身を清める。そして、歴代国王に旧年の無事を感謝し、新年の平穏を願う。次に、王宮で働く者たちに新年の言葉を授ける。朝食の後は各国の大使や主要な貴族から祝いの言葉を受ける。これは夜まで続く」

「夜まで！　ただの挨拶で⁉」

「そうだ。数が多い。私が皇太子として最後に新年を迎えたときは、二千六百七十一名から言葉を受けた。一人ずつでは数日を要するため、数人が纏まっていたが、それでも夜まで途切れることがない」

「……休憩とか、できるんですか？」

「できぬ」

「食事とか……」

「できぬ」

エルンストを囲む領兵らが大きな溜め息をついた。

「そりゃあ、疲れますねぇ……」

「それで夜も寝ちゃ駄目なんですよね？」

新年祝いの夜に眠ると幸を逃すとされ、禁じられている。寝ることが許されるのは子供と老人、病人だけだ。

国の慶賀を受ける立場にある王族ならば、眠ることは絶対に許されない。

「確かに疲れはするが、夜には楽しみもあった」

やはり、そこに行き着くか。

タージェスはゆっくりと立ち上がると、エルンストを中心とした領兵の輪から誰にも気づかれないように、そっと外れる。

「夜になると、近衛兵による儀礼式が行われた。私は遠くから見ることしかできなかったが、それは見事なものだった。国王付近衛兵の後は、皇太子付近衛兵が儀礼式を行い、最後には二つの近衛兵が合同で式を行う。千を超える近衛兵が一糸乱れぬ動きで儀礼式を行う様は、まさに、圧巻であった」

「へぇ～、そりゃあ、見てみたいものですねぇ」

ブレスの声を背に、タージェスは扉を開いて外へと出て行った。

月明かりに照らされた雪原を単騎で駆ける。メイセンの馬は強い。生まれがどうであれ、今に続くメイセン領の馬は強い。なにより、雪に強い。深く積もったばかりの新雪の上を、力強く駆け抜ける。馬が駆けた後には雪煙が上がっていた。

新しい年の、静かな夜だった。獣の声もなく、風の音もない。ただ、馬が駆ける音だけが響く。

エルンストが領主となって十年、メイセン領は僅かにでも変わっただろうか。自問自答は続く。それを一番行っているのはあの、小さな領主だろう。

確かに、変わった。リンツ谷の測量は完了し、これでようやく工事に入れる。今は基礎工事も満足にできていないが、バステリス河沿いの防護壁もいつかは建ち上がるだろう。メイセンの村々も、町も、気安く交流を始めた。生活をよりよくするためにはどうすればいいか、民の一人ひとりが考え出した。

だが、それだけでは駄目なのだ。メイセン領は未だ脆弱で、僅かな嵐にも耐えられない。もっと、もっと、強くならなければならない。この馬のように。始まりがどうであれ、太く強い脚を持つのだ。いずれ……いや、できるだけ、早く。外敵が牙を剥かないうちに。

馬を止め、雪原を見下ろす丘に立つ。馬が荒れた、白い息を吐く。タージェスもまた、白い息を吐き出した。

タージェスの母は騎士だった。共に暮らしたことはないが、父も騎士だった。祖父母も、そのまた上の代も騎士だった。タージェスが知る限り、何代遡《さかのぼ》っても騎士しか出てこない家系で、ほぼ全員が国軍騎馬隊に名を連ねた。

物心つく前から乗馬を覚えた。武芸も好きで、馬はそれ以上に好きだった。そんなタージェスが国軍に入隊したのは自然な流れだった。

リンス国軍は儀礼式が多く、一番の花形は騎馬隊だった。タージェスも入隊する前から各種儀礼の動きを叩き込まれた。そのひとつに、国の繁栄を祈る儀礼式があった。

新年祝いの夜、王宮の広場に二十七人の騎士が集まり、慶賀の儀礼式を行う。エルンストが話した近衛兵の儀礼式ではない。あれは、千を超える人数で行う、騎馬ではない儀礼式だった。

タージェスにとって一番大事だった儀礼式はやはり、あの選ばれた二十七の騎馬隊だった。リンス国軍騎馬隊の中でも特に、武芸に秀でた者が選ばれた。タージェスは入隊以来、国境地の警備に異動するまで毎年選抜された。

遠く離れた王宮の、高い窓のひとつから、国王や皇太子が見ていたのだろう。選ばれた騎馬隊は王族に向け、国の繁栄を祈り、雄々しく舞う。

タージェスはふっと笑い、馬の首筋を宥めるように叩いた。二十七の騎馬隊、数にも動きにも意味がある。たった一騎では願いは天に届かないだろう。

だが、これも一興かと馬を歩かせた。馬は訓練しておらず、タージェスは数十年ぶりに舞うのだ。かつて覚えた舞も、この体はとうに忘れてしまっているだろう。だが、それでもいいかと馬を歩かせる。

何でもやってみる。思いつく限り動いてみる。無駄だと思っても走ってみる。壁にぶつかったら違う道を探ってみる。努力はいつ実るのか。愚直に動き続けることに意味があるのか。腐りそうになりながらも、そんな自分を笑い飛ばして顔を上げる。

努力を重ねた先に、天に願ってみる。無様な舞でも添えてみれば、天に願いが届くかもしれない。

馬を軽速歩で進ませながら、タージェスは右手で剣を抜き、頭上高く掲げる。腕はまっすぐ、切っ先はより高く。天を突き、天を目覚めさせる。

馬のたてがみに額がつくほど、ぐっと前傾する。右手の剣は後ろを突き、その姿勢のまま、切っ先を水平に前へとやる。

馬の首筋に添うほど、前へ。

体を起こし、剣を己の正面に持ってくる。腹の前に手をやり、剣をまっすぐ立てる。切っ先は、タージェスの鼻先にあった。

馬の速度はそのまま、剣の扱いは決して間違わない。繁栄の舞で血を流すのはご法度《はっと》だ。天の祈りは真逆へと変わる。

左手で握った手綱を手放し、右手の剣を天に放り投げ、左手で受け取る。ぱしりと音を立て、タージェスの左手は剣の柄をしっかりと握った。音は高ければ高いほどよい。天の耳をこちらに向けることができる。

夜の雪原にただ一人、人馬一体となって繁栄を祈り、舞う。

タージェスは足の爪先側に力を入れ、すっくと体を起こした。鐙《あぶみ》を踏み、立ち上がる。馬は軽快に駆けていた。積もった雪が舞い上がり、馬の尻尾を掠めていく。

左手に握った剣をまっすぐ水平にして、横に開く。右手は指先をまっすぐに伸ばし、天を突く。右手はそのまま、左手は体の正面にやる。

手綱を離された馬の頭は自然と下がり、剣の切っ先が誤って突くことはない。儀礼の間、血を流してはならないのは馬も同じだ。

右手を下ろし、剣を握る。横に開き、上に掲げ、斜めに下ろす。国を、メイセン領を脅かす敵を切り裂く。

水平に動かし、また、右手の横に切っ先を向ける。

禍をなくし、平らな安寧を示す。上体はそのまま、体を落とし、鞍の上に座る。左手で手綱を摑み、馬の腹を両腿で強く引き締め、合図を送る。

右手で摑んだ剣を強く、まっすぐ天に突きあげるのと同時に、左手の手綱を強く引き寄せた。馬が鋭く嘶《いなな》き、前脚で空を掻く。

馬の強い後ろ脚が雪原を踏み締め、二本足で立ち上がる。タージェスも鐙を踏み、馬に添うように立ち上がった。

右手の剣は高く、高く、突き上げる。

タージェスは顔を上げ、突き上げた剣の先を見た。銀の刃が月の明かりを反射して輝いていた。

「……はっ！　……はっ！」

息が弾む。タージェスも馬も、白い息を吐いて呼吸を整える。互いが吐く白い息の中に、雪がちらちらと舞い降りてきた。

「はっ……ははっ……ははっ……」

笑いが込み上げる。込み上げる笑いの中に涙が混じる。

雪が降るか。また、降るか。たった一騎では、願いは届かないか。

剣を振って雪を払い、鞘に収める。手綱を引き、馬首を領主の屋敷に向ける。腿に力を入れて馬に合図を送り、雪が舞い始めた雪原を駆ける。

駆けながら振り返ると、未だ月は隠れず、明かりを雪原に落としていた。

天のすることには敵わない。人はただ、願うだけ。だが、人の力でできることもある。できることがあるのなら、人の力でやり抜かなければならない。

土を肥やす。土を耕す。メイセンに合う種を蒔《ま》く。労を惜しまず、苗を育てる。何度打ち砕かれようと、何度打ちのめされそうと。雪に負けず、嵐に屈せず。

腐らず励み続ければ、いずれ、必ず、花咲くときが来る。

年が明けて十日後、願いを天に届けるため新年飾りは燃やされる。新年の飾りが燃やされた後は、遠い先の春を待ち望む日々が続く。

新年から春までの長い冬は雪嵐が多く、メイセンで一番の試練の時期となる。

花の咲く木陰で

エルンストはふと気が向いて、執務椅子から立ち上がった。タージェスに用があるのだが、呼びつけてばかりでは悪い。たまには自分から動くのも大事だろうと隊舎に向かう。

夏を迎えた今、メイセン領兵隊はとても忙しい。近隣の村々に農作業の手伝いに行くためだ。人の気配がない隊舎に入り、誰もいない食堂でしばし立つ。

先ほど、屋敷の窓から薪を作るガンチェは見てきた。ガンチェがいるからよいだろうと、タージェスも農作業に出掛けてしまったのだろうか。

「ふむ……」

ならば、仕方がない。タージェスが疲れていなければ、夜に話してもよいだろう。どこの村に出掛けたのかは不明だが、呼び戻すほどのことはない。

隊舎を出て、屋敷に戻りかけてふと気が向き、東棟に向かって歩いた。今日はよく気が向く日だ。このように、気が向くままに動くのはとても気分がよい。見慣れた風景も違って見えた。

「ふむ」

これが、解放感、というものだろう。エルンストは足を止め、両腕を広げて胸いっぱいに空気を吸ってみた。心なしか、清々しく感じられた。

よきことだ。ここは王宮ではない。そう何度も自分に言い聞かせているのに、エルンストはどうしても、体に染みついた行動をとってしまう。決められた時間に起床し、決められた時間に食事をする。時間どおりに動く皇太子は王宮では歓迎されたが、時間どおりに動く領主はここ、メイセン領では面倒がられた。

いつもなら執務を行う時間帯に外を歩く。普段と違う動きに足が弾む。雪は完全に消え失せ、柔らかな若草が風に揺れる。薄い黄色のトロカの花が咲いていた。

棟の角を曲がると、薪割りをするガンチェがいた。ずっと続けていたのだろう。同じ大きさに揃えられた薪が屋敷の壁に沿って、堆《うずたか》く積まれていた。

「……エルンスト様！」

エルンストに気づき、大きな斧を地面に刺して置く。ガンチェは歩きながら上を脱ぎ、それで汗を拭っていた。

「エルンスト様、どうされました？」

昼前の太陽がガンチェを照らし、きらきらと輝くようだった。流れる汗のせいばかりではないだろう。あまりの輝きに、エルンストはくらりと眩暈がしそうだった。

「エルンスト様？」

ガンチェがちょこんと首を傾げる。

小鳥のようで可愛くて、エルンストはガンチェに向けて手を伸ばす。察しのいい伴侶はくすりと笑って、身を屈めてくれた。

「タージェスに用があったのだが、領兵隊は出掛けているようだ」

汗でしっとりと濡れた巻き毛を撫でる。

「ああ、今日はカタ村とラテル村ですね。明日はダダ村とフォレア町の手伝いだそうですよ」

中腰で頭を撫でられていたガンチェはエルンストを抱き上げ、すっくと立ち上がる。

「ふむ……。近隣の村ばかりでは不満が出るかもしれぬ。馬がいれば遠くにも出掛けられるだろう？　もっと、馬が増やせたらよいのだが」

徒歩ではどうしても腰が重くなる。行くだけで一日を費《つい》やすキャラリメ村からは足が遠のくのも事実だった。

血が濃くならないようにと、リュクス国カプリ領から数年に一度、新しい仔馬を迎えていた。組み合わせを変えつつ交配し、メイセン領兵隊の馬はようやく十五頭となった。

だがそのうちの三頭は第二駐屯地に、一頭はイイト村で暮らすティスが使っていた。

「エルンスト様がここにおられるのに、全ての馬を使うわけにはいきませんが……そうですね。キャラリメでも馬を使えば半日以下で辿り着きますし、それでどうにかできないか隊長に相談してみましょう」

いざというときエルンストを逃がすため、馬は常に一頭が残されていた。それはタージェスが領兵隊に、厳に命じたことだった。

「僅か数人では邪魔になるだろうか？」

屋敷の領兵隊の馬は十一頭だが、そのうち二頭が仔馬だ。

「まさか。人手はいくらあっても歓迎されますよ。特に、今は。ひとりでも喜ばれるでしょうね」

現在の馬の数では限られた人数しか向かわせられない。それでも喜ばれるというのなら安心だ。

エルンストはほっと息をつき、ガンチェの肩に手を置いて、下ろしてもらった。

先ほどから斧が気になって仕方がなかったのだ。

「ガンチェ、私もして……」

「いけません」

薪割りというものを体験してみたかったのだが、全てを言い終わる前に却下された。

「む……。ほんの少しだ。軽く一本、作ってはならないか」

聞くと、ガンチェは目を細め、ふっと呆れたように笑った。

「む……」

睨む。ガンチェは慌てて片手で口を隠し、目を逸らした。

「私も男だ。薪を割るくらいはできる」

そう言って、ガンチェが刺したままの斧の柄を右手で摑む。

「む……」

ぐっと摑んで持ち上げようとしたが、大きな斧は少しも動かなかった。エルンストは両手で摑み、地面を踏み締めて全身の力で引き抜こうとした。

「むむむむ……」

僅かに動いたような気がしないでもないが、手を離してもそこにしっかりと立っているくらいには、斧は地面に突き刺さったままだった。

「むぅ」

動かぬ斧をじっと睨む。そして、背後に立つガンチェを振り返り、エルンストは眉を顰《ひそ》めた。

ガンチェは片手で口を覆ったまま、肩を小刻みに震わせていた。

「……笑いたければ笑えばよい」

ガンチェの腕の太さを見れば、自分が如何に非力かは理解できる。

だが、あの細い領兵隊よりも力がないとは。この斧は、領兵隊も使っているものだった。

エルンストは自分が情けなくなり、両の手をじっと見る。何もしていないのに、掌が赤くなっていた。

「えーあー……ごほん」

わざとらしい咳をひとつして、ガンチェがエルンストの手を握る。

「エルンスト様、私と一緒に薪を作ってみましょうか？」

「一緒に？」

「はい」

転がっていた丸太をガンチェが立たせる。そして、優しく肩に触れられ、エルンストは再び斧と向き合った。

ガンチェに促されるままに斧の柄を摑むと、その手に重ねるようにして、ガンチェも斧を摑んだ。

軽く握り込まれた。そう感じたときには既に、斧が地面から引き抜かれていた。

「おお……」

思わず感嘆の声が漏れる。あれほど難儀していたのに、ガンチェとなら簡単にできるのか。

「さあ、いきますよ」

どことなく楽しそうに感じるガンチェの声が耳元でした。

ガンチェは空いたほうの手でエルンストを軽く抱き寄せ、斧を摑む右の肩に手を置き、もう片方の、エルンストの手ごと斧の柄を摑んだ手を一気に振り下ろした。

すぱーん。何の抵抗もなく、丸太は真っぷたつに割れていた。

「おぉっ！」

爽快感に声が漏れる。

「楽しいですか？」

「とっても」

「もう一度やりますか？」

「ああ」

ふふっと笑い、ガンチェは別の丸太をエルンストの前に立たせた。その間もしっかりと、ガンチェはエルンストの手越しに、斧の柄を握っていた。

ガンチェのおかげだろう。斧の重さは全く感じられなかった。

「さあ、いきますよ」

今度もやはり、ガンチェは空いたほうの手でエルンストの右の肩を覆うように抱き寄せていた。斧を振り下ろすとき、エルンストが肩を痛めないようにだろう。

体を使うことに関して、ガンチェの気遣いは限りがない。戦闘種族、ダンベルト人。種族の特性ばかりではなく、ガンチェの優しさが多分に感じられた。

エルンストの気が済むまで、ガンチェは何度も一緒に薪を割ってくれた。残っていた丸太を全て割り終えた頃には、エルンストはうっすらと汗を掻いていた。

「非常に、有意義であった」


屋敷の廊下を歩きながらエルンストが呟くと、ガンチェがくすりと笑った。

「それはよかったです」

気づくと昼の時間を過ぎていた。

侍従が呼びに来るまで、エルンストはそんなことにも気づけなかった。

「あまりに楽しくて、時間を忘れてしまうほどであった。だが……これでよいかもしれぬ。ここメイセン領では、私が時間どおりに動くことは歓迎されぬから」

「……そう、でしょうか？」

ガンチェは食堂の扉を押し開いたまま、エルンストを先に通させる。そしてエルンストのために椅子を引き、座らせた。

「私が時間どおりに食堂に入り、食事が出てくるのを待つのは気づまりに感じるのだろう」

侍従がそう呟いているのを耳にしたことがある。

「たまにはこうして、気ままに動くことも必要かもしれぬ。堅苦しいばかりの領主でいてはならぬ。私が肩の力を抜かなければ、屋敷で働く者たちは息もつけぬだろう？」

冷めきったスープを飲みながらエルンストがそう言うと、ガンチェは吹き出すようにして笑った。

「まさか！　彼らは息をつきすぎですよ！」

ははははっと賑やかに笑い、ガンチェは水を一杯飲んでようやく落ち着いた。

「エルンスト様は毎日同じ時間に動いているのに、彼らが時間どおりに食事を用意していたことはないですよ。いつも必ず、僅かに遅れて出す。御領主様より先に寝るし、何なら後に起きてくるし……書類だって、何度注意しても絶対に正しい処理はしませんよね」

だんだんとガンチェの声に不満が混じり、エルンストは手を伸ばしてガンチェの手を握った。

「まあ、よいではないか。最近では正しい書類も出てくる」

「十回に一回ですか？」

「十回に、二回ほどは」

ごくたまに、そういう幸運な日もある。ガンチェは盛大に溜め息をついて、首を横に振った。

「エルンスト様、私に手伝わせてください。私なら字を間違ったりしませんよ。数字は絶対に正しく聞き取りますし、書き記します」

契約書に長《た》けたグルード郡地の種族だ。それはそうだろうとエルンストも頷く。

「ガンチェが頼りになるのはわかっているが、それでは侍従が育たない。彼らはいずれ、次の侍従を育てることになるのだから……」

ふたりのうち、どちらが侍従長になっても不安しかない。だが、今いる侍従長、シングテンも大して変わらなかった。

「…………」

エルンストは無言で水を飲む。

「…………」

ガンチェも無言で水を飲んだ。

何も言わなかったがふたりとも、脳裏に浮かべた人物は同じだろう。かつて、皇太子時代のエルンストを支えた皇太子付侍従長トーデアプスだ。

「あるもので対応するしかない。諦めなければいずれ、実る季節が必ず来る」

エルンストはそう言って、冷えて硬くなったパンを千切《ちぎ》った。

「……実る前に枯れなければいいですね」

ガンチェはそのまま食い千切っていた。


昼からは執務室に入ろうかと思ったが、やめた。こうなれば最後まで、気が向くまま過ごすのもよいだろう。

ガンチェとふたり、散策に出掛ける。途中から、ガンチェに抱き上げられて進む。屋敷に一番近い川、リポス川の辺《ほとり》に立つ。

「エルンスト様、魚がいますよ」

水量の多い川だ。ガンチェが示す小さな魚の群れが、流れに逆らうようにして泳いでいた。

「ガマカラだな。もっと上流で子育てを行うために遡《そ》上《じょう》しているのだろう」

銀色に輝く小さな魚の子育ては、冬の最中に行われる。分厚い雪と氷に守られているほうが安全なのかもしれない。

「……身が少なそうですが、美味しいですかね？」

「ふむ。味について書かれた文献はなかったと思う。少なくとも、私は読んだことがない」

「じゃあ、食べられないかもしれませんね」

メイセン領では多くのものが、食えるか食えないかで語られる。

「毒があるかもしれぬ。だが、試してみるのはよいことだろう。干物にでもして、薬師府に送ってみようか」

「ティスの薬草と一緒に？」

ガンチェが眉を寄せて苦笑する。

「何を送ってくるんだと怒られそうですね」

日差しが強くなってきて、ガンチェは木陰に入った。大きな木の根本で座り、その膝の上にエルンストを座らせる。リポス川のせせらぎの音が涼やかな気持ちにさせた。

「いい風ですね」

川の近くだからだろう。そよぐ風が爽やかで心地よい。

ガンチェの分厚い胸に背を預け、エルンストはふぅと息をつく。ふたりの周囲には青く小さな花が咲いていた。

「エルンスト様？」

「何だ」

目を閉じたまま、エルンストは答える。

「たまにはこうやって、お休みを取ってください」

「そうだな」

気ままに過ごすのはとても心地よい。そう思い、そう答えたのに、ガンチェが笑う気配が落ちてきた。

エルンストは目を開き、ガンチェの胸に頭をつけて下から振り仰ぐ。

ガンチェは笑いながら、エルンストの額を撫でた。

「エルンスト様の次のお休みを、気長に待たせていただきます」

「む……」

軽く睨んだら、その目元にガンチェの指が触れた。くすぐるように撫でていく。

「忘れた頃にやってくるお休みだから、よいものなのかもしれませんよ？　毎日気ままに過ごせるのなら、それは特別な一日ではなくなりますから」

「……なるほど。特別な一日にするため、長い日々を働き続けるのだな」

夏の日差しを遮る木陰から、さわさわと流れ続けるリポス川を見る。陽光を受け、川面はきらきらと輝いていた。

「次の休みには泳いでみようか」

手を上げて川を指さすと、ガンチェが胸を弾ませたように笑った。

「いいですね。エルンスト様が溺れてしまわないように、私がずっと抱いて泳ぎますすよ」

「む。できるかもしれぬではないか」

「そうですね。できる、かもしれませんね」

体を使うことに関して、エルンストは誰からも信用を得られない。むぅと黙り込んで、輝き続ける川をじっと見る。

銀色の鱗を煌《きら》めかせて泳ぐガマカラの群れは、とても気持ちがよさそうだった。あれこそまさに、自由という感じだ。

水の中を泳ぐとはどういう状態なのだろう。息を止め、四方を水に囲まれる。空に浮かぶようにして、泳ぐ。エルンストは目を閉じて、それを想像してみる。物語に書かれていた表現を思い出す。

とても、気持ちがよいものだろう。

「……ガンチェ？」

ふと気づくと、背にしたガンチェの胸が規則正しく上下していた。逞《たくま》しい腕がゆったりと下ろされ、地面に手の甲をつけている。その手は緩やかに開き、力はどこにも入っていなかった。

「眠ってしまったか」

ふふっと笑い、エルンストも目を閉じる。夏の爽やかな風がふたりに向かってそよいでいた。

ガンチェの蜂蜜

甘いものが好きだ。

基本は肉だし、味なんかついていなくても構わない。焼いてあればそれでいいし、それもできない状況なら生肉だって構わない。

その反動か、平常時は甘いものが食べたい。菓子がいいし、果物もいい。それが駄目なら砂糖の塊でもいい。とにかく、甘ければ何でもいい。

しかし清貧に喘ぐメイセンに、甘いものなどあるわけがない。砂糖は贅沢品だ。ヤキヤ村の蜂蜜は商品であって、メイセンで消費するものではない。

ガンチェにとっての甘いものはエルンストで、もちろん、エルンストという極上の甘味があればそれで十分だった。

だが、どこまでもガンチェに甘い年上の伴侶はそうではない。とにかく可愛い年下の伴侶に甘い菓子を与えたくて仕方がないらしい。

国に納める税を捻り出すのに四苦八苦し、それ以上に領地を運営することに頭を抱えているはずなのに、ふと気づくと、ガンチェにどうやって甘い菓子を与えるか、そればかりを考えている節がある。

ダンベルト人を摑まえて、それも成人の男を摑まえて、可愛いなどと言ってくれる人が他にいるだろうか。

ダンベルト人は子供であっても大きい。生まれたての赤ん坊でも、クルベール人の三歳児より大きいのだ。おおよそ可愛いなどという呼称を、一生を通じて使われない種族であろう。

それを、偉大な伴侶は可愛いと言ってくれる。可愛い、可愛いと、頭を撫でて甘やかしてくれる。ガンチェはそのたびに、嬉しいような、恥ずかしいような、こそばゆい感情に襲われるのだ。

だが、多忙を極める年上の伴侶が、自分の事に頭を割いてくれることが嬉しくないはずがない。時折、ガンチェはわかっていて我儘を言う。エルンストの懐の広さを確かめるように。

しかしエルンストはガンチェが何を言おうと、笑って簡単に受け入れてくれる。どんなことであろうとも、ガンチェが我儘を言うのも、また可愛いと言ってくれるのだ。

ガンチェは思う。

この偉大な伴侶の懐の広さたるや底はないのかもしれない。自惚《うぬぼ》れではなく、ガンチェに関することでは、エルンストは底無しの愛を与えてくれるのだろうと。

もっとも、それはガンチェにしても同じなのだが。

とにかくエルンストの目下一番の関心事は、如何にしてガンチェに好物を与えるか、であった。そのためには屋敷での、自分の立場も気にならないらしい。


「あまり、エルンスト様の前で不用意なことを言うなよ」

訓練が終わり、兵舎で水を浴びているとタージェスが来て告げた。

「何のことだ」

「エルンスト様、侍従長と喧嘩していたぞ」

何だ、それは。エルンストが誰かと喧嘩をするなぞ、想像もできない。あの方はいつだって冷静で、相手の言い分を聞いて、穏やかに諭《さと》す。喧嘩などという不穏な言葉は全く似合わない人だ。

しかし、喧嘩というからには、エルンストが危険な目に遭っているかもしれない。聴力に神経を集中させたが罵《のの》り合うような声は聞こえてこない。

だが、睨み合っているのかもしれない。

「落ち着け。現在進行形ではない。もう終わっているから」

急いで向かおうとしたガンチェの腕を摑む。

「まあ……喧嘩というと語弊があるか。正しくは、エルンスト様に嵌《は》められた侍従長が怒っているだけなんだが」

「どういうことだ？」

エルンストほど人を誘導することに長けた人物をガンチェは知らない。だがエルンストに導かれ、エルンストが望む結果を自ら出した者でも、誘導されたこと自体に気づいていない。

侍従長が嵌められたと怒っているというのなら、それは、エルンストに嵌められたと気づいたということで、そんな不手際をエルンストがするだろうか。

「……とりあえず、服を着ろ。いつまでもそんなでかぶつを見せびらかすな」

水を浴びていたのだから、もちろん素っ裸だ。春が近づき、日中は暖かくなってきた。領兵らも皆、服を脱ぎ、水を浴びていた。

ガンチェは目の前のタージェスを頭から足までゆっくりと眺め、ふ、と笑った。

「お前もその、ささやかなものを隠したほうがいいぞ？　隊長としての威厳が台無しになる」

「……っ！　お前と比べられたら誰だって、ささやかだ！　……本当に、一体どうやってエルンスト様はそんな凶悪な代物を受け入れているんだろ……う……待て！」

ガンチェは無言で腕を伸ばすと、タージェスの首を摑んで持ち上げた。

「想像するんじゃねぇ」

地の底から這い上がってくるような低い声で囁いてやる。タージェスはガンチェの腕に摑まり、どうにか窒息を回避していた。

「おいおい、そのあたりで勘弁してやれよ？　隊長にもしものことがあったら不便じゃないか」

「ふ、不便だと!?　ブレス！　お前、俺を何だと思ってるんだっ！」

「誰が好き好んでメイセン領兵隊の隊長なんかしますか。隊長がいなくなったら、後を見つけるのに苦労するでしょ？」

「お……俺の価値は、それだけかっ！」

喚《わめ》きながらもタージェスはガンチェを蹴り、どうにか降りようともがいていた。だがクルベール人ごときの蹴りなど、痛くも痒くもない。

騒ぐガンチェらの脇を、領兵が笑いながら通り過ぎていく。誰もタージェスを気遣うこともなく、ガンチェを止めようともしなかった。

タージェスは斜《しゃ》に構えようとするひねくれたところがあるが、根が素直なのか、生真面目に隊長として務めようとする。だがメイセン領兵隊は良くも悪くも長閑《のどか》で、タージェスの思いはなかなか通じない。

隊長の命令は適当に流され、最近では、タージェスは領兵隊のいい玩具になっていた。なんというか、遊ばれているのだ。

タージェスで遊ぶ筆頭、ブレスが笑いながら手にした布を肩にかけた。

「隊長も、ガンチェの足なんぞ蹴ったって仕方ないでしょうに。蹴るなら、そのぶら下がっているでかいのを蹴りなさい。いくらダンベルト人でも、そこは鍛えてないでしょ」

よし、とタージェスの目が光ったのをガンチェは見逃さなかった。

振り上げられた足が届く前にタージェスを、背後に置かれた大たらいに放り込んでやる。

「うわぁっ!!」

春とはいえ、まだまだ雪が残っている。雪をたらいに入れて溶かし、それに熱湯を入れてちょうどよい温度にして使っていた。水浴び、とは言っても本当に水だけを浴びることは感覚を遮断できないクルベール人には無理だった。

ガンチェはわざと、雪を溶かしただけの水にタージェスを放り込む。奇声を上げて飛び出してくるタージェスの、ぶらさがっていた通常の大きさのものが、本当にささやかに縮こまっていた。

「お……おまえなぁ……」

がくがくと震えながら立つタージェスの、縮こまった相棒も一緒に震えているようだった。さすがに気の毒になったのか、ブレスが肩にかけていた布を差し出す。

「こ、こ、こんな、もので、役に、立つ、か」

「無いよりゃましでしょ。それより無理に話そうとすると舌を噛みますよ」

せっかくの忠告を無視して口を開いたタージェスだったが、いっ、と鋭く叫んで口を押さえた。

「落ち着きましたか?」

暖炉で温めた酒を呑むタージェスにブレスが問いかけたが、タージェスは返事もせずにそっぽを向いた。

「年寄りが拗《す》ねても可愛くないぞ」

ガンチェが茶化してやると音を立ててタージェスが立ち上がる。

「誰が可愛いなどと思われたいものか!」

叫んだ後、にやり、と笑う。

「そういやお前は、エルンスト様の可愛子ちゃんだった……な……て、待て!」

指先で弾いてやっただけなのに、壁際まで吹っ飛んでいた。

「軟弱な奴だな。怠けすぎじゃないのか」

「お、お前なぁ……」

「ガンチェ、手加減しろよ。壁が抜けたらどうするんだ。春になったとは言っても、まだまだ寒いんだぞ?風が入ってきたらたまらんだろうに」

「……ブレス。他に言うことがあるだろう……」

タージェスが半泣きになっていたので、このあたりで収めといてやる。

「で、エルンスト様は何をされたんだ？」

まだ壁を背に座り込んでいるタージェスに問いかける。

兵舎のこの広間には領兵の半数が集まって、銘々《めいめい》に騒いでいた。誰もこちらの騒ぎに頓着はしない。座り込むタージェスを気にもしない。

だが、通りかかった若い領兵が手を出してひょい、と立ち上がらせると、そのまま仲間のほうへ歩いていった。

玩具にされてはいるが、決して蔑《ないがし》ろにはされていない。遊ばれつつも、慕われているのだ。

「エルンスト様、ヤキヤ村の蜂蜜を売らずに取っておくことにしたんだと」

倒れたままだった椅子を起こして座り、タージェスが言った。

「ヤキヤ村の蜂蜜を？　あれは、うちの稼ぎ頭だろう？」

「そうだ。ヤキヤ村からは毎年、領主に納める税の物納として樽ひとつ分の蜂蜜がくるが、売れば50シットにはなる。メイセンの民から集めた税金だけではエルンスト様が国に納める税は賄えない。だから、高値で売れるヤキヤ村の蜂蜜は非常に重要だ」

タージェスの説明を聞くまでもなく、ガンチェにもわかっていた。毎年８００シット近くが赤字になるメイセンで、ヤキヤ村の蜂蜜がどれほど貴重かなど。

「なぜだ……？」

あのエルンストが考えもなく、そんなことをするとは到底思えない。

「そりゃお前に食わせるためだろう」

何を当たり前のことを。そう目の前のふたりのクルベール人の顔に書かれていた。

「いや、しかし……エルンスト様がそんなことをなさるだろうか？　いくら俺のためとはいえ……あの蜂蜜はメイセンの売りだし、カプリ領以外でも人気だし。……そりゃ俺もあの蜂蜜は好きだが、いや、いくらなんでも、それは……あ……ある……あるか……？」

「俺に聞くな、俺に」

ブレスは、けっ、と笑って酒を呑んだ。

「大体、お前じゃなきゃ誰に食わせるんだ？　エルンスト様は甘いものどころか、まともに食事をなされないし……」

「せめて料理人が出したものくらいは召し上がっていただかんとなぁ。どうせ、お前が食っているんだろう？」

「いや、半分くらいは召し上がっておられるさ。……て、待て。なんで俺が食っていると思うんだ？」

それはふたりだけの秘密だ。

「わからんわけがないだろう。魚を出せば骨が無く、骨付き肉の骨も消える。こんな食い方をあの方がするわけがない。お前が食っているんだろう？　魚の骨も、肉の骨も」

「魚はともかく、獣の骨は食うな。刺さるぞ？」

鹿の骨のことだろうか。

「いや、あれは旨いんだぞ？」

そう教えてやったが、タージェスもブレスも笑って首を振っただけだった。

「とにかく、エルンスト様はお前と違って甘い物はあまり好まれない。というより、あの方は味の薄いものを好まれる。だから侍従長をやり込めてまで手に入れた蜂蜜の行く先は、お前の胃の中しかない」

び、とタージェスに指をさされる。

「それで隊長。エルンスト様は本当にヤキヤ村の蜂蜜、樽一個分を丸々手元に置かれているんですか？」

「さすがにそれは侍従長が譲らん。押し問答の末、瓶ひとつなら、という条件付きで侍従長が譲歩したんだ」

なんだ、とガンチェは肩から力を抜く。

「小瓶ひとつならいいじゃないか」

そんなもの、一回で飲めるが。

「……お前もそう思うよなぁ……」

タージェスは卓の上に置かれていた酒瓶を、じっと見た。

「違うんですか……？」

恐る恐る窺うブレスに苦笑して、タージェスが事の真相を話し始めた。

「ひとつ訊ねたいんだが……。お前らは瓶と言われて、何を想像する？」

タージェスが何を言っているのかわかりかねたが、ガンチェは卓の上にあった酒瓶を示した。ブレスも同じように、酒瓶を指し示す。

「そうだよなぁ……。瓶て言やぁ、普通、こういうもんを想像するよなぁ」

タージェスは苦笑しながらふたりが指し示した酒瓶を手に取り、振った。ガンチェの掌ひとつと半分ほどの丈の瓶だ。中は既に空である。

領兵隊総出でひねり出した金で、メイセン領兵隊は酒を買う。いや、酒だけを買う。男ばかりの集団で、酒を呑む以外の楽しみが他にあるだろうか、とばかりに酒だけを買うのだ。薪がなくなっても酒はなくならない。いつだったか、サイキアニの商人が笑いながらそう言ったことがある。

しかし領兵隊が総出で金を作るとは言っても、たかが知れている。エルンストが当初は黙認し、今は公認している領主の畑で作った作物だけが収入源だ。

正確には、屋敷用の作物を作る畑の横に、領兵隊の小遣い稼ぎ用の畑がある。その畑で作った作物を売って得た金で、酒を買うのだ。

特別土地が肥えているわけでもなく、満足な道具があるわけでもない。十分な金を得ることはできず、毎年、大酒樽を五つも買えればいいほうだ。その酒樽を第二駐屯地の領兵と分けていた。

メイセン領兵隊は、仲だけはいい。隔絶されたような辺境地で生まれ育った彼らは、幼馴染同士の小さな集団が寄り集まって、領兵隊を構成しているようなものだ。初めまして、と入ってくる新参兵のことを誰ひとり知らない、ということはメイセン領の出身者であれば起こり得ない。

限られた量の酒を長く楽しむために、メイセン領兵隊には変な決まりがある。

まず、酒樽から直接、酒を注いではいけない。必ず、酒樽から酒瓶となる小瓶へ移すことになっていた。

そして、酒を呑むときは三人以上で、一回につき一瓶、酒盛りは各自一日一回、と決められていた。

つまり、最低三人集まらなければ酒盛りはできず、酒盛りとはいいつつ一日に呑める量は最高でも、三人で一瓶分だ。

こんな量で酔えるはずもなく、メイセン領兵隊は毎夜酒盛りをしているくせに、いつも全員が素面《しらふ》なのだった。

既に空だと思われる酒瓶を逆さまにして振って、タージェスは残りの酒を一滴、一滴、掌に集める。

ようやく三滴集まって口に運ぼうとしたタージェスの手首をがしっと摑み、ブレスがべろりと舐め上げた。

「お前なぁ！」

「隊長……。やっぱりお育ちがいいですね。メイセンはどこの村で生まれても、村の子は一ヶ所に集められ、数人が団子になって育つようなもんです。ですから、そういう悠長なことは誰もしませんよ。食い物は、手にした瞬間には口に放り込む。何でもかんでも早い者勝ち、ですよ」

ブレスの言葉に何も言い返さず、タージェスはただうなる。ガンチェはそんなふたりのくだらない争いを冷めた目で見ていた。

「中年同士で遊んでいないで話を進めろ」

「お前はいいよな……。どうせ、エルンスト様と呑んでいるんだろう」

当然だ、と横柄に答えると、タージェスもブレスも肩を竦めただけだった。

赤貧に喘ぐエルンストが毎夜酒を楽しめるわけがない。エルンストが酒を呑むのは三日に一度、あるいは五日に一度であった。そして、エルンストが買う酒も、領兵隊が買うものと大差ないほどの安酒だ。

ふたりもそれはわかっているのだろう。苦笑しつつ、タージェスは話し出した。

「エルンスト様がお酒を召し上がるときも、こういう酒瓶だろう？　だから侍従長も、瓶と言われればこれだと思ったんだろうな」

タージェスはそう言って、完全に空となった酒瓶を振る。

「エルンスト様はヤキヤ村から納税された蜂蜜一樽を、まるまるお前のために残しておきたかった。だが侍従長は、売って金にしたかった。で、折り合いをつけるために、エルンスト様が提案されたんだ。瓶一つ分だけ残すということを」

「ああ、それなら侍従長もよしとするでしょうね。あの人は別に守銭奴というわけでもなく、ただ心配性なだけですから。いざというときのために蓄えがないと落ち着けない、そういう方ですよ。でもこのメイセンで蓄えができるような余裕があるわけがない」

「そうなんだ。だが侍従長は、エルンスト様のお気持ちもわかる。とにかくあの人は……どうやってお前を喜ばせようか、そればかりだからなぁ。だから瓶一つ分というエルンスト様の提案に、渋々を装いつつも、内心は納得して頷いたんだろう」

シングテンは心配性が高じて、いつも何かに漠然と不安を覚えているような人物だった。不安感が大きいだけに、他人の反感を買うような態度に出ることもしばしばだ。

だが決して、根が悪い者ではなかった。

「俺も……おかしいとは思ったんだ。ヤキヤ村の樽から瓶一つ分の蜂蜜を取り置くためだけに、契約書が出てきた時点で……」

「契約書？」

ガンチェとブレス、ふたりの声が重なる。

「そう、契約書だ。……エルンスト様、瓶一つ分の蜂蜜を取り置くために、侍従長と契約書を交わしたんだ。もちろん、書面はエルンスト様が作成されて、俺はそれに立ち会った」

「……蜂蜜を瓶に掬うためだけに契約書、ですか……？」

「俺も侍従長も、おかしいとは思ったんだが……。あいうお育ちだし、何にでも契約書というお考えなのかもしれん、と了承したんだ。だが、まさか、ああくるとは思わなかった。いや、やはり、あの方は俺の浅はかな考えなど、遥かに凌駕してくださる方だ」

「一体……何があったんだ……？」

ガンチェの問いに、タージェスは何とも言えない笑みを浮かべた。

「契約書を取り交わしてすぐに、エルンスト様は瓶を持ってこられたんだ。さあ、これに取り置こう、と。……だが、その瓶が……。これは、瓶じゃないだろう、というでかさなんだ」

「何ですか、それ？」

思い出したのか、タージェスが小さく笑う。

「瓶と言われると、小瓶を思い浮かべた俺たちの負けだ。侍従長は歯ぎしりして悔しがっていたが、契約書にしっかりと明記されていたんだ。つまり……瓶一つ分の蜂蜜を毎年取り置くこと。取り置いた蜂蜜の使用方法は領主が決めること。取り置きに使用する瓶は領主が用意すること。……完璧な契約書だ」

「それで侍従長が怒っているのか……」

「怒ってはいるが、笑ってもいたな。してやられた、そんな心境なんだろう。……エルンスト様のあのお顔を見れば、怒る気も失せる。大きな瓶を割らないように気をつけて引き摺ってきて……。そりゃもう、わくわくしているなと傍目からもはっきりわかったぞ？」

「可愛いあの子に食わせてやりたい……ですか」

にやにやとブレスに笑いかけられて、ガンチェは顔が熱くなる。

自分のために、多忙を極めるエルンストが時間を割いてくれることが嬉しい。手間をかけてくれることが嬉しい。何より、心を向けてくれることが嬉しい。

早く、今すぐにエルンストに会いたくなって、ガンチェは椅子を倒して立ち上がる。

ふたりの、ガンチェから見れば信じられないくらい年齢を重ねたクルベール人は、軽く手を振って送り出してくれた。


エルンストの執務室の扉を打ち砕かないよう、注意して叩く。応答する声が弾んでいるのがわかった。扉を開けようとしたガンチェよりも早く、中からエルンストが出てきた。

「ガンチェ。領兵隊のほうはもうよいのか？」

いつも湖面のように落ち着いているこの人が浮き足立っている。

「はい。エルンスト様は、お仕事はもうよろしいのですか？」

「今日は終わりにする。ガンチェが帰ってきたら終わりにしようと決めていたのだ」

エルンストはそう言うと、ガンチェの手を取って廊下を歩き始めた。

扉を閉めるときにちらりと見たエルンストの執務机には、たくさんの書類が積み上がっていた。仕事も手につかず、首を長くして自分を待っていてくれたのだとわかる。

ガンチェは嬉しくて込み上げてくる笑いを抑えながら、小さな人の手に引かれて屋敷の中を進んでいった。


自分たちの私室に入ってすぐ、エルンストは部屋の中央に置かれた瓶の横に立った。

確かに、でかい。立つエルンストの腰まである。瓶というよりは、壺という形をしていた。下にいくにつれて丸みを帯び、安定感はあるだろうが、これでは容量が大きくて侍従長も泣いただろう。瓶ではなく、壺ではないか、と抵抗くらいはしただろうが、如何せん、侍従長如きではエルンストの相手にもならなかっただろう。瓶と壺の違いをつらつらと論じられ、煙に巻かれたはずだ。

「ガンチェ、ガンチェ」


エルンストは、にこにこと笑って瓶を叩く。ぺしぺし、とそれはもう嬉しそうに。まるで大きな獲物を獲ってきた猟師のように得意満面であった。

「ガンチェ。中身が何か、わかるか？」

わくわくと聞いてくるので、込み上げる笑いを押し殺して首を振った。

「いいえ。何だか甘い香りがしますが……？」

「ああ、そうだ。甘いものだ。さあ、ガンチェ。ここに来て、この蓋を開けてみるのだ」

瓶の上についている、木の蓋を指し示す。

ガンチェはゆっくりと近寄り、瓶の蓋を取った。甘い香りがふわりと立ち上る。

メイセン領特産、カリア木の蜂蜜だ。

サイキアニ町の商人の目論見《もくろみ》は見事に当たった。

燃やせば媚薬の効果があると言われているカリア木。そのカリア木の花から蜜を集めた蜂蜜。ひと掬いをお茶に入れて飲めば恋しい人の関心を得られ、酒に入れて呑めば想いが遂げられる。

商人の触れ込みはリュクス国カプリ領のみならず、リュクス国の上級階級にまでたちまち広がり、それはリンス国でも同様だった。今ではメイセンの蜂蜜を手に入れるためには予約して待たなければならないと言われているほどだ。

どれほど金を積まれようとも先客順、サイキアニ町とフォレア町の商人は、頑として客の順番を崩すことはなかった。メイセン商人のこの手法がこれまた功を奏し、メイセンの蜂蜜は超のつく特級品扱いになっていた。

そんなヤキヤ村から毎年、物納として領主に納められる樽ひとつ分の蜂蜜。樽ひとつとはいえ、確かにエルンストの助けとなっている。そんな貴重な蜂蜜をこれほどの量、自分のために取り置いてくれたのか。

このためにエルンストがまた頭を悩ますことはわかりきっているのだが、それでもガンチェは喜びが湧き上がってきた。

蜂蜜が食べられるから嬉しいのではない。エルンストが、自分のために精一杯以上のことをしてくれたのが嬉しいのだ。

「エルンスト様」

ガンチェにぴたりと身を寄せて、一緒に瓶の中を覗き込むエルンストと視線を合わせる。

「ありがとうございます」

片膝をついて小さな手を取り、その甲に口づけた。

「これは、ヤキヤ村の蜂蜜でしょう？　私のために、売らずに取っておいていただけるのですか？」

手に口づけたまま、囁く。

「本当は……全てを置いておきたかったのだ。ガンチェが一年中楽しめるように……。だが、すまない。私が不甲斐ないばかりに、メイセンは未だ困窮に喘いでいる。蜂蜜を樽ひとつ、残しておくこともできなかった……」

項垂《うなだ》れてしまった愛しい人の額に口づける。

「樽ひとつなど……。私には小瓶ひとつでも、匙ひとつ分でも十分なのです。エルンスト様が私のためにお心を砕いてくださった。ただそのことが嬉しいのです」

おずおずと顔を上げてくれた伴侶の唇を掠めるように口づける。

「エルンスト様……。私に、メイセンの蜂蜜を味わわせていただけませんか……？」

小さな鼻に、自分の鼻を触れ合わせて囁くと、年上の伴侶は微かに笑ってくれた。

エルンストは瓶を覗き込むようにして身を乗り出し、小さな手に蜂蜜をつけた。そして、甘い手をガンチェに差し出した。

ガンチェは、与えられた極上の甘味をぱくりと咥えた。小さな手を咥えて、華奢な指を吸う。甘い人が与えてくれる甘い蜜。ちゅっちゅと吸いつき、微かな名残まで舐めとった。

「ああ……美味い」

ガンチェがそう言うと、エルンストは満足したように微笑んだ。

「エルンスト様のお手からいただいたから、殊更美味しいのですよ？」

小さな体に抱き着き、見上げるようにして言ったら、愛しい人は弾けるように笑ってくれた。


蜂たちがカリア木の花から集めて作った蜜には、本当に媚薬が入っているのかもしれない。

瓶を倒してはならないと、寝室に移動した。だが、理性を保っていられたのはそこまでで、寝室に一歩足を踏み入れただけでもう駄目だった。

寝台に上がることもできない。そんな、僅かな距離でさえ耐え難い。ガンチェは抱き上げたエルンストの首筋に吸いつき、愛しい跡をいくつも残した。

「ガンチェ……ガンチェ……」

エルンストの声が、ガンチェをより一層、煽《あお》る。股間の逸物が堅い領兵の服を押し上げ、存在を主張していた。

小さな体を床に立たせ、柔らかな布越しに愛しい体を味わう。エルンストの匂いが、声が、ガンチェの頭の芯を痺れさせる。小さな手にしっかりと抱き寄せられ、柔らかな腹にぐいと頭を押しつけたまま、ガンチェは性急に自分の衣服を剝ぎ取った。

阻むものもなく、股間が隆々と勃つ。既に溢れていた欲望の汁が、巨根を伝って床に落ちた。

「エルンスト様……！」

床は駄目だ。敷布がなければ冷えてしまうし、痛いだろう。そう思うのに、抑えられない。小さな体を押し倒し、がぶりとかぶりつく。

何よりも極上の好物を前に、ガンチェは自分が獣に変化していくのを感じた。金色の髪を掻き乱し、小さな頭をしっかりと押さえつけて、差し入れた舌で愛しい人の口中を弄《まさぐ》る。歯列を辿り、痛いほど張りつめた下半身を細い足に押しつけた。

華奢な背中から小さな尻に手を伸ばす。丸くて可愛い小さな尻を撫でさすり、衣服の上から入りたい箇所を幾度も突いた。

ここに入りたいんだ。全てが欲しいんだ。猛る思いが抑えられず、溢れる息遣いは獣そのものであった。

「ガンチェ……ガンチェ……」

口づけの狭間で愛しい人が名を呼ぶ。エルンストが名前を呼んでくれるその声で、微かに理性が頭を擡《もた》げた。

「ガンチェ、私も脱がせてくれ。もっとしっかり、抱き合いたいのだ」

潤んだ青い目が見つめてきて、ガンチェはどうにか身を離す。立てた踵に尻を乗せ、自分を落ち着かせようと深く息を吐く。我儘な股間が迫《せ》り上がり、腹に頭を押しつけていた。

「も……申し訳ありません……。夢中になって、焦ってしまいました」

後ろ手に体を支えて身を起こしたエルンストの髪は乱れ、同じように乱れた衣服にはガンチェの欲望が擦りつけられていた。

皇太子時代から大事に着ている上等な服に付いた染み。己の獰猛《どうもう》な欲を見せつけられているようで申し訳なく、それでいてエルンストのその姿にまた煽られる。

「ガンチェ……」

エルンストが苦笑して手を伸ばしてきた。痛いほど張りつめた股間が我慢しきれず、欲望を吐き出したのがわかったのだ。

どろどろと吐き出しながらも勃起したそれ。幾本も筋が浮き上がった巨根を伝い、膨れ上がった袋を乗り越え、床に広がっていくガンチェの欲望。エルンストはそんな醜悪《しゅうあく》なものに小さな手を触れさせ、そろそろと宥めるように撫でていた。

「すまない。私が止めてしまったから、我慢ができなかったのだな」

そう言って、詫びるように撫でてくれる。

獰猛で我儘な相棒が、エルンストの手でほんの少しだけ大人しくなる。まるで怒り狂う獰猛な獣が、唯一無二の存在に頭を撫でられ、仔犬のように大人しくなってしまうかのようだった。

ガンチェは目を閉じて、心地よい手を余すところなく感じようとした。くすりとエルンストが笑ったのがわかった。笑いながら愛しい人は、よしよしと撫でてくれる。いつもガンチェの頭を撫でてくれるように、ガンチェの凶暴な剣を可愛がってくれた。

「ガンチェ。私も脱がせてくれ」

そう言われ、ああ、そうだったと気づく。自分ばかりが楽しんでいた。勝手に快感を追いかけていたことを詫び、エルンストの上衣を脱がせた。

現れた白い胸に吸いつき、鮮やかな花を散らす。小さな胸の飾りも、れろれろと舐める。甘い体を舐めながら、手を下衣に忍び込ませた。

丸く柔らかな尻を直接手で楽しむ。小さな尻の狭間に指を這わせ、ガンチェ専用の小部屋へと続く扉をつつく。甘い声がガンチェの鼓膜を震わせ、小さな体が覆い被さってきた。小さな体を自分の肩に乗せ、下着と共にエルンストの下衣を剝ぎ取った。

全裸にしたエルンストの体を抱き上げ、そっと寝台に降ろす。上気した頰で、エルンストがうっとりと見上げてくる。ガンチェは見せびらかすように股間に手をやり、自分の怒張を数度擦った。

うっと息を詰め、欲望を吐き出す。愛しい人に見つめられながら吐き出す欲望はどろりと濃い白濁液で、獣の匂いを撒き散らす。だが年上の伴侶は、この匂いがたまらないのだ。ガンチェがエルンストの匂いで理性を失うように、エルンストはガンチェの匂いで理性を飛ばす。

エルンストは寝台の上で身を起こすと、床に立ったままのガンチェに手を伸ばした。そして、吐き出したばかりの欲望をつけたガンチェの手を引き寄せ、小さな舌を差し出す。

差し出された可愛らしい舌に、ガンチェはそっと指先を伸ばした。とろりと粘りつく液体が、ガンチェの太い指先から、愛しい人の小さな舌に乗った。

こくり、と白い喉が上下し、エルンストは目を閉じてガンチェを味わう。その途端に、愛しい人の匂いが変化した。

甘い香りがより一層濃くなり、ガンチェを煽ろうとしている。エルンスト本人の意思に関係なく、自分に一番合う液体を求めようと、ガンチェを煽る。

エルンストはガンチェの指に吸いつき、ちゅうちゅうと啜りだした。そして、啜りながら上目遣いにガンチェを見つめる。理性を失い、欲望に忠実になろうとしているその目が、ガンチェを駆り立てた。

「エルンスト様……」

小さな口から指を引き抜き、華奢な肩をそっと摑んで押し倒す。

青い目と見つめ合いながら、ガンチェの手は細い足を割り開き、小さな窄まりに指を添わせた。そして、くっと押し入る。ガンチェだけに慣れた体は、ガンチェの太い指をするすると咥え込んでくれた。

だが、二本目はそうはいかなかった。吐き出した粘りつく液体をたっぷりと指に絡めているのに、エルンストの小さな体にとってガンチェの指を二本咥え込むことは簡単ではないのだ。

無理はさせられない。だが、入りたい。本当は指ではなく、今すぐこの股間の荒くれ者を挿《さ》し入れたい。

根本まで潜り込ませた一本目の指を何度も行き来させながら、二本目の指が入る隙間を作る。小さな体が早く解れるように、と。

「ガンチェ……」

見つめ合ったままの青い目が苦笑したのがわかった。小さな両手が持ち上がり、顔が優しく包み込まれる。

「多少、無理をしてもよいのだ。私はガンチェを感じると、全て平気になってしまうのだから」

年上の伴侶はいつだって甘い。

「駄目です。エルンスト様、どうか私を煽らないでください」

眉を寄せて迫り上がってくる欲望に耐え、どうにかそう告げる。

「……残念。わかってしまったか……。本当は、ガンチェが我慢しているのではなく、私が耐え難いのだということが」

そう言って悪戯《いたずら》っぽく笑うと、エルンストは細い足を大きく広げた。

「エルンスト様……！」

「早く、ガンチェ……。ん……二本目を……」

目を閉じて大きく息を吐くエルンストの呼吸に合わせて、ガンチェは二本目の指をゆっくりと狭い筒の中へと差し入れた。


エルンストの小さな男に吸いついて、甘い蜜を味わいながら三本目を入れた。そのまま袋と一緒にしゃぶりながら、小さな筒の中を解す。くぷ、こぽ、とガンチェの指に絡まっていた欲望が、愛しい人の体の中で立てる音を楽しんだ。

小さな袋を舌先で押しつけ、捏ね上げ、細い茎内の残滓《ざんし》を吸い尽くす。甘い、爽やかな味を楽しみながら、幾度目かわからない欲望を吐き出した。

滑らかな股間からようやく顔を上げ、愛しい人の様子を窺う。年上の伴侶は蕩けた顔で、うっとりと潤んだ目で、ガンチェを誘う。三本の指も狭い筒の中で自由に動いていた。


ああ、もう大丈夫だ。

ようやく許しを得て、ガンチェは喜びに笑った。

何度も吐き出していた我儘な相棒をぴたりと押しつけ、ゆっくりと魅惑の小部屋に入っていく。小さな体が精一杯、ガンチェを迎え入れようとしていた。

そうなのだ。この人はいつも精一杯の愛情で、ガンチェを包んでくれる。いや、精一杯以上の愛情で抱き締めてくれるのだ。

エルンストの懐は深く、底は見えない。だが、エルンストがガンチェに与えてくれる愛こそが、底知れぬ深さを持っている。

根本までしっかりと挿し入れ、ガンチェは満足の息を吐いた。小さな筒が蠢《うごめ》き、ガンチェに快感を与えてくれる。ゆるゆると甘い快感を股間で味わいながら、ガンチェは目を閉じた。

甘く愛しい人の小さな手が、ガンチェの手に触れたのを感じる。細い指に指を絡ませて持ち上げ、その指先にそっと口づける。

エルンストの小さな指からは、カリア木の香りが微かにした。

ガンチェと砂糖菓子

「カィル？」

軽く事を終え、上気した顔でエルンストが問う。

「はい。グルード郡地のお菓子ですよ。小麦粉と砂糖を水で練って、油で揚げているんです。中に、スート郡地で採れるケイガの実が入っています」

「ふむ。どのような味だろうか」

「ケイガのねっとりとした甘さが特徴です」

「ケイガという植物は文献で見たことがある。食用にはならぬと書かれていたが」

柔らかな金髪を撫でながらケイガを思い出し、ガンチェは軽く笑った。

「……そうでしょうね。まぁ、ひと言で言えば、臭いんですよ」

「防虫効果があるそうだ」

「ああ、そんな感じです。虫だけでなく、人も寄りつかない臭いです」

嗅覚に優れているダンベルト人は特にそうだ。

「グルード郡地では、そのケイガを食すのか」

「油で揚げると匂いが変わるんです。少なくとも、臭くはありません。シェル郡地なら、フィーガの匂いに似ていますね」

「フィーガ？」

「ご存知ありませんか？　王都の市場でよく売られていましたよ」

「リンス国の王都か？」

「はい。ああ、でも、エルンスト様はご存知ないかもしれませんね。庶民が食べるものでしょうし」

「菓子だろうか」

「はい。酒の席でよく出されますよ。甘くて、少し、舌先にぴりっとした辛さもあるんです」

「ふむ……」

エルンストが眉を寄せて考え込む。

「ははっ。甘くて辛いって、よくわからない味ですよね」

「そうだな。想像が難しい」

「フィーガは生菓子なので、ケイガが入っているとは思えないのですが、油で揚げたケイガ入りの菓子と匂いがとてもよく似ています」

「リンス国の王都で食されている菓子と同じ匂いだというのなら、そのケイガという実も食せぬことはないだろう。文献に、食用に向かないと記載されるのは誤りだ」

「ですが、油で揚げる瞬間までは臭いんです。グルードの市場では、臭い店がカィルの店です。匂いを辿っていけば簡単に見つけられるくらいに」

「ふむ。調理の直前まで発せられる匂いのために、シエル郡地では誰も食べようとしないのかもしれないな」

「美味しいんですけどね」

「美味なのか」

「はい。こう、舌に絡みつくような甘さがありますから。スート郡地の水桃も美味しいですが、あちらはすっきりとした甘さです」

「ガンチェはどちらが好みだ？」

「どちらも」

「そうか。メイセンでも菓子が食べられるようになるとよいな。そうなれるよう、私はもっと頑張らねば」

「エルンスト様はもう十分に、頑張っておられると思いますよ。それに、メイセンで一番甘いものはエルンスト様ですからね」

「私？」

「はい。エルンスト様のここも、ここも、そしてこちらも、とても甘くて美味しいです」

体重をかけないよう注意して覆い被さり、愛しい人の額や首筋、小さな胸の飾りに吸いついた。

「んっ……はぁ……っ……」

柔らかな体が寝台で踊る。ガンチェは小さな芽を、ねっとりと舐めた。

「こちらなど、食べてしまいたいくらいですよ。可愛らしくて、甘くて……っ……」

たまらずに、吸いつく。根本まで咥え込み、未熟な蜜が出てこないかと吸うガンチェの髪を細い指が摑み、エルンストが身悶えた。

「あ……ん……ガンチェも……甘い……」

「……そうですか？」

顔を上げると、小さな手が頭を撫でてくれた。

「ああ……ガンチェに触れられている場所が甘く痺れて、いつも、たまらなくなる」

「こちらも……？」

先ほどまで堪能していた場所だ。尖った頭を押しつけただけで、蕩けた秘所は難なくガンチェを飲み込んでくれた。

「あっ……っ……大きくて……甘い……」

ずくりと奥に進む。慎重に、全てを潜り込ませる。エルンストの薄い腹を撫でると、自分がどこにいるのかわかるような気がした。


優しく腹を撫で、ふるふると震える細い茎を指で挟む。軽く扱《しご》き、先端に溢れた蜜を指に絡め、味わった。

「エルンスト様も、すごく、甘いです。甘くて、甘くて、エルンスト様は砂糖菓子のようですね」

極上の、蜜だ。理性が奪われそうで眩暈がする。

ガンチェは細い腿を撫で、ほんの僅かに出ていた己をしっかりと潜り込ませた。

エルンストの首が仰け反り、嬌声が上がる。その声ごと奪おうかというように吸いつき、深く口づけた。

「……っ……ふふっ……たくさん、味わってくれ」

エルンストの細い足がガンチェの腰に絡みつき、両腕でガンチェの頭を抱き寄せる。

体の全てを使って離れてはならぬと言われているようで、ガンチェは密やかに笑って頷いた。

「はい。いただきます……っ……」

「王宮でもお菓子は召し上がられていますよね？」

ちらちらと燃える暖炉の火が暗い壁を彩る。

「ふむ。茶と菓子の時間は午後だ。ガンチェは皇太子宮にいた頃、菓子が出されることはなかったのか？」

抱き寄せられた細い腕の中、ガンチェはふふっと笑う。

「まさか。私は湯殿の下男ですよ。お菓子なんて……冷えきった食事だけです。でも、メイセンと比べたら御馳走ですよ。それで、エルンスト様。王宮のお菓子って、どんなものが出されるんですか？」

王族が食べる菓子だ。特別なものだろう。純粋に興味があった。湯殿の下男として働いていたときも、そして、今も。

顔を上げて聞いたガンチェの頭を優しく撫で、エルンストが教えてくれた。

「ふむ。ベニヴァとチィーガルスト、フィリング、グレイジェント、ポーラウトは毎日欠かさず食す」

「どれも初めて聞いた名前です。どんなお菓子ですか？」

「ベニヴァは球体の菓子で、三つ食す。ひとつは国に、ひとつは民に、ひとつは世界に」

「…………何ですか？」

「ベニヴァは安定の菓子だ。故に、完全な球体をしていなければならない。リンス国の平安を願い、ひとつを食す。リンス国民の安寧を願い、ひとつを食す。そして、世界の秩序を願いひとつを食すのだ」

「ええと、チィーガルストは？」

「チィーガルストは棒状の菓子だ。こちらはひとつだけ食す」

「意味があるんですよね？」

「リンス国王族の継続だ。チィーガルストは男根を示す」

「そ、そうですか」

「反対に、フィリングは女性器を示す。故に、こちらは穴の空いた丸い形をしている。フィリングは五つ食す。皇太子ひとりでは心配なのだろう。私のようなこともある。多すぎてはならぬが、王の血を引く者は程よい数を常に必要としている」

「リンス国の王様って、女性のときもあるんですよね？」

「そうだ。女王が国を治めているとき、フィリングはひとつとなる」

「お菓子の数が変わるんですか？」

「フィリングはひとつに、チィーガルストは五つになる」

「残りも意味があるんですか？」

「グレイジェントは葉っぱの形をしている。こちらは七つ食す。意味は、七人の騎士だ。勇敢な騎士を体内に取り込み、頭、両腕、両足、胴体、そして心を守る」

「最後のは？」

「ポーラウトは細い網の目に組まれて焼かれた菓子だ。食す数はひとつ、天から降ってくる富と幸運を受け止める網となる」

「……毎日同じお菓子なんですか」

「毎日、同じ菓子を食す。食す順番と、数を間違ってはならない」

「間違えたらどうなるんですか？」

「茶を七杯飲んで、はじめからやり直す。幸いにも私はやり直したことがないが、かつて、三度やり直した皇太子がいたそうだ。ベニヴァやフィリングはともかく、チィーガルストは太さと長さのある菓子だ。グレイジェントは薄い葉の形で助かるが、ポーラウトは私の両掌ほどもある。一度でも大変なのに、それが三度……気の毒としか言いようがない」

「……女王のときは、そのチィーガルストが五つになるんですよね……」

「もはや、苦行だろうな」

「…………」

エルンストの小食ぶりを思えば、この苦行を愛しい人がせずに済んだだけで良しとしよう。

「それでエルンスト様、形や意味はともかく、美味しかったんですよね？」

王族に出されるものは吟味され尽くしているだろう。材料も、形も、そして、味も。

だがエルンストは、じっと視線を合わせ、そして、平淡な声で言った。

「ガンチェ」

「はい」

「私は出された食事に対して、美味であるとかそうではないとか、言ってはならないと決められていた」

「はい……？」

「私が何かを言えば、料理人たちが混乱するであろう？」

「……はい」

「故に、何も言ってはならぬ。言ってはならぬのなら、何も思わぬほうがよい。心が動かなければ何事も耐えられる」

「…………美味しくなかったんですね」

項垂れたガンチェに苦笑し、エルンストが頭を撫でて慰めてくれた。

「メイセンの子らは、菓子を食べたことはあるのだろうか」

薄い胸に頭を乗せ、規則正しい鼓動の音を聞く。

「領兵隊で聞いたことがありますよ。ラテル村やカタ村は小麦の収穫期に、前年の残った小麦粉を使って菓子を作るそうです。木の実なんか入れたりして、美味しそうですよ」

「そうか」

エルンストの声に安堵の色が混じる。

「メヌ村は少しだけですが、蜂蜜を使った菓子がありました。領兵隊にヤキヤ村出身者はいませんが、ヤキヤ村にも蜂蜜を使った菓子がありそうですよね」

「メヌ村で作っているというのだから、ヤキヤ村は蜂蜜で菓子を作るだろうな」

エルンストがガンチェの髪を、梳くように撫でた。

「イイト村やイベン村は、樹液を煮詰めて雪の上に垂らし、飴《あめ》を作るそうです」

「ふむ。甘味の代わりとなる樹液があるのか」

ガンチェは目を閉じ、優しい手の動きを楽しむ。

「コウズ木から樹液を取り出すんだそうです。ほのかな甘さがあるそうですよ。私もやってみようと思います」

「コウズ木は、メイセン領では珍しくない木だ。木々が密集した場所にあるだろう」

「領主の森で探してみます。何だか、わくわくしますね」

「ガンチェは飴が好きなのか？」

「はい。市場で売られているものしか食べたことがありませんが、樹液で作った飴って、すごく美味しそうじゃないですか？」

メイセン領では飴を見たことがなかった。砂糖は貴重で、菓子に回せるものなどないだろう。

「ふむ……そうかもしれぬな」

窓の外は雪が降っているのかもしれない。暖炉で燃える薪の音だけが静かに響く。エルンストは優しく、ガンチェの頭を撫で続けてくれた。年上の伴侶はいつも甘やかしてくれるが、夜は特に甘くなる。

「……エルンスト様？」

「何だ」

「こうやって、エルンスト様に頭を撫でていただいていると、こう、胸のとこがじんわりと温かくなって、甘いものを食べたときみたいな気持ちになれるんですよ」

「そうか」

「もう少し、頭を撫でてくれますか？」

「いくらでも。一日中でも」

「それだとエルンスト様が疲れてしまいますよ」

「右の手が疲れたら、左の手がある」

「ふふっ……エルンスト様はやっぱり、砂糖菓子のように甘い方です」

「……そうか」

「はい。私だけのお菓子です」

「ガンチェも、私だけの菓子だ」

「エルンスト様なら、お菓子よりお酒ですよね？」

「そうだな。ガンチェは私だけの美酒だ」

「……たくさん、味わってください」

「ならば、もう一度」

「はい……」

お屋敷に棲むモノ

「ガンチェ様、ガンチェ様」

侍従長がそう呼ぶから仕方がないのだろうか、屋敷の者は皆ガンチェのことをガンチェ様と呼ぶ。そのたびにガンチェは背中が痒くなってしまうのだが。

振り返ると三人の侍女が身を寄せ合って立っていた。この屋敷の侍女は三人でひとりだとでもいうように、いつも固まって動く。

「何か？」

見下ろして訊ねると彼女たちは小さく、きゃ、と喜色が混じった声を上げて互いを見交わした。

ガンチェがエルンストの伴侶となり屋敷で暮らし始めた当初、侍従長をはじめ屋敷の者たちは、ガンチェ様と呼びながらも、その目には蔑む色が露骨に浮かんでいた。下等な獣が偉そうに、そう目が語っていたのだ。

しかしそのような状況でガンチェが屋敷の者と争いを起こさなかったのは、エルンストの立場を誰よりも理解していたということもあるが、ただ単に、そういう周りの態度に慣れていたというほうが大きい。

シェルの種族とヘルの種族はグルードに対する当たりがきつい。無用な争いを避けるため、独り立ちしたばかりの子供には、スート郡地へ行け、と教授するくらいである。スートの種族も同じだが、スートはグルードを特に差別しているわけではなく、スート以外の種族を全て等しく差別している。それはもう、差別というよりは区別であるかのように。

ガンチェもシェル郡地は避けて生きてきた。まだ傭兵として駆け出しの頃、立ち寄っただけのシェル郡地で、非常に不愉快な目に合ったからだ。

その主義に反してリンス国で暮らしたのは、スート郡地で傷を負ったためである。少なくとも数ヶ月は戦いから離れていよう、そう思わせるほどの深い傷を。

エルンストと出会い、エルンストを愛し、エルンストに愛され、この地に根を下ろすことにした。

だがしかし、辺境地であるメイセンにも陰湿な空気を纏った差別があった。いや、これも、部外者を警戒する故の区別なのか。

シェルの種族は全て、どれほど体格のよい者であろうとも、ガンチェは見下ろす。部外者に対する警戒心は、知らないが故に起こることなのだ。その上、相手が自分より圧倒的に体格で勝っていれば、恐怖心も湧くだろう。


差別と区別の境界線はどこなのか。


しかし今、ガンチェは思う。

相手にはっきりとした負の感情を持たせるかどうかは、自分次第なのだと。相手が警戒して様子見をしているときには、こちらはできるだけ鷹揚《おうよう》に構えるのだ。

そして、無害であると知らせる。少なくとも敵意は持っていないと、日々の態度で教えるのだ。

そうしていると、相手はやがて区別をやめ、同化に導いてくれるのだろう。

目の前で身を寄せ合っている三人の侍女は、誰よりも真っ先に、ガンチェを受け入れたメイセンの人々である。


「あ、あの……ですね」

「お屋敷の北棟に」

「出るのです」

三人の侍女は、会話を互いに分担するのも常だった。

「……鼠ですか？」

いくらメイセンの動物がシェル郡地の通常のものより大きいとはいえ、鼠はガンチェには小さすぎる。捕まえろと言われても難儀しそうで、もしそうならば領兵の誰かを連れてくるか、と考えた。

「いえ」

「鼠では」

「ないのです」

腹から湧き上がってきた小さな苛立ちを押さえつける。

エルンストの立場を思えば屋敷の者を無下にはできない。この鬱憤《うっぷん》は、後で領兵との訓練で発散すればいいだろう。それで足りなければタージェスをぶっ飛ばせばいい。あの男は元国軍兵士の上に長年傭兵として生きてきたからか、少々手荒に扱っても死なないクルベール人だった。

「では、何が出るのですか？」

遅々として進まない会話に沸き起こる内心の苛立ちを隠し、努めて穏やかにガンチェは問う。

「幽霊です……」

「幽霊が」

「出るのです」

何と、幽霊とは。

ガンチェは全身が総毛立つのを感じた。領兵にも、もちろんエルンストにも秘密だが、ガンチェはこういう不確かなものが苦手だった。

幽霊だの何だの、絶対にいやしない。いてたまるか。いるはずがない……。

そう思って生きてきたのだ。数多《あまた》の霊魂が彷徨《さまよ》っていて仕方がないだろう戦場ならいざ知らず、このメイセンで幽霊などと。

「まさか」

内心の動揺をひた隠し、平静を装いつつ言う。

「いえいえ」

「本当です」

「幽霊です」

三人の侍女は自らの正当性を認めさせようというように、交互に言い募る。

「見たんです」

「何度も」

「幽霊です」

やめてくれ。

「昼でも」

「夜でも」

「出ます」

聞きたくない。

「北棟の」

「二階の」

「執務室です」

俺に、見に行けというのか。

「いやしかし、ああいうのはこの世に悔恨がある者が化けているといいます。このメイセンで、しかもこの屋敷で……」

期待を込めて打ち消そうとしたガンチェの微かな希望を打ち砕く。


「いえいえ」

「いるのです」

「恨みを残している方が」


「だからといって、何で俺を巻き込んだ」

隙を見て逃げようとするタージェスの首根っこを摑む。

「お前は、メイセンを守る領兵隊の隊長だろう」

「何の関係があるんだ……」

「屋敷の者が恐怖を感じているものの正体を、知らずにいていいわけがない」

「屋敷のことはお前が片付けろ。俺は領兵の世話で手一杯だ」

首を摑むガンチェの手から身を捩ってタージェスが逃れる。逃れてすぐ数歩下がったタージェスを、ガンチェはじっとりと睨みつけた。

タージェスの人並外れた持久力や戦いで見せる勘というものは生来のものだとガンチェは思う。そうでなければいくら鍛えているとはいえ、クルベール人ごときにダンベルト人である自分が、一対一の訓練で汗を浮かべるほど動かされるはずがない。

ガンチェはふっと笑う。面白い。この俺の手から逃れる術を身につけたというのか。

傍目から見れば、タージェスは身を捩っただけに見えただろう。ガンチェが手加減して、ガンチェが自ら手を離したのだと。

だが、違う。タージェスは身を捩っただけでガンチェの関節の動きを利用し、その手から逃れたのだ。

この男の面白いところは、それら全て、頭が考えたことではなく、体が勝手にやっているということだ。だからこそ当の本人が、自分の凄さに全く気づいていない。もちろんガンチェも親切に教えて、タージェスを喜ばせるつもりなど毛頭ないのだが。

腰をわずかに落とし身構えたガンチェに、タージェスが慌てて両手を上げる。

「待て、待て！　こんな屋敷の中で何をするつもりだ」

言われて気づく。そうだった。ここは屋敷の北棟。件《くだん》の執務室の前である。

エルンストの屋敷は広く、半分以上が使われていない部屋だった。エルンストが主に使っているのは南棟一階執務室と三階の私室、そして西棟の風呂場だ。あとは東棟一階の書庫、そして小さな食事用の部屋である。

屋敷の使用人たちは皆、東棟で暮らしている。東棟一階の端にある厨房を、まるで囲むように配置されたそれぞれの部屋で、料理人も侍従も侍女も侍従長も暮らしている。

彼らの部屋は、ガンチェが今まで傭兵として契約してきたどの貴族や王族の使用人が使っていた私室よりも広い。元はいくつかの小部屋であったようだが彼らは勝手に壁をぶち抜き、各自が勝手に、本当に勝手に、部屋を拡張していた。

誰よりも側にいて、誰よりも理解していると思っているエルンストだが、ガンチェには未だに愛しい伴侶の底が見えない。

エルンストは几帳面でもあり、大雑把でもあった。使用人が勝手に主人の屋敷に手を加えているのを知りつつ黙認しているなど、普通ではあり得ない。ガンチェが訊ねたときも、ふふ、と笑って済ませてしまったのだ。

とにかく広いこの屋敷で、全く使われていないのがこの北棟であった。

普段から人の出入りがない棟だ。ガンチェの拳が僅かに当たっただけでも壁が崩れるかもしれない。

ガンチェは身構えを解く代わりに、目の前でほっと息をついたタージェスの肩をがっしりと摑んだ。

「離せっ！」

「逃げないのならな」

青い目で睨みつけてきたが、逃すものかとぐっと摑む。

「……どうしてそこまで俺を巻き込もうとするんだ」

「……どうしてそこまで逃げようとするんだ」

人気のない廊下で睨み合う。

「お前……」

タージェスがにやりと笑う。

「へぇ、そうか。さすがのダンベルト人も幽霊は苦手か」

勝ち誇ったように笑うタージェスに、ガンチェも笑って言ってやる。

「ああ、そうだ。あんな実体のないものはどうこうできんからな。だから代わりにお前が見てこい」

素直に認めて執務室の扉の前にタージェスを押し出すと、目の前の体がぐっと踏ん張ったのがわかった。

「どうした？　お前は平気なんだろう？　だったら、さくさくっと見て確かめてこい」

背中を押すと、タージェスは両手を扉に突っ張らせた。

「いやいや、待て。俺は屋敷で暮らしているわけでもないし、やはり、ここはお前が見てこい」

「暮らしているとかどうとか、関係ないだろう。お前が見てこい」

「いやいや、ここに住んでいるお前が確認してこそ、意味があるだろう」

「後でお前から様子を聞くから俺はいい」

さらに押し出すと、タージェスは扉に頭をつけて踏ん張っていた。

「それならやはり、ふたりで行こう！　よし、そうしよう！」

扉にへばりつきながら提案したタージェスに、ガンチェも渋々頷く。ここで揉め続けても時間の無駄だ。嫌なことはさっさと終わらせよう。

どうやらタージェスも不確かな存在には弱いらしい。後で茶化されないだけましかと覚悟を決め、ガンチェは扉の取っ手に手をかけた。

小さく開けて中を窺う。耳を澄まし僅かな音さえも拾おうとしたが、何の物音もしない。気配も、ない。

「……何もないぞ。気配も感じられん。……侍女の勘違いか」

ほっとしてガンチェが呟くと、タージェスが声を潜めて否定した。

「いや、相手は死んでいるんだろう？　気配があるほうがおかしいんじゃないか？」

タージェスの指摘にうっと詰まる。取っ手を握る手に汗が滲む。

扉をもうひと押しして開けた。

誰も使わない北棟の二階執務室。

この部屋は先代領主が使っていた執務室だ。

「暗いな……」

タージェスがぽつりと呟く。

天気のいい冬の昼下がり。北とはいえ、普通ならもう少し明るくてもいいはずだ。窓を見ると鎧戸が閉じられているわけでもない。いやそんなものは朽ちてなくなっているか。誰も使わない北棟は、修繕の手が及んでいなかった。

部屋の入り口に、ふたりで顔を突っ込んでいるだけでは埒《らち》が明かない。

ガンチェは意を決して足を踏み出す。タージェスも観念したようについてきた。もしかすると、ひとり、廊下に残されるのが嫌だっただけかもしれないが。

部屋に一歩入ると、空気が違うと感じた。なんとなく、湿っぽくて、重い。

「……」

「……」

無言でタージェスと顔を見交わし、部屋の中央へと進む。

エルンストが使っているものよりも豪華な執務机が据えられた部屋。しかし、エルンストの執務室のように来客用の椅子があるわけでもなく、会議用の大机もない。執務机だけが置かれた部屋。広い部屋で、ぽつんとひとつ置かれた執務机がなんとなく寂しそうだった。

部屋に慣れたのかタージェスが執務机に歩み寄り、どっかりと椅子に座った。

「いい椅子だな。机もいい。先代領主は、元は有力貴族だったというし、金はあったんだろうなぁ」

広い机を擦りながら言う。長年放置されていた机からは埃《ほこり》が舞い上がった。

「エルンスト様、これを使えばいいのに」

舞い上がる埃をものともせずタージェスが言った。

この男も、エルンストとは違った意味で大雑把だった。

「エルンスト様は、あるものをお使いになられるからな。見た目には拘《こだわ》らず、それに、我らの手間をお考えになられるだろう」

「まあ、そうだな。ここからエルンスト様の執務室まで運ぶとなると……かなりの手間だろうなぁ。お前がもうひとりいれば簡単だろうが」

執務机は重厚な造りで、見るからに重そうだった。

とはいえガンチェならばこの程度の重さの机、運ぶのはわけない。問題は、大きさだった。少々傷めてもいいのならば担いでいくが、エルンストの執務室に着くまでに屋敷のどこかは壊れているだろう。

「しかし、何だか殺風景な執務室だなぁ」

使われなくなって家具類が持ち出されたということでなければ、タージェスの言うとおり、殺風景な部屋だった。

「机もいいし椅子もいい。だが……居心地は悪いな」

エルンストの執務室の居心地のよさに比べると、この部屋は本当に落ち着かない。

ガンチェもそう思ったそのとき、鼓膜を直接震わせるような音が、いや、声が聞こえた。

『……誰も来ない……』

耳元で聞こえた声にばっと振り返る。

「何か……言ったか？」

何もない背後を凝視しながら、タージェスに問う。

「いや……お前こそ」

どうやらタージェスにも聞こえたらしい。

ふたりで向き合い、ごきゅりと喉を鳴らす。

「と……とにかく、何もなかったということで」

ガンチェが言うと、タージェスも頷いた。

「ああ、何もない。よし、それでいこう」

さっさと出ていこうとばかりにタージェスが椅子から立つ。

『もっと、ゆっくりすればよい』

部屋の隅から聞こえた声に、ガンチェは飛び退き、思わずタージェスの肩を摑む。

「痛いぞ！　ガンチェ！　加減しろ！」

怒鳴られてぱっと手を離した。

「ああ……悪い」

そこにいたのがタージェスでよかった。他の奴なら肩が砕けていたかもしれない。タージェスは持久力や勘もいいが、何より体が人一倍丈夫に出来ていた。

少々手加減を忘れても無事なくらいに。

肩をさするタージェスと並び、じっと部屋の中を見る。びりびりと、体中の毛が逆立つような、嫌な感じがした。

「な……何か、いるか……？」

「い……いや……いない……だろう？」

タージェスとふたり、僅かな希望を口にする。しかし部屋の隅が異様な暗さで、しかも揺らめいていて、何かいると報せていた。

このままここにいれば、絶対に知りたくない何かと対峙しそうで、ガンチェは片足をおずおずと動かした。幸いにも扉は開いたままで、自分なら二歩で廊下に出られると判断する。

気合を入れて、床を蹴る。ぼこっ、と床に穴が空いたような気もするがこの際、無視する。どうせ誰も使っていない北棟だ。エルンストも許してくれるだろう。

一歩足を着き、もう一歩で廊下に出る。いや、出ようと跳んだ先で無情にも、扉がばたんと閉められた。

「……っ！」

ガンチェは扉に激突する寸前で足を着き、後ろに跳び退《の》いた。

扉を閉めた誰かが廊下にいるのかと気配を窺ったが、扉の向こうに人気はない。嫌な予感に囚われつつ後ろを振り返ると、タージェスがむっと睨んでいた。

「お前……今、俺を置いていこうとしただろう」

ガンチェもふん、と睨み返す。

「自分の身は自分で守る。傭兵の基本だ」

「元はと言えば、お前が俺を巻き込んだんじゃないか！」

「巻き込まれようが騙されようが、足を突っ込んだ以上は自分でどうにかするもんだ」

故郷で叩き込まれた傭兵論を盾に使う。

「俺は傭兵じゃないっ！　領兵だっ！」

「奇遇だな。俺も領兵だ」

「……なら、仲間を守るもんだろう……」

「いや、俺は領兵である前にエルンスト様の伴侶だからな。まずは、エルンスト様だけを守る。余裕があれば、メイセンも守ってやろう。その上、暇だったら、メイセン領兵隊も、まあ、気にかけてやらんこともない」

つらつらと続けると、タージェスはぐっと詰まってから、絞り出すような溜め息を吐いた。

「お前……エルンスト様に似てきたなぁ……」

「あの偉大なお方に俺が僅かにでも近づけているというのならば、光栄の極みだ」

『楽しそうだな……』

部屋の隅から声が聞こえてきて、ガンチェは窓際に跳び退《すさ》る。

「な……何か……聞こえた……か？」

窓に背を着けてタージェスに訊ねると、タージェスも同様に窓に背を押しつけて部屋の隅を凝視していた。

「な……何も……？」

『恐れずともよかろう……』

疑いようもなく、はっきりと声が聞こえて、ガンチェはタージェスと顔を見交わした。

ふたりで見つめ合い、ごくっと喉を鳴らしてから、覚悟を決めてばっと振り返る。

声が聞こえてきた部屋の隅を見ようとしたが、何とも言えない顔が目の前、間近にあった。

「…………………！」

「…………………！」

情けないことに、声にならない悲鳴がふたりの元傭兵から上がった。

『仲が良いのぉ……』

床に座り込んでタージェスと手を握り合っていることを言われていると気づき、ガンチェは慌てて振り解く。

『照れんでもよかろう』

ふぉふぉと空気を震わせるように笑われて、身の毛がよだった。

多分、人で、多分、老人で。

この顔は多分……先代領主だろう。ガンチェは屋敷に飾られた歴代領主たちの肖像画の中から、一番新しいものを思い出す。

しかし目の前の物体は、多分、という言葉をつけざるを得ないほど、不確かなものだった。ゆらゆらと揺らめき、時折、斜め上に、左右にと引き伸ばされる。

それでいてその声は、いやにはっきりと明確に響いた。まるで耳元で囁かれているかのように、直接鼓膜を震わせる。

「ち……近い、近い」

しっしとタージェスは、目の前で揺らめく老人に向けて手を振っていた。

覚悟を決めて振り向いたふたりの真後ろに、まるでへばりつくかのようにこの老人は立っていた。あまりに近すぎて、すぐには何なのか判別ができなかったほどだ。

そして今も、腰を抜かして床に座り込むタージェスに覆い被さるように、老人は顔を寄せていた。

ガンチェは尻で後ずさり、壁に背を預けてタージェスを見ていた。来るなと叫びながら手を振っているが、その手が老人をすり抜けている。

得体の知れないものを前に、犬を追い払うかのごとく振る舞うタージェスを凄いと思う。あの老人が怒ったらどうするつもりだ。先代領主なら当然貴族で、無礼だと怒りだしてもおかしくはない。

次第に落ち着きを取り戻し始めたガンチェは、呆れたように見ていた。

狼狽《ろうばい》して叫ぶタージェスには悪いのだが、どう見ても、老人に遊ばれている。ほれほれ、などと言いながら、タージェスが顔を背けるほう、背けるほうに自らの顔を向けている。

「タージェス……落ち着け」

見かねて声をかける。見世物としては面白いのだが、多分、この老人をどうにかしなければ扉は開かないのだろう。

そろそろお茶の時間だ。余裕があれば、エルンストが一服する時間だ。メイセンで茶など飲めるはずもなく、ただ白湯を飲むだけなのだが、それでもエルンストと語り合える貴重な時間だ。

あんな扉、壊すのはわけないが、説明のつかない老人の力が及んでいれば力業では開かないだろう。

「お……お前は、誰だっ！」

『お前は領主の顔を見忘れたのか』

「領主だと!?　メイセン領主だと言うつもりかっ！

「メイセンの御領主様はエルンスト様だっ！」

老人はわかっていてタージェスをからかっている。ひょいひょいとタージェスの周りを飛びながら、ひゃっひゃと笑っていた。

「タージェス……。そいつは、第十六代領主だ」

ガンチェが言うと、タージェスは、あ、とようやく気づいた。

「そういや、こんな顔だった……か」

タージェスはじっと、半透明の老人の顔を見る。

『こんな顔とは……こんな顔かぁ……？』

ぶわっと老人の顔が広がり、タージェスを飲み込んだ。

「うわぁっ！」

タージェスは、床に転がって叫んでいた。

「タージェス……落ち着け」

ガンチェは立ち上がり、じゃれ合うクルベール人と、かつてのクルベール人を見下ろす。

『お前は面白くないのぉ』

「遊ばれてたまるか。状況に素早く慣れるのは傭兵の基本だ」

『さっきからお前は、基本ばかり口にするのぉ』

「基本が、大事だ」

『やはりこの男、面白くないのぉ』

老人は、遊ばれすぎて涙目になっているタージェスに問いかける。

「お……お前は、誰だっ！」

『だから領主だと……』

「だから、第十六代の領主だと言っているだろう」

「あ……」

先ほどの会話を思い出したのか、タージェスが頷く。

『こっちは面白いのぉ』

ふぉふぉと笑って、老人がタージェスに抱き着いた。

「気に入られたな……」

「それで、お前は何をしていたんだ」

タージェスは埃の舞う床に胡坐《あぐら》をかき、まとわりつく老人に問いかける。素早く状況に慣れる、という点ではタージェスもやはり、傭兵の素質があった。

『寂しかったんじゃぁ……』

老人がさめざめと泣きだす。心なしか、部屋の温度が下がったような気がした。

『珍しい絵やら、面白そうな絵やら飾ったのに、だぁれも見に来てくれん』

改めて見渡すとこの執務室の壁には、ガンチェの感性では到底理解不可能な、奇怪な絵が飾られていた。

だが近いうちに、この絵もエルンストに売り払われるだろう。奇怪ゆえに、絵としては売れ残ったか。だがエルンストなら、画材としてでも売り払う。

『民が来たら威厳を見せねばならんだろうと、こぉんな立派な机も買ったのに、だぁれも来てくれん』

威厳のための執務机だったのか。どうりでエルンストが見向きもしなかったわけだ。エルンストは見た目ではなく、機能で物を選ぶ。

『ずっとずっとずぅっと待っていたのに、誰も来てくれんのじゃぁ……』

泣き続ける老人に同情してか、タージェスが震える肩をぽんぽんと叩く。いや、叩いたつもりなのだろう。空を叩く。

「だから死んでまでここにいたのか。それで部屋に来る者を驚かしていた……と」

『楽しませようとしたんじゃ』

「いや、いきなり出てきたら誰でも驚くだろう。出ます、くらいは言っておいてやらんと」

そんなことを宣言して出てくる幽霊も嫌だろう。

『そうか……。予《あらかじ》め言ってやればいいのか』

このふたり、どこか似ている。

「つまり、寂しくて出てきたわけで、恨みがあったわけではないんだな」

『恨み？』

「お前らみたいなのは、恨みがあるから出てくるんだろう？」

『そうだなぁ……。恨んでいるか、怒っているか、寂しいか。楽しい奴はおらんな』

「そりゃそうだ。楽しい幽霊がいたら喜怒哀楽揃って、死んだ奴は全員、出てこなきゃならん。煩くてかなわんだろう」

『それもそうだ。お前、面白いのぉ』

呆れて見下ろすガンチェの前で、ふぉふぉ、わはは、とふたりは笑い合っていた。

「ひとつ、聞きたいんだが……？」

意気投合しているおかしなクルベール人ふたりにこれ以上関わりたくないと思いつつ、ガンチェは確かめる。


「書庫にあったあのおかしな本。あれは、お前が集めたのか……？」

エルンストとの行為を楽しむ参考になるかとガンチェも全て読んだが、あの内容をこの老人が好んだのだろうか。好んで、七百八十一冊も集めたのだろうか。

『本？　ああ、あれか。ありゃあ、よかっただろう？』

老人は、にやりと笑う。

『どの本も、百年も経てば値打ちが出るようなもんばかりだからな。……そろそろ、いい値がつく頃かの？』

「百年寝かせて、売るつもりで買ったのか？」

タージェスが訊ねると、老人は笑って頷いた。

『ここの土地は貧しいからの。おまけにどの領主も飛ばされて来ているような奴らばかりだ。次もたかが知れている。ならば、僅かにでも助けになれば……とな』

次もたかが知れている、のくだりで思わずガンチェは拳を握り締めたが、実体のない老人を殴りつけられるわけもなく、渋々拳を収める。

「蔵の品々と同じような物だったのか……」

『蔵の品？　ああ、あれか。あれは先々代と先代領主だな。幸いにも儂《わし》の代では手をつけずに済んだ。儂も同じようにと思ったが、ああいう品ばかりでは値崩れしたときに全て無駄になる。ならば、と違うものを選んだのじゃ』

「それで……あの本か……」

『いい選択じゃろう？　好む者は限られるが、だからこそ作られる数も限られる。それ故に値は上がり、なかなか崩れん』

「七百八十一冊で672シットになったが……？」

浮いている老人を見上げてタージェスが言うと、老人はしてやったりと笑った。

『買ったときは6シットで釣りがあったぞ』

「おお……！」

タージェスとふたり、半透明の老人を尊敬の眼差《まなざ》しで見てしまった。

このメイセンはまるで流刑地のように扱われ、歴代領主は皆一流の上級貴族だった。その筆頭がエルンストになるのだが、とにかく全員が判で押したように一流で、だからこそ物を見る目があったのか。

そう考えれば、蔵から出てきた品に高値が付いたのも、書棚の本に高値が付いたのも納得できる。

『ここに飛ばされるような奴らは皆、何かしらの理由があるからな』

「お前は、政敵に負けたんだろ？」

タージェスが言うと、老人はふんとそっぽを向いた。

『あいつめ、汚い手を使いおって……。メイセンにやられたときは、そりゃあ悔しかったし、王都の奴らを恨んでもおった。だが……なぁーんか、落ち着くんだなぁ……ここは』

老人は机に座って、ぼぉっと空を眺めた。

「お前はふて腐れて、晩年引き籠っていたと言われているぞ？」

ガンチェも人のことは言えないが、タージェスは身も蓋もない。悪意はないのだが、繊細な気遣いもない。

案の定、老人はさめざめと泣きだした。

『ひどいのぉ……。儂はただ、誰かが遊びに来てくれるのを、待っていただけなのに……』

「構ってほしければ、お前が出ていくべきだったんだ。こんな田舎の民が、貴族の屋敷においそれと近づけるわけがないだろう」

『出入り自由の看板を立てていたんだぞ？』

「字を読める奴が何人いるんだ。このメイセンで……」

『何とっ！　字が読めぬ者などいるのか!?』

死後百年以上経って知った真実に、本気で驚いている老人に目頭が熱くなる。

「お前の悲劇はな、政敵に敗れたことではなく、自分とは違う世界で生きている者がたくさんいるんだという当然の事実に気づかなかったことだな」

タージェスが憐れむように言った。

「とにかく、もう化けて出るのはやめてやれ。侍女が怖がって……。見てみろ、この部屋を。掃除もできずに埃だらけだろう？」

幽霊がいるから掃除をしないのか、誰も使っていないから掃除をしないのか。何とも言えないところだったが、ガンチェも頷いて賛同する。

しかし、埃だらけだと自覚している部屋の床に、よくも躊躇なく座れるものだ。今も胡坐をかいて、気の毒な老人を諭《さと》しているタージェスを見下ろす。

『でも、寂しいんじゃぁ……』

「ああ、わかった、わかった。暇なときには俺が来て相手してやるから、それで我慢しろ」

『お前が来てくれるのか!?』

実体をなくすと感情が素直に出てくるのか。老人が躍るようにタージェスの周りを飛び出して、抑えようのない喜びが手に取るようにわかった。

「とりあえず、出ます、くらいは言ってくれ」

『わかった、わかった。出ます、出ます、今から出ます～』

老人は笑いながら部屋中を飛び回り、そして突然、消えた。

気づくと、薄暗かった部屋が明るくなっていた。心なしか、空気も変わった気がする。

「消えた……のか？」

「どうやら、そうらしいな。で、お前、本当に来てやるのか」

「当然だろう。約束は、約束だ。それに、俺は寂しい老人の相手は慣れているからな。俺が生まれる前の話を聞くのも面白い」

タージェスは立ち上がると、服の埃をばんばんと払った。こいつの図太さは体でも何でもなく、その精神だと呆れて見下ろすガンチェを振り返り、タージェスはおかしそうに言った。

「いやしかし、この部屋が執務室でよかったな。手洗い場だったら、ややこしくて嫌だぞ？」

何を言うのかと訝しげに見ていると、タージェスが吹き出すように笑った。

「出ます、なんて言われたら、幽霊が出るのか、ぶつが出るのか迷うところだ」

わっはっは、と笑って、繊細さの欠片もない男は部屋から出ていった。

「ああ、北棟二階の執務室だろう。ふむ。あそこには第十六代領主がいるな」

愛しい人を怖がらせたくはなかったが、一応報告はしておくべきだろうとタージェスと向かったエルンストの執務室で、年上の伴侶は事もなげに言った。

「……ご存知だったのですか？」

エルンストは何か難しい書類を片付けながら、ふむ、と答える。

「北棟一階と二階、三階。西棟二階と三階。そして、東棟二階だな」

「……え？」

嫌な予感にタージェスとふたり、ごきゅりと喉を鳴らしたことにも気づかず、エルンストはペンを走らせながら言った。

「この屋敷は先代領主が建てたが、同じ場所にそれ以前の屋敷があった。ゆえに、皆、屋敷が新しくなっても棲み続けたのだろう。二階執務室は第十六代領主だが、北棟一階は第十四代、三階は第十二代領主だ。西棟二階は数百年前の侍従だが、三階は意思疎通が難しく、いつの誰だかは不明だった。東棟二階は西棟と同じく、数百年前の侍女だな」

「エ……エルンスト様……。よ、よろしいの、ですか……？　そんなに、たくさん、いて……」

体の震えはどうにか抑えたが、声がどうしても震えてしまう。隣でタージェスは揺らめいていた。

「ふむ。別段悪さをするわけではなし、構わぬだろう？　先代領主はまだ新しく会話もできるのだが、その他の者は色々と怪しくなっている。恨み言を言っているようだが、それだけだ」

書類が出来上がったのか顔を上げてにこりと笑うエルンストに、ガンチェはぎこちなく笑みを返す。

偉大なる伴侶の懐が深すぎて、ガンチェは空恐ろしくもなってきた。一体どれほどのものを、この方は平然と受け止められるのだろう。

伴侶になったばかりの頃、エルンストの怒りを買ってはならないと、一挙手一投足にまで気をつけていた日々を懐かしく思い出す。

この人にかかればガンチェがする粗相など、軽く笑って済ませられることばかりなのだろう。

笑うエルンストにつられてガンチェがもう一度笑ったとき、視界の端で揺れていたタージェスが消えたのがわかった。

「タージェス……っ！」

エルンストが驚いて椅子から立ち上がる。ガンチェはそれがエルンストでなければ、もちろん手を貸したりはしない。タージェスは自然の成り行きでそのまま倒れ、転がっていた。

「大丈夫ですよ。半日も寝ていれば目を覚ましますよ」

この屋敷が幽霊屋敷だと知って目を回したタージェスを肩に担ぎ上げると、ガンチェは隊舎に放り込むべく、エルンストの執務室から出ていった。


相変わらずタージェスは、領兵の訓練をガンチェに押しつける。押しつけて屋敷に行くが、三回に一回はエルンストの執務室ではなく、北棟二階に向かっていく。

エルンスト曰《いわ》く、唯一意思疎通ができる第十六代領主にタージェスは頼み込み、他の幽霊たちはめでたく消え去ったらしい。だが、第十六代領主も最近ではその透明度が増し、時折、声が途切れるという。

旅立ちが近づいているのかもしれないと、タージェスが瞼を押さえて報告した。

タージェスが領兵に遊ばれる理由が、何となく、ガンチェにもわかってきた。

心身共に打たれ強く、大雑把で、情に厚い。

メイセン領兵隊隊長は、なかなかに面白い男だった。

タージェスとティス

1　ティスの視線の先にあるもの

小さな宿だった。部屋数は三つ、ひとつは既に塞がり、残りふたつを別の客と取り合ったがブレスが交渉の末、相手には別の宿に移ってもらった。

あの領主と伴侶、ふたりと同じ部屋で過ごすなど、領兵らには考えられないことだった。一晩を無事に過ごせるか。そんなこと誰にも断言できない。

仲が良いのはよいことだと思う。だがところ構わずひっつかなくてもいいだろうに。カタリナ侯爵家にいたときも、ふと気づくとエルンストはガンチェの膝の上に座っていた。

ガンチェにはまだ分別がある。問題なのはエルンストだ。王宮で育つとああなるのか。下々の者には理解不能だが、人目を気にせずおおらかだった。それでいて乱れたところが全くなく、優雅でさえあるのはさすがと言うべきか。

しかし、まだ若いミナハは当てられっぱなしで、何度卒倒しそうになったことか。

同じ部屋でいい、などと恐ろしいことをエルンストが言い出したとき、ブレスが慌てて交渉を始めた。気の毒だと相手を気遣うエルンストに対して、畏れ多くも殿下と同部屋などと、とトーデアプスが恐縮し始めた隙に話を纏める。

エルンストの関心を集中させたトーデアプスにでかした、と思いつつ、気遣うなら俺たちも気遣ってくれ、とタージェスは空を仰いだのだった。

夕食も済ませ明日の確認をすると、エルンストらはいそいそと部屋へ戻る。

いや、もちろん、堂々と戻っているし呼び止めれば何事もなく振り返るのだろうが、どうしても、いそいそと、という表現を使いたくなる。

ブレスは目で、無理はさせるなよ、とガンチェに合図を送っていた。

あの大きなダンベルト人は見かけによらず、意外と理性的だ。ダンベルト人を野蛮人だと思っている奴がいたら、そいつは本当のダンベルト人に会ったことがないのだ。

だがそのガンチェをもってしても、エルンストの誘惑には勝てないらしい。今回の旅でも何度か、ええ昨夜一生懸命いたしていました、と顔に書いてあるようなエルンストの姿を目にしている。よくあの大きな体を受け止めて生きていられるなと妙なところで感心してしまう。

そしてこれは誰も口に出したりはしないが、メイセンの民が共通して持つ感想だった。

「エルンスト様って、本当に皇太子様だったんですね……」

トーデアプスに向けて、ミナハがぽつりと言った。

「もちろんでございます」

心外だというようにトーデアプスが胸を張った。エルンストに数十回は指摘され、ようやく五回に一回は殿下と呼ばなくなってきた老人が滔々《とうとう》と語りだす。

「私は国王陛下が皇太子殿下であられましたときはもとより、先代国王陛下にもお仕えさせていただきました。ですが、エルンスト様ほどご立派な方は、失礼を承知で申し上げさせていただければ、いらっしゃいませんでした」

「先代国王陛下も、なかなか楽しい方だったぞ」

「ああ、隊長様はご存知だったのでしたね。確かにあのお方はお優しく、我々などにも気安くお声をかけてくださる方でした。ですが、殿下の素晴らしさと言ったら……」

トーデアプスが胸を押さえたので、発作でも起きたのかと領兵たちが咄嗟《とっさ》に腰を上げる。だが、医師であるはずのティスはのんびりと茶を飲むだけで、感情を高ぶらせ始めた老人を見てもいない。

「殿下は、本当に素晴らしいお方なのです。いつだったか、侍女めが水の入った桶を落として廊下を水浸しにしてしまったことがあります。そこを通りかかったエルンスト様が、手にしておられた金布をなんと！　御自ら侍女にお渡しになられたのです……！」

「……へぇ～……」

感動に打ち震える老人を、エルンスト以外の貴人を知らないミナハが反応薄く見る。

「それにいつぞやは、私が腰痛で思わず腰に手をやったのをご覧になられて、い、い、……労《いたわ》れよ……と……！」

取り出した小布を目にあてる。ミナハはもう返事すらしなかった。

「あなたも腰痛持ちですか。私もそうなのですよ。特に、冬などはきつくてね～。でもエルンスト様に教えていただいた、ほら、これ。これを試そうと思っていますよ」

ブレスが紙片を取り出してトーデアプスに見せる。

メイセンの人々は良くも悪くも空気を読まない。トーデアプスは目元を拭うと、紙片を受けとり遠く近くに焦点を合わせて見ていた。

そこにようやく会話が耳に入ったのか、ティスがふたりの上から紙片を覗き込む。

「これは正しい」

そう一言口にすると、また椅子に腰かけて茶を飲み始めた。

タージェスはワインを飲みながら、正面で茶を啜るエデータ人を見る。ダンベルト人に負けぬ大きななりで小さな茶器を両手で挟んでいる。

ふいに茶器の向こうから金色の目が見てきた。

「なんだ？」

問いかけるとふい、と逸らす。だがしばらくすると、また目を合わせてきた。

「……なんだ？」

また逸らす。そしてまた、目を合わせるのだ。

「……なんなんだ」

憮然として言うと金色の目がじっと、視線を合わせてきてタージェスは僅かに身構える。

エデータ人は優れた剣士だ。タージェスが知るエデータ人もとても強かった。ティスがどうなのかまだわからないが、ガンチェが言っていた。エデータ人はもともと優れた剣士だが、ティスはその中でも手練《てだ》れだろう、と。

あのガンチェをしてそう言わせるのだから、タージェスでは到底太刀打ちできない。

表情の読めないティスを前に、タージェスの背中に汗が流れた。

「隊長殿」

「……なんだ」

硬質で抑揚のない声に思わず息を呑む。頭ひとつ分高い位置にある金色の目にじっと見据えられ、鼓動が跳ね上がる。

タージェスは内心の動揺を感じ取られないよう努めて平静を保ちつつ、剣士であり医師の、次の言葉を待った。

「好みです」

「……は……？」

一瞬止まった思考が復活したときにはもう、ティスは何事もなかったかのように茶を飲んでいた。

一体なんだ？　今のは何だったんだ？　何が好みなのだ？　茶か？　茶だろう？　茶のはずだ。

タージェスは心の内で叫んだつもりだったが、どうやらぶつぶつと声に出して呟いていたらしい。ふと横を見ると、いつの間に来たのかブレスが座っていた。

じっとタージェスを見ながら器に酒を注ぎ入れゆっくりと呑み干すと、にやりと笑った。

「隊長のことですよ」

「違うだろう！　違うよなっ！　俺は自慢じゃないが、今まで男にも女にも好かれたことなどないぞっ‼　いつだって金で済ませてきたんだぁ！！！」

「気の毒な方だ……」

「なんだとっ！　そういうお前はどうなんだっ！」

「残念ながら、私には子がおります」

「あ……そうだったな」

同類はいないかと視線を彷徨わせたら、またティスと目が合った。

「申し訳ありません。私の体は男です」

無表情で頭を下げるティスの後ろにトーデアプスが立つ。

「隊長様。子供など、どうでもよいではありませんか。産みたい者が産み、そうでないものは一生を通じて経済活動を行う。それでこそ平等な社会貢献です。私も子はおりません。しかし、何も問題ございません」

ぽん、とティスの肩に手を置く。大振りの剣を肌身離さず携える手練れの剣士の後ろに立ち、あまつさえその肩に触れるなど。

この老人、恐れを知らない。

「ティス殿は素晴らしい方です。ええ、まだ知り合って僅かではありますが、私めにはわかります。ティス殿は純粋でお優しい方です。きっと隊長様をお守りくださいますよ」

ティスが黒い顔の表情を微かにも変えず、無言で頷いた。

「やめろ！　そこで頷くなっ！　俺は守ってもらわんでも大丈夫だ！」

「おお、さすがでございます。それでこそ、殿下の領兵隊隊長様です。よかったですね、ティス殿。やはり愛し合うおふたりが同等にお強いというのは、よいことだと思いますよ。お互いに同じ速度で歩いていくことができますからね」

またティスが無言で頷く。無表情の顔が歪む。ガンチェ曰く、はにかんでいる表情らしい。

「頷くなっ！　俺はひとりがいいんだっ！」

「おお、なんと自立心がお強いお方なのでしょう。よかったですね、ティス殿。殿下のメイセン領はとても広いと聞き及んでおります。その広いメイセン領に医師はティス殿、ただおひとりとなられます。隊長様がこれほど自立心のお強い方であれば、ティス殿がお勤めでお忙しくされても、大丈夫ですよ」

ティスがゆっくりと頬に両手を添えて頷く。

「第一、ティスは男じゃないかっ！」

「隊長様、馬には乗ってみよ人には添うてみよと言うではありませんか。手の付けられない暴れ馬でもいざ乗ってみるとしっくりくる、そういうこともございますでしょう？」

確かに、そうだ。タージェスは思わず頷いてしまった。

「それに、好き嫌いはいけません。私めも、タショの煮込みがどうにも苦手で……いつも避けておりました。ですがある日、勇気を出して口にしてみたところ、あまりに美味で驚いてしまったことがございます。やはり何事も、まずは口にしてみませんと」

タショとはロツタス領で獲れる魚のことだ。ぎょろりと大きな目に大きな頭。形相は恐ろしく、また、生臭い。幾種類もの香草を使い臭いを消すが、そのためスープの色がどうしても黒く濁る。

その見た目から敬遠されることも多い料理だが、信じられないほど美味なのだ。

「料理と一緒にするな！」

「隊長様。恋愛を男女間だけでしなければならないと、一体誰が定めたのでしょう。このようなことは、当人間の問題。大事なのは、お互いの心です。外野は騒がず、囃《はや》さず、見守るのが節度のある態度だと、僭越《せんえつ》ながら私は思うのです」

諭されるように静かに語られ、タージェスは頷いてしまった。

「ね？　そうでございましょう？　ですからどうぞ、おふたり仲良く、末永くお幸せに」

ん？　なんか変な風に話がまとまっていないか？

タージェスは一瞬遅れておおと気づき、慌てて口を開いた。

「……俺の話を聞けっ！」

「はい？」

老人はティスの黒い手を両手で握って勇気づけるように頷いてから、タージェスに顔を向けた。その邪気のない目に、怒鳴りつけようとしたタージェスは続けることができず、開いたままの口を震わせた。

傍らのブレスに目で助けを求めたら、にやにやと笑って酒を呑んだだけだった。ミナハはと見ると、呆れたように溜め息を吐いて、お先に、と寝具に潜り込んでしまった。

「隊長様？」

トーデアプスが気遣うような視線を向けてくるので、タージェスは唸り声をひとつ上げてから、妥協案を自分に押しつけた。

「エ……エルンスト様のお心を、わ……煩《わずら》わせてはいけませんから……このような私事は、ど、どうぞ……ご内密に……」

ぶるぶると震えながら告げるタージェスに何を思ったのか、老人は大きく頷いて、もちろんでございますとも、と薄い胸を叩いたのだった。

全員が寝静まった暗い部屋で、タージェスの目はぱっかりと開いたまま見えない天井を睨みつける。

さすがはトーデアプス。エルンストを育てたというのは伊達《だて》ではない。まるで善意の塊で構成されたような老人だ。

トーデアプスにとって人格的に優れていると判断したティスの好意を、タージェスが受け入れないとは考えられないことなのだ。

だが、エルンストの話では、トーデアプスもティスも領主の屋敷で暮らすことにはならない。つまり、メイセンに着くまでの辛抱だった。

しかし、と己の機転に、自分で自分を誉めてやる。トーデアプスはまだいい。押しつけるということはなく、謙虚だ。この事態をエルンストが知ることが一番、恐ろしい。

トーデアプスとはまた違った意味で、エルンストも、タージェスがティスの好意を受け入れないとは考えないだろう。ふたりにとってティスの性別が何であるかということは、全く問題ないのだ。

もしエルンストが知ってしまえば善意という名の領主の命令で、気がつけばティスの伴侶にでもされそうだった。

とにかく、エルンストに知られるわけにはいかない。タージェスは、明日一番に行うべきことを反芻《はんすう》する。まず、誰よりも先に起きてガンチェを捕まえ、口止めをするのだ。誰よりも大事なエルンストを守るため、あいつはいつだって警戒を怠らない。だとすれば、今夜のこの部屋の会話も聞こえている。

あの大男は飼い主の前では優等生を気取っているが、飼い主の姿が見えなくなると途端に豹変する。タージェスは知らず、溜め息を吐く。

これを理由に、ことあるごとにからかわれるのだろう。この上、口止めをすれば余計な弱味を握られることになるが、仕方がない。

とにかく、エルンストが知ってしまうことだけは避けなければならない。

明日は命を懸けて森を駆け抜けなければならないというのに。全員、無事に抜けられるとは限らない。タージェスとて、無事でいられるかわからないのだ。誰ひとり欠けることなく抜けられるのか。

明日も生きていられるのかわからないこの夜に、この馬鹿げた騒ぎはなんだったのだ。だが皆、緊張を忘れたようによく眠っている。騒ぎのおかげでいい感じに肩から力が抜けたようだ。

事態はともかく、これなら結果的にはよかったかとタージェスは苦笑し、寝返りを打って、固まる。

真っ暗闇の中、金色の目がふたつ、タージェスをじっと見ていた。

この夜、ひくっと張りついた喉のまま、タージェスは一睡もできず、朝を迎えたのだった。

2　タージェスのおつかい

「私が……ですか……」

手渡された一枚の紙を前に、タージェスは項垂れる。

「ふむ。急ぎではないから、ゆっくりしてきていい」

エルンストは粋《いき》な領主の計らいを見せたつもりなのだろうが、はっきり言って迷惑だった。

「急ぎでないのなら、手紙を渡すだけでもよいのでは？　それならば、誰か領兵を遣わしましょう」

「いや、ティスはメイセン唯一の医師で、多忙を極めていることだろう。手助けしてやらねば」

「いや……それにしても、私が行かなくても……。これでも一応、領兵隊隊長ですし」

「ああ、それならば心配は無用だ。タージェスが不在であれば領兵隊も不安で落ち着かないだろうが、訓練に関してはガンチェが引き受けることになっている。

ブレスやミナハらも、領兵隊の様子には気を配ると言っている」

退路を断とうというつもりか。小さな領主の根回しの良さに、タージェスの胃がきりりと痛む。

「タージェスも領兵隊の様子が気がかりではあろうが、どうだろう？　ここはひとつ、ブレスやミナハらに経験を積ませる、ということで」

にこにこと笑って見上げてくるエルンストに、タージェスは内心で盛大な溜め息を吐いた。

どうせブレスの入れ知恵だろう。政《まつりごと》に全く関係がないのに、この人がこれほどまでに他人を操ろうとするはずがない。エルンストが人を誘導するとき、その背後には必ず、政があるか、ガンチェがいるか、だ。

「しかし……私が行かずとも、領兵でも十分かと思うのですが……」

ブレスが噛んでいれば無駄だと知りつつ、それでも最後の足掻きとばかりに抵抗する。

「ふむ。確かに領兵も成長し、心強くはなってきた。しかしだからこそ、今のこの大切な時期に訓練から外すわけにはいかぬだろう？　効果的な訓練とは、持続することに意味がある。ガンチェがそう言っていたのだが……？」

愛しいガンチェの言うことに間違いはあるまい。目の前の、小さな領主の顔にはそう書かれていた。

「領兵隊のことは心配しなくていいですよ」

ミナハが笑いながら言う。

「訓練は任せてください」

ガンチェがにやにやと笑いながら言う。

「お尻に気をつけて」

続けて吐かれたブレスの言葉に、集まった領兵隊がどっと笑う。

「タージェス、傷薬を持っていくか？　ああ、ティスが作れるな。初めてならば油か何か、滑りのよいものを使うのだぞ？」

エルンストが本気で心配し、ガンチェが小瓶を差し出した。

「……何だ、これは」

嫌な予感に受け取ることもせず、馬上から見下ろす。

「潤滑油ですよ。メイセンじゃいいものは手に入りませんが、我ら領兵隊からのささやかな贈り物です」

「いるかっ！」

叫ぶと、ブレスが目頭を押さえながら言った。

「大事に育てた娘を、嫁に出すような心境なんですよ……。もし、離れがたくなったら、遠慮なく仰《おっしゃ》ってくださいね。我ら、隊長の幸せのためなら隊長のいない寂しさを涙を呑んで我慢します」

ぶわはっと吹き出した領兵隊を睨みつけ、エルンストへの挨拶もそこそこに、タージェスは馬の腹を蹴った。


イイト村までの途中にある領主の館で一泊し、翌日もまた馬で駆ける。

手紙ならば簡単だった。駆けていって、駆けて戻ればいいだけだ。何ならイイト村の者に手渡して、会うこともせずに戻ってきたっていい。

そんなタージェスの思惑に気づいていたのか、エルンストが命じたのは傷薬を作ってくること、だった。

イイト村ウィス森の薬草の効能が薬師府に承認され、イイト村では今、薬にするための加工技術を磨いている。だが、まだ領地の外に売りに出せるような代物ではなく、専《もっぱ》ら、メイセン領内で消費されていた。

しかし貧しいメイセンの人々が薬代を捻出できるわけもなく、イイト村の薬を買うのは、どうにかやりくりして捻りだした金を差し出す領主だけなのだ。第二駐屯地と合わせれば百五十七名の領兵と七人の使用人。

傷薬や胃痛薬などは常備しておきたい薬だった。国軍の新参兵並の訓練がどうにかできるようになった領兵隊では、傷薬の需要は特に高く、二ヶ月前に仕入れたものが既に底をつき始めていた。

領内の、しかも領主だけを相手にしていてイイト村が潤うはずがない。何と言っても、メイセン領主が貧しいのだ。仕方なく、イイト村の出稼ぎは今も行われている。

ティスのおかげで食べる物には困らなくなってきたというが、リンス国の納税制度を考えれば、どの位に生まれつこうとも、金は絶対に必要なのだ。

冬のこの時期では若い村人は皆出稼ぎに行き、ティスを手伝える者もいないのだろう。子供や老人だけでウィス森に入るのは危険だった。

「あ、そうか。俺だけが森に行けばいいのか。そうか、そうしよう。ティスは忙しいだろうし、俺がひとりで行って、採ってくればいいんだ。加工方法はエルンスト様がご存知だろうし、薬草を持って帰って、領兵らに作らせればいい」

タージェスはいいことを思いついたとばかりに、声を上げて笑った。

「無理です」

タージェスの提案を、ティスは事も無げに却下した。

「なんれら？」

タージェスは口を押さえて問う。ティスは、傍らの小さな壺を手にすると、中のどろりとした液体を指につけ、タージェスに差し出した。

「口内用です」

素直に開けたタージェスの口の中に、黒い鱗に覆われたほっそりとした指が入っていく。

全速力で駆ける馬の上で、大口を開けて笑うんじゃなかったと後悔しつつ、噛んだ舌先に薬が塗られるのをぎゅっと目を閉じて待つ。

「……ん？」

しかし覚悟した苦さはなく、口に入ったままのティスの指を咥えて金色の目を見上げた。

「避ける薬は駄目です」

傷で腫《は》れた舌先に、冷たい指が心地よい。冷やすようにれろれろと舐めながら、省略された言葉を頭の中で補う。

「つまり……苦い薬は患者が嫌がって避けるから摂取しにくくなり、駄目だと……？」

ティスの指を口から出してそう言うと、ティスはタージェスを見つめたまま、ゆっくりと頷いた。

「で、どうして俺だと無理なんだ？」

ティスの家は雑然としていた。傭兵として生きてきたのなら無駄な物は排除していただろうに、ティスの家は物で溢れていた。タージェスは足で、床に散らばる雑多な物を除け、椅子がないからと床に座る。

「どういう草が必要なのか教えられたら、俺でも採ってこられるだろう？」

指に触れた木を手にする。先を尖らせた片手で握れるほどの太さの木に、細い枝が二つ刺さっていた。

「……何だ？　これは」

器用に物を避け、ティスがそっとタージェスの前に座る。そして、タージェスの手から木でできたその物体を手に取ると、自分の指先に尖らせた部分を乗せた。

「おお……」

ふたつの枝で調整されているのか、木は、ティスの指先でゆらゆらと揺れた。珍しくてティスの手から取ると、タージェスは自分の指先に乗せた。同じように乗せたつもりだが、なかなかに難しい。数度揺れただけで、ぽとりと落ちる。

「手を、動かさずに」

ティスのひんやりとした手が、タージェスの手首を持つ。ティスの手に固定され、木は、タージェスの指先でゆらゆらと揺れた。まるで生き物のようで、面白い。

「で、これは何だ？」

笑って聞くと、玩具です、と硬質な声が答えた。

言われて見渡すと、薬草を作る道具らしき物の中に、子供の玩具らしき物が見える。どちらが多いかと聞かれると……玩具だろうなぁ、とタージェスは苦笑した。

この雑然とした家に、患者よりも元気な子供のほうが多く来ていることがわかる。これならば子供好きのティスも寂しくはないだろうと、ほっとした。

「ああ、それで薬草なんだが」

話を元に戻すと、ティスはすっと立ち上がった。心地よい手の感触が消える。タージェスの指先で揺れていた木の玩具が、ぽとり、と落ちた。

エルンストの書庫ほどではないが、こちらも大量にある本の中から、ティスは迷いなく一冊を選び出す。

本を手に戻ってくると、ティスはふわりと座った。相変わらず、動作の一つひとつが柔らかで、ティスが動くたびに甘い香りがした。

「こちらと、こちらと、こちらです」

細い指先に示された絵を見る。

「この三つが必要なのか？　なら簡単だ」

十も二十もあったら覚えるのが大変だったが、三つくらいならばどうにかなるだろう。

「こちらと、こちらを」

腰を上げようとしたタージェスを止めるように、ティスが違う頁の絵を示す。

「……ん？」

ティスから本を受け取り、先ほど示された絵と見比べる。何度も頁を捲り、何度も見比べる。

「同じ……草か？」

「いいえ」

違う頁に載っているのだ。やはり違う種類か。

「どこが違うんだ？」

タージェスには同じ草にしか見えない。特徴を強調して表しているだろう絵でこれならば、実物にどれほどの違いがあるのだろうか。

「葉先が違います」

言われて見てみると、確かに、微妙に、違うような気がする。

眉を寄せて違いを探しながら、タージェスはティスに問いかけた。

「で、これ。見た目以外に何が違うんだ？　こっちは傷薬になるんだろう？　じゃあ、こっちは？」

「毒です」

硬質な声で告げられた言葉に、タージェスは固まる。ぎぎぎぎぎ、と顔を上げて見ると、金色の目が笑うこともなく見下ろしていた。

「……一緒に、行くか」

そう提案すると、ティスはこくりと頷いた。

大きな籠を手に、森に入る。冬だというのに、この森は相変わらず春のように生暖かい。

しかし以前入ったときとはどことなく違っているように感じた。丈の長い、ぶ厚い苔の絨毯はそのままで、だが、森に差し込む陽の光が増えているように思うのだ。

見上げると、所々で空が見えた。巨大な木々が森を覆い、空など全く見えずに薄暗かった以前と比べて、今は僅かながらにでも開けた場所ができていた。

「木を、伐り倒したのか」

ぽつりと呟くと、先を行くティスが足を止める。

「メヌ村と一緒に」

「ああ、そうか。カリア木を育てているんだった。そうか、うまくいっているのか」

て顔を歪めた。

民を集めての協議の後、メヌ村はカリア木の種をウィス森に撒いた。ふたつの村が固唾《かたず》を呑んで見守り続けて一年、種が芽吹いたときにはさすがのエルンストも声を上げて喜んだ。芽吹いただけで、苗木になるかどうかはまだわからない。メヌ村の村長がそう言って諌《いさ》めたくらいだ。しかし当の村長も、顔に喜びが溢れていた。

カリア木の世話でイイト村を訪れるメヌ村の民は、時折子供らを連れてくるという。メヌ村の子供が来ると、子供の数は一気に二倍となる。二倍に増えた子供らに囲まれて、ティスも嬉しいだろう。

ティスは薬草の自生場所が全て頭に入っているらしい。迷いもなく森を進み、ひとつ目の薬草を指し示した。

「よし。これだな」

屈み込んで、タージェスは早速採っていく。今日一日で、この籠一杯分を採っていくのだ。三種類全てではなく、今日は一種類だけだ。ティスとふたりでふたつの籠をいっぱいにする。

薬にするためのそれぞれの分量は違うらしい。今日採る薬草が一番多く使うらしく、今日採っておいて、先に乾燥させておくのだ。それでも三種類全てを加工できるほど乾燥させるためには、少なくとも十日は必要らしい。イイト村の乾燥した冬だから十日でいいが、普通は、一ヶ月は必要だとティスは言う。

タージェスは夢中で採っていく。早く採って早く帰ろう。そんな気は、もうなくなっていた。ただ、採る、という作業が楽しい。

だが、ずっと下を向いていて腰が痛くなってきた。

時折、伸ばすように背を反らせる。

　ふと視線を上げると、それぞれに異なる形の赤い実をつけた木々があった。食っていいか、とティスに聞く。ティスはゆっくりと振り返り、タージェスが指し示す木々の実を見ると、いい、駄目だ、と簡潔に答えた。

　いい、と言われた木の実を食べつつ、駄目だと言われた木の実を見る。多分、毒があるんだろうなぁと旨そうな実を見て思った。

　切り株にしか見えないような、大きな茸《きのこ》もあった。食えるか、と聞くとこちらも、いい、駄目だ、とティスは簡潔に答える。迷う様子は全くなく、タージェスも疑う気はなかった。食えると言われた茸をとり、薬草と一緒に籠に入れた。

　随分と頑張ったつもりだが、ティスが籠いっぱいにした頃になっても、タージェスの籠は半分も満たされていなかった。それも、茸が入って、だ。

「先に帰っていいぞ。ここからだったら、迷わんだろう」

　さほど森の奥まで入ったという感覚はなかった。だが、この森は迷うより、獣に遭う危険性のほうが高い。陽が落ちる前にやり終えようと、タージェスは屈み込む。

　ぶちぶちぶち、と続けざまに三枚の葉を採ったタージェスの手から、ティスが籠を取り上げる。

「どうした？」

　薬草を手にしたまま問いかけるタージェスに小首を傾げると、ティスは籠を覗き込んだ。そっと手を伸ばし、いくつかの葉を取り出す。そして、タージェスが集めた葉を、ぽいぽいぽい、と放り出した。

「……何をしている」

　憮然として言うと、タージェスが手にしたままの葉を、ティスが指さした。

「毒です」

言われて思わず放り投げる。そのまま、手についた葉の汁を、側の木に擦りつけた。

「乾燥して、口に入れれば毒です」

「じゃあ、今は……」

「苦いだけです」

ほっとして胸を撫で下ろすタージェスの目に、籠から摘み出された葉が積み重なっていくのが見えた。

タージェスの籠に残ったのは数枚の葉と、数個の茸だけだった。


倒れた木に腰かけ、働くティスを見ていた。タージェスの傍らに置かれたティスの籠には、こんもりと薬草が入っている。タージェスは、ティスに放り出された葉と、ティスの籠の中の葉を見比べる。

どこをどう見ても、同じに見えた。匂いを嗅いでも、同じだった。一体何をどうすれば、あれほど迷いなく摘みとっていけるのだろう。


ティスは深い苔に膝をつけ、黙々と葉を摘みとっていた。黒くまっすぐな髪が、ティスが動くたびに一緒に動く。鮮やかな緑の苔の上を何かの生き物のように這うそれは艶やかだ。

もっと色鮮やかな衣服を身につければいいのに、ティスはいつも黒い服を身に纏う。肌も黒で、髪も黒で、服も黒で。頭のてっぺんで長い髪を束ねる紐だけが真紅だ。

紐と、金色の目だけが、黒以外の色を持つ。それなのにタージェスがティスを思い浮かべるとき、いつも鮮やかな色を伴って浮かび上がった。

不思議な奴だと思った。


ティスの家に戻り、採ってきた薬草を床に広げる。本当は外がいいのだろうが、イイト村の冬は強風が吹き荒れる。

ティスの家には薬草を干すための場所があり、そこだけはさすがに物がなかった。廊下のような、何もない細長い部屋の床に薬草を広げていく。ティスは相変わらずゆっくりとした動きだが手際がいいのか、丁寧に、素速く広げていった。

タージェスも手伝うつもりで広げていく。だがタージェスの横からティスの手が伸びてきて、葉が重なっているものを直していった。少しくらい、いいだろう、と言ったが、駄目です、とひと言で片付けられた。

憮然としてティスを残して部屋に戻り、どっかりと床に座った。雑然とした物を除けていて手に当たった本を何気なく手にする。

ぱらぱらと捲ったその本は薬草の加工方法について書かれた本で、干すときの注意点も明記されていた。そこには、葉が重なり合ったままだと乾燥具合が異なり、効能にも変化が生じる場合が多い、と記されていた。

その記述に、うっ、とタージェスが詰まったとき、ティスが部屋に戻ってきた。

薬草に関して、タージェスより遥かに詳しいティスの言うことに間違いはなかったのだ。それにもかかわらず、勝手に怒って作業を全て押しつけてしまった。

タージェスが己の所業を恥じて、すまん、と謝ったら、ティスは何を言われているのかよくわからないという風に、小首を傾げた。

その姿がまるで小鳥のようで、自分より大きな体をしたこのエデータ人を、不覚にも可愛いなどと思ってしまった。

夕食はティスが作った。タージェスが採ってきた茸と何かの草、そして肉が入ったスープ。

肉は、生肉だった。ティスは、十日に一度は狩りをし、その肉をいくつかの塊にして外に吊るしておくのだ。冬の間、村に残った老人と子供。数人で食べるのならば十日に一度の狩りで十分だという。肉は、完全に干される前に食卓に並ぶ。干し肉という保存食を持たずにいても村人が不安を感じないほど、ティスの狩りの腕前は信用されていた。

村人が差し入れてくれたパンと、蒸《ふ》かしたばかりの芋も並ぶ。芋などの野菜は商人から買っているのだ。

イイト村はかつてのように、乾いた大地を無理に耕すことはしない。ティスが狩ってきた獣の肉や毛皮を売り、その代金で少ないながらも野菜類を買う。

ティスはイイト村にとって、文字や薬草の加工技術を教える師というだけではなく、狩りで村人の腹を満たし、そして僅かだが金を得る手段を提供する、大事な存在となっていた。

イイト村が相手にする商人はサイキアニ町となる。サイキアニの商人が売る農作物はもちろん、ダダ村やラテル村などメイセンの村が作っている。イイト村やメヌ村、そして、キャラリメ村やアルルカ村、イベン村といった畑を耕すことを諦めてしまった村が別の手段で金を得るということは結果的に、農作物を作り続けるメイセンの他の村を潤すことにもなるのだ。

当初、イイト村に新しい産業と、メイセン唯一の医師を与えたエルンストを非難する声は、メイセンの他の村に確かにあった。

だが、ティスを迎えて数年が経った今、イイト村が薬草の加工技術を磨こうとすることにも、医師であり狩人であるティスを村人として留め置くことにも、もはやメイセンのどこからも不満の声は聞こえてこない。

メイセンのどこかの村が潤えば、メイセン中が潤う。メイセン唯一の医師であるティスが、年中森に入り獣を獲り続けることはできない。イイト村で消費されなかった僅かなものを売りに出しているにすぎない。だがそれでも、その僅かな余剰分で得られる金がメイセンを廻る。

イイト村の毛皮や肉はリュクス国内でも消費されていた。メイセンの外で得た金がメイセンを廻ることも重要だった。また、外で買い入れた商品をメイセンの民が買い、メイセンの金が外に流れることも重要だった。

外と中、血液のように循環してこそメイセンの民が潤うのだと、タージェスはこの数年のメイセンを見て知った。

当初、陰で、あるいは直接、不満を言いに来た民にエルンストは、数年見守ってやってはくれないか、と言った。そなたらの不満もわかるが、ほんの数年、イイト村を見守ってやってほしい。そう言って、不満を抱える民を渋々頷かせ、帰らせた。

イイト村が僅かにでも潤うことは他の村にとっても得になるのだと、メイセンの中で特別貧しい村を作らないことがメイセン中のためになるのだと、エルンストは知っていたのか。そして、数年で答えが出ることもわかっていたのか。

タージェスがそう問うたとき、エルンストは静かに笑っただけだった。

ティスの作ったスープは肉や茸からいい出汁《だし》が出て、非常に旨かった。屋敷で出される水のようなスープと比べるべくもない。具だくさんで、力が湧いてくるような食事だった。

ウィス森は冬でも温暖だが、イイト村は寒風吹き荒ぶ、寒さの厳しいメイセンの村だ。雪が降らないというのも関係するのか、イイト村の寒さは格別だった。

巨大な獣さえいなければ、ウィス森で暮らしたほうがよほど楽だと思えるほど、イイト村は寒い。家の中にいても風が唸っているのがわかる。暖炉に火が燃え続けていなければ、無事に朝は迎えられないだろう。

さすがにアルルカ村のように隙間風があるような家ではないが、同じメイセンの貧しい村。どうにか風を避けているという程度の代物だった。

そんな寒い村で冷えきった体にティスのスープはありがたかった。いつかの旅ではミナハが食事を用意していたが、ティスのほうがよかったなと思いつつ、タージェスは椀に残ったスープを飲み干した。

温かで旨いスープが腹に溜まっていくのを幸せに感じつつ目を向けると、ティスがその手をすっと差し出していた。ほい、と空になった椀を手渡すと、スープを入れて戻してくる。

もう一杯飲みたいと、どうしてわかったのだろう。旨いスープを飲み、肉を食いながらタージェスはそう思った。

ティスは、言葉は少ないのだが、決して無口ではない。音にしない、無言の言葉を感じる。だから無口だとか、気詰まりだとか、感じたことがないのだ。その上、今のように何も言わなくとも、タージェスの次の行動を読んで、先に動くようなところがあった。

半分ほど飲んだスープの椀を置き、蒸かしたばかりの芋を手にとる。僅かに塩がふられていて、こちらも絶品だった。ただの芋なのに、やたらと旨い。

ティスの手は、不思議な手だった。旨い食事を作り、人を癒す薬を作る。

不思議な手だった。

食事を終えて暖炉の前に座り、ティスと語らう。語らうと言っても話しているのは専らタージェスだ。屋敷の様子や、領兵の様子を伝える。相変わらずティスは無表情なのだが、楽しんでいるのがわかる。なぜだか、ティスの感情が手にとるようにわかるのだ。

いつか、こいつを大笑いさせてやりたい。

タージェスは、ふと、そう思った。

ひとり暮らしのティスの家に、寝台がふたつあるわけもない。夜はひとつの寝台で一緒に眠った。暖炉では火が燃えたままだが、寒い。さほど広くもない寝台でくっついて眠る。冷たかったティスの手が温かくなっていて、ほっとした。

そういやメイセン並の寒さを誇る国境地で警備に就いていた若い頃。夜は他の兵士らと身を寄せ合って暖をとったなぁ、とタージェスは眠りに落ちる頭に浮かんだ、懐かしい記憶に笑った。

3 ティスの半生

いや、もう何？ この可愛い子。つんつん尖って針鼠みたいだと思ったら、次には子猫ちゃんみたいに可愛くなるの。見た目がもちろん好みなんだけど、知れば知るほどこの中身。

ああ、もう、どうしちゃおうかしら。

暖炉の炎の灯りだけが揺らめく部屋で、ティスは自分の腕の中で眠るタージェスを見下ろす。寒いのだろう。ティスに、その体を押しつけるようにして眠っている。可愛くてぎゅっと抱き締めてやると、眠った顔がふっと笑った。

タージェスは不思議な人だった。警戒心があるのかないのかわからない。

カタリナ侯爵家での初対面では、ティスを警戒するように見ていた。しかしそれは、普通のクルベール人が見せる反応とは違っていた。エデータ人だからという理由だけで警戒しているわけでも、ましてや差別的意識から侮蔑しようとしているのでもなかった。

ただ、ティスの背負った剣に、警戒していた。あの小さな領主を守ろうと、ティスの剣士としての腕前を見極めようと警戒していたのだ。

領兵ならば、領主を守るのは当然だ。だがメイセン領主にはダンベルト人という、生まれながらの戦士である屈強な伴侶がいた。普通ならば、領主の安全はその伴侶に任せて、ダンベルト人から零れ落ちた危険だけを排除すればいいと考えるだろう。

だが、タージェスは違った。領兵として、領主を守ろうとしていた。

あの身構え方、あの目つき。ダンベルト人に任せようなどと姑息なことは何も考えていなかった。自分が持てる力の全てで主人を守る。そういう気概が見て取れた。

ティスは、タージェスのあの目を見て恋に落ちたのだ。

タージェスをすごいと思ったのはそれだけではない。あのとき、タージェスはエルンスト以外も守ろうとしていた。領兵隊隊長として、部下を守ろうとしていた。あのダンベルト人でさえ、守ろうとしていたのだ。クルベール人だから無理だ、などと卑屈にもならず、それはいっそ清々しいほど、自らの役目に忠実であろうとしていた。

当初、警戒心を隠すこともなく見せていたタージェスだが、エルンストがティスを医師として迎えると決めたときを境に、その態度が一変する。

そのこともティスを驚かせた。一瞬にして警戒を解き、仲間という態度に変わったのだ。それはもう鮮やかなほど、完璧な変化だった。

タージェスは役目に忠実で、そして何より、主人に忠実だった。

ああ、やっぱりこの子ってば、子猫ちゃんじゃなくて、子犬ちゃんだわ。

溢れる愛しさを伝えるように、腕の中の、決して華奢でもない体をぎゅっと抱き締めた。

イイト村の朝は早い。老人と子供ばかりだからか、寝坊しようとする者はいない。タージェスが滞在している今は特に、お屋敷からの使いを村人は大事にもてなそうとしていた。

大きくなりすぎた木を伐り倒すこともできず、イイト村は疲弊していくばかりだった。作物の種を蒔いても強風で吹き飛び、僅かに残った種が芽吹いても苗は風で倒される。

雑草も生えないイイト村では、土は固く、乾いていた。村人が総出で出稼ぎに行かなければ税を納めるどころか、飢えることは避けられなかったのだ。

そんなイイト村にできた新たな産業。薬草の加工を医師でもない村人が行うなど、このリンス国の誰が思いついただろう。薬は医師が作るもの。ティスでさえ、そう思い込んでいた。

まだまだ流通することはないだろうが、イイト村の薬。必ず産業として成り立たせ、イイト村の誰ひとり、出稼ぎになど行かずとも済むようにしたいとティスは思う。

イイト村は、新たな可能性を示してくれたメイセン領主エルンストに、とても感謝している。何より、イイト村産の薬の一番で、唯一のお得意様だ。その方からの使いを無下にできようはずもなく、精一杯のもてなしを、心をこめてしようとする。それは、年端もいかない子供であっても同じだった。屋敷からの使いとしてやってくる領兵には、誰であろうとも、滞在時間が僅かであっても、ない食料を掻き集めてもてなそうとした。

今回、タージェスは傷薬をティスの手を借りて自ら作り、持って帰ることになっていた。それでもエルンストは、手間賃も含んだ薬代を用意していた。ティスをイイト村の一員と考えているのだ。一員であるティスを使う以上、手間賃は必要だろう、と。

それでいて、老人と子供ばかりになっているイイト村の負担を減らすために、タージェスを寄越した。エルンストの気遣いと、当然のように自分をイイト村の一員として扱ってくれる領主に、ティスは感謝した。

システィーカ郡地の、どの国で生まれようとも少数派であるエデータ人。肩身の狭い思いをして生きてきた。不用意なひと言が災厄を招くと知っている。極力言葉を発さず、人の動きとぶつからないよう、他人の気配を読んで生きてきた。

生まれ故郷を離れてもそれは変わらず、不利な契約を押しつけられるのはエデータ人だからこそ、だった。

数々の理不尽から逃げ出し、ティスはスート郡地へと向かった。

だが、ここでも同じだった。エデータ人は前線に追いやられる。

死ぬのが嫌だったわけではない。傷つくのが嫌だったわけではない。ただ、人を殺し続けるのが嫌だったのだ。

契約という、ただの文字の羅列で自分を納得させるのももはや、限界だったのだ。

スートで殺し疲れて、シェル郡地へ行こうと思った。エデータ人のできる仕事など限られている。傭兵か、用心棒か。どちらでも、殺しが伴わなければいいと思った。日がな一日、貴族の屋敷の前で突っ立っているだけの仕事であっても、構わないと思った。

だが、どうせならば、とグルード郡地に入った。グルードでできる仕事などないのはわかっていたが、自由な土地というものを見てみたかった。

グルード郡地は、明るかった。

いや、見た目ではない。乾いた赤茶けた土地で、空はスート郡地のように抜けるような青空というわけでもない。一歩足を進めるたびに、体の重さは耐え難くなってくる。

それでも、グルード郡地は明るいのだ。人が、明るい。自分と同じように生まれながらに戦うことを運命づけられた人々なのに、なぜか明るかった。

戦場で傷つき、体のどこかが欠けた者も多かったが、それでも彼らは明るかった。

グルード郡地で、ティスは生まれて初めて、笑った。

グルード郡地でダイアス人と話していたとき、その会話が耳に入った。シェル郡地のリンス国から帰ったばかりだというグルード人だった。おかしな医師がいて、グルード人である自分も治療してくれた、と。

ティスがシェル郡地に行こうとしたのには、わけがある。どこで生きようと差別が付きまとうエデータ人だが、システィーカ郡地よりスート郡地、スート郡地よりシェル郡地のほうが差別が少ないのだ。

シェル郡地では、エデータ人より差別されるのはグルード郡地の種族で、システィーカの種族はそれに比べてましだった。

シェル郡地の三つの国はどこであろうとグルード郡

地の種族を毛嫌いするが、中でもリンス国のそれは際立っていた。

しかし、それでいて傭兵としては利用する。傭兵として利用するのに、彼らが傷ついたり、あるいは病に倒れたりしても、医師は治療を行わない。反対に、動けなくなったグルード郡地の種族に対して、契約違反だと、嬉々として賠償金まで請求するのだ。


あのシェル郡地の、しかもリンス国で医師の治療を受けたのか。

酒場にいた他の者たちがどよめいた。そいつはどこにいるのだ、と騒ぎ出す。もし自分に医師が必要になったら、その医師の下に行こうと思ってのことだろう。

無理もない。その医師とやらは、リンス国で唯一、グルードの種族を診てくれる医師かもしれないのだ。

ティスはその医師の話を聞き、突然、目の前が開けたような気がした。

医師になろう。

そうだ、医師になろう。

人を傷つけるのも、殺すのも、もう嫌だ。医師となって、人を助けたい。


そうだ、医師になろう。


決めた後は早かった。顔見知りに別れの挨拶をしたその足で、シェル郡地リンス国王都へと駆け出す。

ずっとずっと走り続け、二十日も経たずにリンス国の王都に着いた。

他国との戦乱も、内乱もない国の王都は、色鮮やかで賑やかだった。

医師はすぐに見つかった。

しかし、ここにきてティスは迷う。

分け隔てなくどんな種族も診てくれるという医師。

だが、自分を受け入れてくれるだろうか。患者としてならば受け入れても、弟子として受け入れてくれるだろうか。

患者で溢れる医師の家の前で、ティスは己の浅はかさに茫然と立ち竦んだ。


「何をしておる」

嗄《しゃが》れた声が足下から聞こえて意識を向けると、伸ばし放題の白髪を無造作に束ねた老人が立っていた。

ティスの腰にも届かないほどの小さな老人である。

クルベール人だとしても小さいほうだろう。だが、曲がった腰を見ていると、クルベール人特有のクルベール病とやらではないらしい。年老いて、腰が曲がって、小さくなったのか。

「何だ」

もう一度問われて、慌てて口を開く。

医師になりたい。どうにかそう告げた言葉を聞きとって、老人は、ふん、と笑った。通りすがりの老人にまで笑われるほど、やはり馬鹿げた考えだったのか。

項垂れるティスを捨てて、老人は医師の家に入っていく。通りすがりではなく、患者だったのか。

「何をしておる」

家に消えていく老人を見ていたら、老人が顔だけ出して首を振った。どうやらついてこい、と言っているらしい。

ティスは頭を屈めて、おずおずと小さな家に入っていった。


老人が、探していた医師だと気づくまでには時間が必要だった。這い上がるようにして椅子に座り、患者を診ていく姿を見てもなお、この老人が件《くだん》の医師だとは思えなかった。

どう見ても、医師ではなく、患者のほうが似合っている。そういう風貌だった。


老人、タンセ医師は型破りな医師だった。

甘えた患者を罵倒し、病を舐める患者を罵倒する。言葉は簡潔で短いのだが、罵倒するときだけは言葉数が増えた。一日に数度は診察室から、患者を叱り飛ばすタンセ医師の威勢のいい声が聞こえてきた。

朝早くから列をなす患者と同じく、タンセ医師の下を訪れる医師の卵が途切れたことはなかった。常に五人から十人がいた。タンセ医師は来る者を拒まず、また、去っていく者を追うこともなかった。

医師の卵たちは皆、エデータ人であるティスを見るとほぼ間違いなく、ティスを用心棒だと思った。違うと知った後は、変わった使用人だと思う。ティスが自分たちと同じく、医師を志《こころざ》している者だと知ると一様に、鼻で笑った。

だが、彼らの多くは半年ともたずに去っていくから、ティスにはどうでもいいことだった。

それに、彼らが行う苛《いじ》めなど、他愛ないものばかりだ。人は、あれよりはましだ、と比べられる、もっとひどいことをされたという記憶があると、大概のことは耐えられるようにできているのだろう。

タンセ医師の下では、はじめの一年、二年は医師としての修業は何もなかった。ただ、タンセ医師の身の回りの世話や、患者の世話に明け暮れる。

病が重すぎて家に帰れない患者が何人も、タンセ医師の家にいた。

ティスは、彼らの世話を一手に引き受けた。他の医師の卵たちはいつ逃げ出すかわからず、任せてはおけなかったのだ。

幸いにも、エデータ人であるティスには、クルベール人が足下にも及ばないほどの体力があり、数日間不眠不休で患者の世話をし続けても平気だった。

しかし、精神的にはきつかった。死に逝《ゆ》く患者を看《み》取《と》るのが、何よりも辛かった。

彼らが望む全てのことをしてやりたく、ティスはいつも、彼らの震える唇がふいに言葉を紡ぐのではないかと注意した。

死の床に伏した者には、誰かに会いたいと言う者と、あれを食べたいと言う者がいた。

会いたい、と言う者には、その相手を患者の家族や友人や知人を通して探し出し、食べたい、と言う者には、王都の市場を歩き回って食材を探した。

どちらも、叶えてやれないこともあった。思いを叶えてやることが一番だとわかっていたが、それでも、どうしても、駄目なときがある。

そんなとき、患者はティスを、時に責め詰《なじ》り、時に慰め、そして諦めた。

死を前にして、微かな望みを充《み》たしてやることもできず、諦める姿を見るのが何よりも辛かった。

人が、食に対する欲望が強い生き物だと気づいたのも、タンセ医師の下であった。

ティス自身は、食べるということにそれほどの思いはない。システィーカ郡地では枯れたように生える木が、主食だった。

エデータ人でなければもう少しいい物を食べられたのだろうが、少なくとも、エデータ人であるティスの主食は木の皮だった。

生きていくためだけに食べる木。旨いわけでもなく、仕方なく食べていただけだ。

だが普通は、食べるということは幸せに繋がることなのだとティスにもわかった。患者にせめて、僅かでも幸せを感じてもらおうと、ティスは料理の腕を磨いた。

患者や、患者についてくる人々に訊ね、料理の腕前を上げる。色々と試し、時には待合部屋で順番を待つ患者たちに振る舞う。ああすればいい、こうすればいい。そう言われると必ずその日のうちには試し、また味見をしてもらった。

他の医師の卵たちが嫌がる、下積みのこういう仕事を、ティスは喜んで行った。

一日中食事を作っていようとも、朝から晩まで家中の掃除をさせられようとも、苦しむ患者の我儘に振り回されようとも、人を殺し続けたあの日々よりよほど楽しい。

誰も傷つけなくていい。あの剣を振り回さなくていい。誰も、殺さなくてもいい。

これ以上の喜びがあるだろうか。

剣。いつも傍らにあった剣。独り立ちするとき、父母から渡された剣。

システィーカ郡地の環境は厳しい。そして、子は生まれにくく、育ちにくい。

だが十歳を過ぎれば、後は丈夫なシスティーカの種族として生きていく。どの人種であろうともシスティーカ郡地の種族は、十歳を過ぎれば親元を離れ独り立ちをする。

親は、子供が十歳を迎えるまでは固唾を呑んで、子の成長を見守る。一日一日、一秒一秒を、見守る。

システィーカ郡地では、子供はあっという間に死ぬ。さっきまで走っていた子が、本当に、あっという間に死ぬのだ。ぱたんと倒れて、助け起こしたときには息が止まっている。そうやって死んでいく子を、誰もが見ている。

だからこそ親は、子から決して離れない。片時も離れず抱き締めて、大切に、大切に、それはもう本当に、大切に育てる。

ティスが十歳を迎えて親元を離れるとき、父母はほっとしたように笑って、ティスに剣をくれた。大きすぎる剣は背負うこともできなかった。十歳のティスでは背負っても、剣の先が地面に着くのだ。仕方なく、手にして持つ。

この剣が難なく背負えて、手足の如く扱えるようになるまで生きていよ。父母の、無言の願いを受け取ったような気がした。

それから四十数年。剣は今でもティスの傍らにある。医師として生きていけるようになったとしても、この剣だけは手放すことはないだろう。


タンセ医師の下で医師の資格を取った。だが、資格を取ったのに働く場所がない。エデータ人であるという、ただそれだけで、ティスの働き場所は見つからなかった。

エデータ人という事実は変えようがなく、どこまでもティスを苦しめるものだった。

タンセ医師は、薬師府長であるプリア侯爵にも話してくれたのだろう。けれども、プリア侯爵がどれほど推薦状を書こうとも、誰ひとり、ティスを医師として迎えようとはしなかった。

代わりにプリア侯爵は、ティスを薬師府の研究者として迎え入れてくれた。ティスは薬師府でクルベール人の医師たちと並び、新しい薬の研究に没頭した。

だが没頭しつつも、医師になりたいという思いは消えなかった。

いま作っている薬が人々の役に立つとはわかっている。自分の仕事が無駄ではないということも。だが、限られた人々と部屋に閉じ籠ってする仕事より、タンセ医師のようにたくさんの患者に囲まれて過ごしたいと思った。

もともと、金儲けをしたかったわけではない。貴族であろうとも、平民であろうとも、人に変わりはない。ならば、一介の町医者でいいだろう。

ティスは薬師府を去り、タンセ医師の下に戻った。タンセ医師を手伝い、いずれは跡を継ぎたいと思った。タンセ医師もそう思っていたのか、ティスを弟子ではなく、後継ぎのように扱った。

そんなティスを招き入れた唯一の貴族。メイセン領第十七代領主、エルンスト・ジル・ファーソン・リンス・クルベール公爵。元、リンス国皇太子だという。

医師を雇うのは貴族か、豪商に限られている。エデータ人である自分を雇いたいという者が現れたとしたらそれは、貴族でも位の低い子爵や男爵くらいだと思っていた。

それが公爵。しかも、元皇太子。

プリア侯爵から手紙を受け取ったとき、ティスは冗談だと思った。だが、タンセ医師が真実だろうと言い、すぐさま元皇太子とやらが逗留しているカタリナ侯爵の屋敷に向かえと言う。

あの皇太子なら、あり得る。タンセ医師はそんなことを言いながら、含み笑いをしていた。

半信半疑でカタリナ侯爵家へと向かった。夜半にもかかわらず、メイセン領主はすぐに会ってくれた。ティスを待たせることもなく、代理人を立てることもなかった。

いくつか言葉を交わしただけで、その場で医師として採用された。

本当にいいのだろうか、これでいいのだろうか。排除され続けた人生が、ティスを疑り深くさせていた。

突然降ってきた幸運が、俄《にわか》には信じ難かったのだ。


あまりにあっさりと医師として迎え入れられることが決まり、小首を傾げながら戻ったティスを、タンセ医師は笑って出迎えた。

言葉数の少ないタンセ医師の言葉を繋げると、どうやらメイセン領主のかつての侍従長とやらを知っているらしい。

時々訪ねてきた侍従長の、話どおりの元皇太子ならば、お前を受け入れてくださるだろうと言っていた。プリア侯爵の手紙でも、メイセン領主の伴侶はダンベルト人で、だからこそエデータ人であるティスを、エデータ人だからではなく、ティス自身の能力や内面を見て判断してくださるだろうと言っていた。

よくわからないが、流されてみようと思った。抗《あらが》ったところで、所詮は周りの人々に翻弄される。それが人生だと思っていた。

ならば、流れに逆らうことなく受け入れてみようと決めた。


メイセン領主は、あの小さな領主は、ティスの固定観念をことごとく崩してくれる人だった。

ティスをはじめから信用してくれた。医師として、研究者として信用し、受け入れてくれた。ここメイセンで、エデータ人だからという理由で差別を受けたことはなかった。ティスが気兼ねなく働けるよう最大限の助力をしてくれると言ったエルンストの言葉は、嘘ではなかったのだ。

もちろん、部外者だという疎外感を味わうことはあったし、警戒心を露《あらわ》にする者もいた。

しかしそれは仕方のないことだ。メイセンのように陸の孤島で閉鎖的であれば当たり前の反応と言えた。

ティスはできるだけ、彼らの警戒心を煽ることがないように行動し、言動に気をつけた。

ゆっくりと、メイセンの人々はティスに慣れてくれた。最初に子供、そして女。次に老人、最後に男がティスを受け入れた。

今ではイイト村に限らず、メイセン領民は皆、ティスを医師として見てくれる。屋敷近くの者であっても、エルンストではなく、ティスを頼って来てくれる。

病が癒え、晴れ晴れと帰っていく彼らの顔を見るのが、ティスの何よりの喜びだった。


屋敷の領兵たちも元気になった。ティスが初めて会った頃、兵士とは思えないほど統率されていない集団に見えたが、タージェスに鍛えられ、今では兵士らしくなったと思う。訓練も厳しくなっているのだろう。

時折、エルンストの使いでやってくる領兵を見るたびにそう思う。

彼らはイイト村に来るたびにティスの家でひと晩ふた晩を過ごし、楽しい話をしてくれた。

彼らの口からタージェスの名が出ると、いつもどきりと胸が高鳴る。愛しいあの人は、領兵たちに慕われているらしい。

4　ティスの心の中

イイト村の子供から受け取ったパンを暖炉で焼く。薄く焦げ目をつけていたらその匂いで目覚めたのか、寝台でタージェスの欠伸《あくび》が聞こえた。

イイト村には山羊がいた。かつては、雪を集めた荷車を牽《ひ》く山羊だった。一頭だけだったそれに、つがいとして雌の山羊を購入したのは二年前。出稼ぎで得た金を少しずつ貯め、足りない分はティスが狩ってきた獣の肉や毛皮を売った金をあて、どうにか一頭の雌を購入したのだ。

つがいとなった山羊が、子を産んだのが昨年だった。今イイト村では山羊の乳を搾《しぼ》り、村の子供に飲ませている。ティスが、山羊などの乳があれば子供の栄養不足を補える、と言った言葉を、村人が覚えていてくれたのだ。山羊の乳を搾り、いくらかはチーズに加工し、毎日少しずつでも子供に摂取させている。一頭の山羊では全ての子供には行き渡らないが、幼い者から優先的に摂らせていた。

ティスは焼けたパンを皿に置き、火で炙《あぶ》ったチーズをパンに載せた。貴重なチーズを、食べさせてやれと持ってきたのは村長だった。恩人であるエルンストの使いを精一杯もてなそうとする、その心意気に報いるため、ティスはありがたく受け取った。

多分、王都育ちのタージェスは、メイセンの民の精一杯には気づけないだろう。昨夜の芋に振った塩が、イイト村では非常に貴重であるということにも気づいていない。

だが、それでいいのだ。タージェスの大らかさが、また愛おしい。

それに、イイト村の民は、重荷には思ってほしくないはずだ。何でもない、当たり前のように、自らが差し出すものを受け取ってほしい。この村に住む素朴な人々は、そう思っているのだろう。

「あ～、よく寝た」

寝起きの猫のように伸び上がりながら、タージェスが起きた。軍人らしく、起きた瞬間には通常の動きができるのか、寝台から飛び降りるように起き上がり、床に立つ。立ったまま危なげなく靴を履き、暖炉の前まで歩いてきた。

「おお、チーズだ。メイセンで初めて見たぞ」

まだ食卓にも並んでいないパンを手にとり、立ったまま食べる。

「旨いなぁ～。俺はチーズが大好きなんだ」

にこにこと笑っていた。

いやん、もう。何、この可愛い生き物。これで本当に、私より二倍も長く生きているのかしら？　口いっぱいに頬張っちゃって。うん、もう。口の端にチーズをつけるだなんて、なんてお約束なことをする子なのかしら。

ティスはそっと手を伸ばし、タージェスの口についたチーズを摘《つま》んだ。

「お？　悪い」

タージェスは言うやいなや、ティスの指に食いついた。多分、王都から戻ってきて以来数年ぶりの好物なのだろう。僅かな欠片も惜しいとばかりに食べている。

ティスは自分の分のパンからチーズを摘み上げると、タージェスが半分ほど食べたパンに載せてやった。

「……いいのか？」

悪いとは思いつつも好物を遠慮することはできないのか、ティスが頷くと、満面の笑みを浮かべて礼を言った。

「昨日のスープとは違うんだな」

パンを、というよりチーズを食べて落ち着いたのか、暖炉にかけた鍋の中身を掻き回すティスの手元を覗き込んでくる。

ああ、もう。そんなにしなくてもちゃんと食べさせてあげるわよ。ほらほら。顔を近づけすぎると危ないでしょ？

「うん。いい匂いだ」

目を閉じて、鼻をひくつかせている。朝から肉は駄目だろうと、出汁がとれるかどうかというほどの小さな欠片を入れているだけだ。具材は野菜類と、薬草を入れている。体を温めて、胃腸を強くする薬草だ。

常に栄養不足状態であるメイセンで、胃腸の調子を崩すことは死に繋がるとも言える。

胃腸を壊したとしても、消化が良く栄養価の高い食べ物などメイセンでは手に入らない。腹を下した子供に干し肉を与えるなど言語道断だが、それしかないのがメイセンなのだ。イイト村以外では、それは、干した野菜や繊維の多い野菜となり、やはり消化し易いとは言い難い。

ティスは、胃腸薬だけは特に、在庫が切れることがないように心がけていた。

出来上がったスープを鍋から掬い、椀に入れる。椀を手渡すと、タージェスはスープの温かさを両手で楽しんでから、こくりと一口飲んだ。

「旨いっ！」

目を輝かせてそう言うと、朝から気持ちのよくなる食欲で、がつがつと食べ始めた。

いいわぁ、この食欲。やっぱり男の子はこうでなくちゃ。まだまだいっぱい作ってあるわよ。そんなに急いで食べなくても大丈夫。誰もとったりしないわ。

急ぎすぎて気管に入ったのか、タージェスが大きな体を折り曲げて咽《む》せていた。

ティスはその背を叩き、さすってやる。

ほら、こうなるでしょ？　ああ、もう、本当にお約束な子ね。そこがまたいいんだけど……。それにしても、いい体。さすが軍人で、しかも精鋭が揃うと言われているリンス国の騎士だけあるわ。生まれながらの騎士の位を立派に継ぐべく、訓練したのでしょうね。ふふ。頑張り屋さんは大好きよ。

「悪い、悪い。ものすごく旨いから、焦っちまった」

タージェスは涙目で礼を言うと、また椀を手にしてスープを啜り出した。一杯目が空いた頃を見計らい、ティスは手を差し出す。

タージェスは少し驚いた顔で椀を手渡し、ティスが満たした椀を再び手にとった。そして幸せそうな顔をして、二杯目を啜り出す。

「昨日も思ったが、ティスは料理がうまいな。屋敷の料理人のより旨いぞ？」

エルンストが抱える、屋敷で唯一人の料理人。彼の腕がいまいちだということは、ティスも知っていた。

王都からメイセンに着いたとき、ティスはふた晩を領兵舎で過ごしたのだ。そのときに、屋敷の料理人が作ったという食事を食べたが、あれは本当に、哀しくなってしまう味だった。

食事は幸せに繋がる。人が、簡単に幸せになれる唯一のことだとティスは信じて疑わない。

それにもかかわらず、屋敷の人々はあの食事を毎日、毎日、毎日、毎日、食べているのだ。領兵に渡されるものが一番ひどいものらしいが、それにしてもあれはないだろう。

ティスはそう思いつつも、口にはできない。誰だって、自分の世界を壊されたくはないだろう。

料理人には料理人の世界があり、ティスには医師としての生き方がある。

だがせめて、ティスの下に使わされてきた領兵には、精一杯の料理でもてなそうと決めていた。そのせいなのかどうなのかティスにはわからないが、イイト村へと使わされる役目を領兵たちは取り合っているという。

今回、タージェスが持参してきたメイセン領兵隊第一小隊長ブレスの手紙にも書かれていた。

薬草を摘み取り、加工し、最低でも十日は必要であるというこの任務を取り合う領兵は多く、領兵間で諍《いさか》いを生じさせないためにタージェスを寄越したのだと。タージェスが行くと決まったとき、領兵らは納得して彼を送り出したらしい。

旨い、旨いと言いながらティスの料理をがつがつと食べるタージェスを、幸せな思いで見つめる。

人に幸せを感じてもらうのが、私の幸せ。ああ、なんていい子なのかしら。こんなに素直で可愛い子、他にいるかしら?

朝食を終えて早速、薬草作りの作業を始める。まずは、昨日干しておいた葉をひっくり返す作業だ。

「何でこんなことをするんだ?」

そう言いながらも、タージェスはティスを手伝う。

納得すれば作業もしやすいだろうと、ティスは部屋から一冊の本を持ってきた。本を開き、目当ての頁をタージェスに指し示す。

「……そうか。片面だけを干すと、乾き方が変わるのか……。面白いもんだな。乾き方によって効能が変わる、と。へぇ~。薬作りも奥が深いな」

ふむふむ、と頷くと本を閉じ、タージェスは葉をひっくり返す作業に入った。

作業の意味を理解する前と、納得した後では、その動きは全く違う。

素直だわ、この子。何て素直なのかしら？　それでいて時々、斜に構えるところが可愛いじゃない。

作業を楽しみだしたタージェスの動きは速く、さすがは訓練された軍人だと思わせた。籠ふたつ分の薬草はあっという間にひっくり返り、ティスは昨日と同じ籠を手に立つ。

今日はこれから別の種類の薬草を集める。昨日の薬草より、見極めが難しい薬草だ。しかも自生する量が少ない。だがその薬草を、籠ひとつと半分、集めなければならない。

今日一日では無理だろう。ティスはそう思いつつ、ひとつの籠をタージェスに手渡した。

「これか？」

声をかけられて振り向く。タージェスが手にした草を見て、ティスは首を振った。

「これも違うのか……」

タージェスは気落ちしたように肩を落とすと、参考にとティスが渡した草を手に、じっと凝視する。

確かに見極めが難しい草だけど、どうしてあれとあれを間違うのかしら？　全く違うと思うのだけれど……。だってあれ、草の裏側が黒いじゃない？　今日、集めるものは裏側が白いのよ？　どうして間違うのかしら？　あの子、目が悪いのかしら？　だとしたら、とても心配だわ。兵士の目が悪いなんて、危険じゃない。

ちらちらとティスが様子を窺っていると、タージェスが嬉しそうに振り向いた。

「お？　これだっ！　これだろう!?」

あまりに嬉しそうな様子に頷いてやりたくなるが、違うものは違う。

ティスはゆっくりと首を横に振った。

「違うのか……。難しいなぁ……」

溜め息を吐いて肩を落とす姿に、ティスは思わず抱き締めてやりたくなった。


ああ、もう。何て可愛いの！　この子、目が悪いんじゃなくて、大雑把なんだわっ！　だってあれ、手触りが全く違う草よ？　目を瞑《つむ》ってたって、間違えようがないわ。今日集めているのは、少し毛羽立っている草なのよ？　あなたが持っているそれは、つるつるしてるでしょ？　それは食べると美味しいけれど、薬にはならないわ。

ティスはタージェスの動きを片目で追いながら、自分の籠を薬草で満たしていった。


昼過ぎには、ティスの籠は薬草でいっぱいになった。タージェスの籠には一枚の草と、昨日採ったものと同じ茸が十二本、木の実がひと掴み入っていた。

「すごいなぁ。よく間違わずにそれだけ採れるな」

タージェスは感心したようにティスを仰ぎ見た。


だって、これが仕事だもの。あなたが平然と百人を超える領兵隊を率いているのと同じことよ？　私にはあなたと同じ仕事はできないもの。

それにしても……薬草を採りに来て、食材を集めだしたのはあなたが初めてよ？　しかもこの一枚、私が参考に渡した薬草ね。

自分では無理だと諦めて、違う道をさっさと選ぶところなんて、なんて素晴らしいのかしら？　しかも卑屈にもならずに、悪びれもせずに。自然体ね？　ああ、ほんと、何て可愛いのかしら。

ティスは、倒木の上に置いていた小さな籠をタージェスに手渡す。

中には、ティスが用意した昼食が入っていた。薄く切って味を付けた肉を挟んだパンと、蒸かした芋だ。木を加工し、中を空洞にした物に茶も入れて持ってきている。

茶といっても貴族が昼下がりに楽しむようなものではない。茶葉など高級すぎて、メイセンでは手に入らない。ティスの茶は、ウィス森で採った草を乾かしたものに、数種類の木の実などを入れ、煮出したものだ。茶が冷えていたとしても飲めば体を温める作用がある、血の巡りをよくする茶だった。もちろん、味もいい。

タージェスは籠を受け取ると、楽しそうに抱えて倒木に腰かけた。昨日も同じような昼食を食べている。あの味だ、と喜んでくれているのだろう。ティスは内心で笑うと、タージェスの籠を手に薬草を集め出した。

タージェスのために昼食を用意したが、ティス自身は、昼食は食べない。朝と、夜に食べればいい。

これでも随分とメイセン仕様になったのだ。システィーカ郡地にいた頃は、数日に一回、嫌々木を齧《かじ》っていただけなのだから。エデータ人は数日間、何も口にしなくとも生きていける。

籠を手に、柔らかな苔の上に立つ。よく目を凝らして見てみると、目当ての薬草はあちこちに生えていた。今の時期なら苦労すると思ったが、簡単に見つかり籠を満たしていく。

思えば、昨日の薬草もそうだった。籠ふたつ分を集めるのは大変だと思っていた。今日の薬草ほどではないが、昨日の薬草も今の時期であれば、一日でふたつ分は難しかったはずだ。本来ならば二日、いや、三日かかっても不思議ではなかっただろう。それが一日でふたつ分、簡単に集まってしまった。しかも、今日の薬草もそうなのだ。

倒木に腰かけて、ティスの用意した昼食を幸せそうに頬張るタージェスをそっと見る。


この子……稀にみる、幸運な子じゃないのかしら？

時にいるって、タンセ医師に聞いたことがあるわ。薬草に好かれているというか、何というか……。その人を連れていくと、絶対に見つからないと言われているような貴重な薬草が、ほいほい簡単に見つかってしまう、というのを。

いやん、なんて素晴らしいの。可愛いだけじゃなくて、幸運の子だなんて。欲しいわぁ……。この子がいれば、素晴らしい薬が作れちゃうんじゃない？

ティスは黙々と薬草を集め、籠ふたつと、昼食を入れていた小さな籠までいっぱいにしてしまった。


昨日採っておいた薬草は、イイト村の乾いた空気で乾燥し、かさが半分に減っていた。

しかし、まだまだ乾燥させなければならない。ティスは昨日の分を籠に入れ、今日採ってきた薬草を床に並べていく。

「ティス、こっちはどうするんだ？」

タージェスも屈んで作業を手伝いながら、昨日干していた薬草を指さす。指示されなくても薬草一枚一枚を丁寧に並べ、重ならないようにしていた。飲み込みの早い生徒に感心して、ティスは部屋の隅に重ねていた平らな籠を手にする。

「こちらに」

籠を手渡すと、ああ、とタージェスは合点《がてん》がいったように小さく頷いた。

「そうか。昨日のやつはこっちに広げて、上から吊るすんだな」

そう言って、天井の梁《はり》から吊るされた縄を指さす。ティスは頷きながら、タージェスの察しの良さに驚いた。

すごいわ、この子。薬草なんて扱ったこともないでしょうに。昨日と今日、床に並べて乾燥させている姿を見ただけで、次の工程を理解するなんて。

なんて器用な子かしら？　手先がどうとか言うんじゃなくて、頭の中身が器用よ。ひとつの考えに固執しないのもいいわ。自分の力を的確に判断する見極めもいいし。

そうね、こうじゃなきゃ、クルベール人でありながら何十年も傭兵をやって生き延びられるはずがないわね。

タージェスが手際よく広げた薬草の籠を受け取り、ティスが天井から吊るしていく。

昨日と今日では、タージェスの作業速度は全く違っていた。あっという間に要領を摑み、効率よく作業をしていく。

タージェスの作業は他の人と速さが違うと思った。ティスの下に領兵らは使いで来るし、そのたびに作業を手伝ってもくれるが、タージェスほど手際のいい者を見たことがない。

それでいて雑なところはなかった。大雑把なのだが、それは、拘らなくていいものには拘らない、という姿勢からきているのだろう。

押さえるところと省くところを一瞬で見極める力。タージェスにはそれがあるように思われた。

この日の夕食には、村の子供たちもやってきた。ティスが準備をしている間に、タージェスを相手に遊びだす。タージェスは子供相手でも手加減をせずに、全力で遊んでいた。その姿が微笑ましくて、ティスは笑ってしまう。

鍋の中身を掻き混ぜながら笑うティスに、タージェスが気づく。

「今、笑っただろう？　……俺も、お前の表情が読めてきたぞ」

そう言って、タージェスは得意気に笑った。


吹《ふ》き荒《すさ》ぶ風で雲は千々に乱れ、月の光も覚束ない。暗闇に閉ざされたような村の中を、ティスは子供の肩をしっかりと抱き寄せながら歩く。

いつもなら泊めてやるのだが、今はタージェスがいる。あの小さな寝台で大人二人に子供数人では寝られるはずもない。

イイト村の冬は家の中であっても、寝具がなければ無事に翌朝が迎えられるかわからないのだ。各自の家にひとりずつ、送り届けていった。

ようやく最後の子供を送り届けて家に戻ると、タージェスが暖炉にかけていた鍋から茶を掬い、椀に入れて手渡してきた。

「寒かっただろう？」

そう言うタージェスも手が震えていた。ティスがいいと言ったのだが、タージェスも子供をふたり、送っていった。

小さな村で、どれほどの距離もない。だが、家から一歩外に出ると、寒風吹き荒ぶ土地なのだ。小さな子供ならば、冗談ではなく飛ばされる。大人でもしっかりと足を踏み締めていなければ転がされる。日中ならばともかく、夜は誰だって家に籠りたいと思うだろう。そんな中を、タージェスはふたりの子供を送っていったのだ。

ティスは椀を両手で受け取り、掌に伝わる温かさを感じる。

タージェスがティスを真似て用意してくれた茶は、ティスのそれとは味が違った。だが、作り手の優しさが滲んでいるような味だった。

「やっぱり、お前のと違うな」

タージェスはそう言って首を振る。ティスは暖炉の上に置いてある調味料の瓶を手にすると、中身をひと摑み入れた。軽く搔き混ぜてから、タージェスの空になった椀に掬い入れる。

「お？　味が変わった。……うん、お前の味だ。いいな、これ。何か、ほっとするな」

タージェスは嬉しそうに茶を飲んで、幸せそうに笑った。

5　タージェスの幸せな記憶

ティスの家に滞在して三日目。今日は最後の薬草を採りに行く。

一日目も二日目も、わりと簡単に見つかっていた薬草だが、今日のものは少々手強いらしい。何せ下ではなく、上に生えているのだ。高い木の、枝に寄生しているものらしい。

「ティス……首が痛い……」

言っても仕方がないと思いつつ、どうしても愚痴が出てしまう。ずっと上を見上げているのだが、それらしきものが見つからない。本当に生えているのだろうか。そしてそんなものを、この籠いっぱいに集められるのだろうかと微かな不安が頭をもたげる。

ふと、首筋に冷たい感触があって振り返ると、ティスが真後ろに立ち、タージェスの首に指を添えていた。何をするつもりなのかと動かずにいると、ティスが添えている指に、僅かに力を込めたのがわかる。

くっと軽くティスの指が押しつけられると、何ともいえない心地よさがあった。そのまま首の付け根や肩、肩甲骨までを揉んでくれる。ティスの手は的確によい所を探し出し、解していった。

「ああ、気持ちよかった。悪いな。随分と楽になった」

嘘ではなく本当に、楽になった。時々領兵らに揉ませるが、これほどの短時間で効いたことはない。力が足りないのだとガンチェにやらせたら、三日は後悔し続けることになった。骨が砕けるかと思うほど、ひどい目に遭ったのだ。

お返しに、とティスの背後に立つ。

「……座れ」

自分より背の高いティスの肩に手は届いても、揉むという行為ができるものではない。躊躇するティスを制して無理矢理座らせた。

ほっそりと華奢な肩だった。この肩でこの大剣を振り回すのか、と傍《かたわ》らに置かれたティスの剣を見る。

鱗に覆われた肌は意外と柔らかい。そして、冷たい印象を受けるティスの肌だが、実際に触れると温かだった。手は冷たいこともあるのだが、それも時を選んでいるような気がした。夜などは温かい。しかし、冷たい感触が嬉しいと思うようなときには、ティスの手は冷たい。もしかすると、自分の意思で体温を調節できるのか。ふとそんな考えが浮かんだ。

細い肩を揉んでいると、動く頭に合わせて黒い髪が揺れた。艶やかな黒髪が珍しく、そっと手にする。

クルベール人は全員、金髪だ。グルード郡地の種族はガンチェのように巻き毛や、獣毛のような髪をしている。まっすぐで艶やかな黒髪というのは、システィーカ郡地の種族だけが持つ。

摑んで顔に近づけると、花のような香りがした。どこかで嗅いだことのある、懐かしい匂いだ。

髪を摑むタージェスを、ティスが振り仰ぐ。

「……何か、石鹼でも使っているのか？」

訊ねると、ティスはゆっくりと首を振った。まあそうだろうな、とタージェスも納得する。

石鹼などという、なくても生きていける代物には、メイセンではあまりお目にかかれない。多分、領主の屋敷でしか使われていないだろう。

商人もエルンストだけを商売相手と捉えているのか、屋敷の石鹼がなくなりそうな頃を見計らって仕入れ、売りに来る。

手にした髪を鼻に押しつけ、くんくん、と嗅ぐ。

石鹼でもなければこれは何の匂いだ。

懐かしいと思うのだから、どこかで嗅いだことのある匂いなのだろう。昔使ったことのある石鹼だと思っていたが、そうではないらしい。だがとても落ち着く、懐かしい匂いなのだ。

目を閉じて匂いの記憶を手繰り寄せていると、ティスがゆっくりと立ち上がった。

座らせたままだったということを思い出す。そして、薬草を採りに来たのだということも。

「あ……悪い」

髪から手を離したタージェスを振り返り、ティスが頭上の木を指し示した。

「あれです」

言われて見上げると、今朝、本で見せられた絵と同じ葉が、高い木の枝に生えていた。

あれかぁ、と思いつつ見上げる。高くて太い木の幹にしがみついて、あそこまで登るのだろうか。登らなければ採れないだろうが、どうやって登ればいいのだろうか。

　方法が全く思いつかず、唖然《あぜん》と見上げるタージェスの視界の端で、ティスが身を屈めたのがわかった。

　黒くしなやかな体が動いたと思ったときにはもう、ティスは大木の幹を蹴り、そのまた上へと飛び上がっていた。

　同じように三度蹴り上がり、ティスは遥か上の枝に飛び乗る。その動きのあまりの鮮やかさに大口を開けて見上げるだけのタージェスの目に、ティスが目当ての葉を摘み取ったのが映った。

　遠目には普通の葉にしか見えなかったそれがティスの手に握られ、随分と大きいのだとわかる。ティスはその葉を手に大木の上に立ち、そして、ふわりと空に身を投げた。

「うわ……っ！」

　突然のことに、タージェスは思わず目を瞑《つむ》る。下がこれほど深い苔だとはいえ、あの高さから落ちてはただでは済まないだろう。

　しかし、覚悟していた音は聞こえない。どさり、と人がひとり落ちる嫌な音は耳に届かなかった。

　タージェスが恐る恐る目を開けると、真正面にティスが立ち、葉を差し出していた。

「け……怪我は？」

　聞くと、ゆっくりと頭を振る。どうやら落ちたのではなく、飛び降りたのだとわかり、ほっと胸を撫で下ろした。

「お前なぁ……」

　怒りよりも先に、呆れた。

　ガンチェにしろ、ティスにしろ、タージェスたちの常識では考えられない奴らだった。だが、彼らにはそれが当然なのだろう。

メイセンは確かに貧困に喘ぐ辺境地だが、心強い民がいた。

ダンベルト人に、エデータ人。どちらも、難解な言葉を連ねた契約書と、高い契約金でしか縛れない。そんな彼らを、情というひと言でこの土地に結びつけているメイセン。なかなかに、得難いことだった。


ティスから受け取った葉を籠に入れる。この籠ひとつ分、いっぱいに集めなければならない。だが手渡された葉の大きさを見て、それも難しくはないなとタージェスは思った。

その葉は、タージェスがやっと両手で抱えている大きな籠から飛び出すほど、大きかったのだ。

その後も、ティスはどうやっているのか、頭上遥か上にひっそりと生育している葉を目敏く見つけ、飛び上がり、採ってきた。小一時間もする頃には籠はいっぱいになってしまった。

このくらいでいいんだろ、そう聞いたが、なぜかティスは神妙な顔をして、もう少し、と言う。

採取が困難だと聞いていた葉だが、わりと簡単に採れる。そんなに採らなくてもいいような気もするが、メイセンで医師はティスただひとり。何かと忙しいのだろう。薬草は採れるときに採っておいたほうが楽なのかもしれない。

タージェスはその日も、ティスが用意してくれた昼食をひとりで食べた。ふかふかの苔に座って、働くティスを眺めながら食べる。

ふたりで来てひとりで食べるということに普通は落ち着かないだろうが、なぜかティスが相手では平気だった。ティスひとりが働いているのに休憩していても平気なのだ。

ティスはこちらに気を遣わせるようなところが微塵《みじん》もなかった。よく気がつくし、気を張らなくていいし。

これが女だったらいい嫁になるだろうなぁ、などと呑気に考えつつ、タージェスは今日も旨い昼食を平らげた。

食べてすぐに動くのはよくないとティスが言うので、タージェスはごろりと苔の絨毯に転がる。

旨い飯に腹は満たされ、温暖なウィス森は眠りを誘う。ぼんやりと、眠りに落ちる前の目で、ティスを追う。

ティスは相変わらず頭上の葉を見つけては飛び上がり、巨大な葉を手にふわりと飛び降りたりしていた。時折、別の葉や実を見つけて採取する。

よく働く奴だと感心しつつ、タージェスは眠りに引き込まれた。

懐かしい夢を見たような気がする。ずっと昔、そう、子供の頃の夢。どういう夢だったか忘れてしまったが、懐かしい、幸せな夢だった。

心地よい風を感じて、そっと目を開ける。艶やかな黒が見えた。ティスの髪かと思ったら、手だった。

ティスの手が、タージェスの髪を撫でるように額の上を滑る。少し冷たくて、心地よくて。もう一度、目を閉じた。自分が起きたと知られたら、手が逃げてしまうような気がした。

それは、とても惜しいと、思ったのだ。

次に目覚めたとき、ティスはタージェスの傍らに座って、どこか遠くを見ていた。

ぼんやりと見上げながら、何を見ているのだろうと思う。金色の目はどこか寂しげで、故郷を思っているのかとタージェスに思わせた。どれほど嫌な記憶があったとしても、懐かしく切望するのが故郷ではないのか、と。

タージェスはがばりと起き上がり、ティスの手を強く握った。

ティスが、ログア国に帰ると言い出すんじゃないかと、突如、思った。突如浮かんだその考えが、正しいことのように思えた。

驚くティスに構わず、そのまま押し倒す。柔らかな苔がふたり分の体重を優しく受け止めた。


苔の中で咲いていた、小さな花が花弁を散らす。

薄い紫色の柔らかな花弁がちらちらと舞い、甘い花の香りがあたりに立ち籠めた。苔の中で生きる小さな植物の、小さな花は、意外なほど香りが強い。

森の中を歩くたびに苔の中の花を踏み、ふわりふわりと匂いが立つ。花はその匂いで昆虫を集めているらしい。子孫を残そうと、強い香りを放つのだ。

タージェスは押し倒したティスにぐっと顔を近づける。花より、ティスの柔らかな香りを感じたい。ティスの優しい香りを感じたいのに、花が邪魔をする。

ティスが、とても驚いているのがわかった。金色の目がタージェスを見つめてくる。至近距離で見つめる金色の目は透明で、とても不思議な光を帯びていた。

タージェスは、透明な金色の世界に自分の姿が浮かんでいるのを見つめながら、ふと気づく。

メイセンの民の数少ない楽しみ。小麦の収穫が近づき、メイセン中が黄金の波に揺れる季節。

ティスの金色の目は、豊穣《ほうじょう》の色だった。

メイセンの、幸せの色なのだ。

驚きに見開かれる金色の目に、ふっと笑い、タージェスはティスの首筋に鼻先を押しつける。くん、と嗅ぐと、優しい花の香りがした。

ああ、ティスの香りだ。そのまま体を預けて香りを楽しむ。

やはり女でなくてよかった。もしティスが女であれば、これほどまで体重をかけることはできないだろう。女ではないが柔らかで甘く、優しいティス。だが女ではないから加減することもなく、思うままに触れ合える。

こういうのもいいな、と剣士で医師の体を抱き締めた。

「メイセンに、骨を埋めろよ?」

耳元で囁くと、ティスがこくりと頷いた。

三つ目の薬草も無事に集め終わり、ティスの家に戻る。

一日目に採った薬草は、平たい籠ひとつ分ほどの容量になった。二日目の薬草は平たい籠ふたつ分ほどだ。

昨日の要領で床に広がる乾いた薬草を籠に移していく。代わりに、今日採ってきた大きな葉を床に並べる。

薬を作るためにはとにかく乾燥、乾燥、乾燥なのかと思ったがそうでもないらしい。

ティスが夕食を作る間、床に無造作に置かれた本を読んでいると、生の状態で汁を搾り取り作る薬の記載もあった。薬はどれをとっても作るのに手間暇がかかっていた。

これを知ると、あんなにどんな傷にでも気軽に薬を使うべきじゃないな、と思った。もっと大事に使うべきだったと。

だがティスに言わせると、薬は頼りすぎるのもよくないが、温存しすぎるのもよくないらしい。不都合があるときに、すぐさま、適量を使う。薬を使わずに我慢して、悪化させてからでは使う量も増えるし、治りも悪い。

体調に違和感があるときや、傷を負ったときに、すぐ使う。それが一番効果的な薬の使い方らしい。

言われてみると、なるほどと思い出すことがある。

メイセンがこれだけ寒ければ、冬になると風邪で倒れる領兵が毎年必ずひとりは出る。だが倒れる奴には大概、何かしらの理由があった。

己の体力を過信して、薬を飲もうとしないのだ。そしていつもどおりに夜更かしをする。訓練を休もうともせずに、寒空の下に出てくる。反対に、本当に風邪をひいてるのか？　と周りが訝《いぶか》る程度の症状で薬を飲み、さっさと眠る奴は強かった。

ティスは相変わらず言葉が少ない。だが、三日を共に過ごした今、ティスの言いたいことが手に取るようにわかる。細切れの言葉が理解できず、戸惑っていた以前が懐かしいくらいだ。

この日の夕食も旨かった。毎日、毎食この飯が食えるのなら、ずっとここにいてもいいな、と思うほど。

ティスへの使いを領兵が取り合うのも理解できた。

薬草は全て揃った。四日目からはもう集めなくてもいい。だが採ってきた薬草が完全に乾燥しなければ、次の工程には進めないらしい。いつ頃乾燥するんだ、と聞くと、このままの天気ならあと五日と言う。

それまでこの家に籠っているのか、とタージェスは溜め息を漏らす。ティスとふたりきりなのが気詰まりなのではない。ただ、部屋に籠っているというのが性に合わないのだ。

若い頃から、お前は落ち着きがないと言われていた。何となく、自覚もしている。訓練であろうと何であろうと、ひとつところにじっとしていることが苦手なのだ。ひとつの作業をずっとするのも苦手だった。お前がそれほどまでに飽きっぽくなければ大成しただろうに。そう言ったのは傭兵時代、さる大臣の警護を半年間、共にやり遂げたフェル人だった。

無意識に、たんたん、と椅子に座ったまま床を踏み鳴らすタージェスに、ティスは素晴らしい提案をしてくれた。森に行くか、という。今回の傷薬に必要な薬草は全て集まったが、別の薬の薬草がないと言う。それを探しに行かないか、と。

タージェスは一も二もなく頷いた。あの森は、とても楽しいのだ。

ティスと一緒に森に入る。

だが薬草を見つけるのはティスだった。タージェスはもう、薬草を見つけることは諦めた。どれもこれも同じ草に見えるのだ。葉も、木も、違いがよくわからない。働くティスを尻目に、ひたすら食えるものを探した。

ティスの料理は素晴らしく旨い。どんな食材でも、極上の味に変わるのだ。それでいて、飽きる味ではなかった。

一日目に採った茸を採っていく。同じく、一日目に食った木の実も採っていく。

薬草の見分けはつかないが、食材の見分けは不思議とついた。

初めて見る旨そうなものは、ティスに問う。ティスは全ての植物に関する知識が頭に入っているのか、迷いなく答えてくれた。食えるか、食えないか。ティスの答えを元に、籠に入れていく。

草の根も掘り出す。ティスが、食えると言ったのだ。この根は食える。タージェスは長い草の根を手で掘り、根性で引き摺り出す。

長い、蔓のような根が出てきた。こんなものが食えるのか。こんなものが旨いのか。わくわくと籠に入れていく。どんな味なのだろう。どんな料理になるのだろう。今日の夕飯が楽しみで仕方がない。

食事を楽しむなど、忘れていた。思えば子供の頃は楽しかった。朝食ったばかりで昼の食事は何かと聞いた。昼を食べたら祖母の手を引っ張りながら市場へと行き、菓子をねだった。孫にひたすら甘い祖母は、タージェスがねだるままに菓子を買い与えてくれる。いつも腹いっぱい食べるのに、夕飯にはもう空腹だった。

子供の頃、楽しみはいくつかあった。だが、三度三度の食事は確かに、タージェスの一番と言っていい楽しみだった。

籠いっぱいの食材を集め、タージェスはほくほくと家路を急ぐ。

ティスも籠いっぱいの薬草を抱え、どこか楽しそうだった。あまりに嬉しそうなので、よかったな、と言うと、あなたのおかげです、と言われた。

何だかよくわからないが、ティスが嬉しそうだとタージェスも嬉しい。

夕食は、信じられないくらい旨かった。あまりに旨くて涙が滲んだ。メイセンで暮らしていて、これほど旨い飯を食ったことがない。

イイト村の奴らはいいなぁ、と心底そう思った。ティスがエルンストの主治医であれば屋敷の食事も変わったのだろうか、と思うと、そうではない事実が悔しかった。

夕食後、菓子が出た。

どう作ったのかわからないが、それは確かに菓子だった。森で昼を食いながら子供の頃に食べた菓子の話をした。それを覚えていてくれたのだろう。

ティスが作ってくれた菓子は、子供の頃、好んで食べたような甘い菓子ではなかった。大人になったタージェスが好む味だった。優しい甘さの、ほっこりと幸せになる味だった。

薬草が完全に乾燥するまで、タージェスは毎日、ティスと森に出掛けた。そのたびに、籠いっぱいの食材を採った。ティスは、籠いっぱいの薬草を採る。

同じことを数日間行っているが、全く飽きなかった。俺も大人になったんだな、と勝手に思う。腰を落ち着けて物事に取り組めるようになったとタージェスが言うと、ティスは微かに笑って頷いた。


ティスの家に滞在して八日目。薬草が完全に乾いたとティスが言った。

朝食後、薬作りは次の工程へと進む。

タージェスはティスと並んで床に座り、乾いた薬草を石鉢ですり潰していく。よしこれでいいだろう、とすり潰せた薬草をティスに見せると、まだだ、と首を振る。

もう十分粉になっているようだがと思いつつティスの手元を見ると、タージェスのそれとはまるで違うことがわかる。

滑らかさが違うのだ。タージェス程度のすり潰しでも効能的には変わらないが、荒いよりは細かいほうが、傷に塗ったときに痛くないだろう、と言う。確かにそうだと納得し、タージェスはより一層丁寧にすり潰していった。

こういう作業にはすぐ飽きるのに、朝から始めて気づくと昼だった。ティスと話しながら進めているからか、飽きるということはなかった。といっても声に出して話しているのは専らタージェスで、ティスはひと言ふた言答えるだけなのだが、会話を交わしていると感じた。

午前中で、一日目に集めた薬草は全て、滑らかにすり潰せた。

タージェスはひとり、暖炉のある部屋へと戻り、ティスが用意してくれていた昼食を食べる。

作業から離れると、肩や腕が凝っていることに気づいた。体の不調に気づかないほど、夢中になっていたのか。ああいう作業は苦手だと思っていたが、そうでもないらしい。

凝った肩を解すようにぐるぐると腕を回しながら、パンを齧る。

口に広がる味に、ん？　と首を傾げた。いつもの旨さがない。噛み千切った残りのパンをじっと見たが、いつもと同じ具材で、ちゃんとティスが作った食事だ。

不思議に思いながらもうひと口食べる。

やはり、味が違う。変だと思いつつ、皿を持ってティスの所へと行った。

ティスは休むことなく作業を続けていた。ティスが立てる音だけが聞こえる部屋。滑らかに動く手に魅入《みい》られたように、タージェスは部屋の隅に座ってティスを見た。

ティスは、疲れないのだろうか。無理のない動きで、簡単に薬草を粉に変えていく。

今まで何十回、何百回、何千回、何万回と同じ動きをしてきたのだろう。そうやってあの優しい手で、薬を生み出してきたのか。

そう思うと、ティスの立てる音さえも心地よく、タージェスは黙って食事を続けた。

ふと気づくと、皿の上の昼食は、いつもの旨いティスの味になっていた。

ああ、そうか、とタージェスは空になった皿を手に立つ。暖炉にかかっていた鍋から茶をふたつの椀に注ぎ入れ、ティスの下へと戻った。ひとつをティスに手渡し、もうひとつを啜る。

ティスの料理を美味しくさせているのは、ティスなのだ。

調理の仕上げがティスの存在なのだと、ほっこり旨い茶を飲みながらタージェスは思った。

ティスの下を訪れて十日目。屋敷の領兵隊と第二駐屯地の領兵隊、百五十七名分の傷薬が予定どおり出来上がった。ティスから受け取った五つの瓶を、割れないように、縄で馬に括りつける。

じゃあ、と馬に乗ったタージェスに、これを、とティスが小さな籠を差し出した。中を覗くと、いつも昼食に食べていた肉を挟んだパンと、いつかの菓子が綺麗に詰められていた。茶が入れられているのだろう。木をくりぬいて作られた水筒も持たされる。

朝食も、いつもと変わらず旨かった。この旨い食事も食べ納めかと思い、タージェスは噛み締めるようにして食べた。それが、思わず持たされた土産に喜びが沸き起こる。

小さな籠と水筒も、薬の入った瓶と同じようにしっかりと馬に括りつけた。

いや、瓶よりも大事に扱ってしまう。味の決め手。最後の仕上げのティスの存在はないが、馬上で食べる昼食も旨いだろう。

朝食を食べたばかりなのに、昼食が楽しみで仕方がない。子供の頃のように楽しみなのだ。

「また来る」

そう言うと、ティスがしっかりと頷いた。いつもゆっくりとしていて、力強さなど感じさせないティスだが、このときはいやにしっかりと力強く頷いた。

「休みがとれたら、必ず来る」

ティスはもう一度、強く頷いた。金色の目が大きく見開かれて、喜びが顔に溢れている。傍目からは無表情にしか見えないだろうが、タージェスにはわかる。ティスの目は、ティスの言葉よりも豊かに、その思いを語っていた。

「俺が来たら、また、あの飯を食わせてくれ」

そう言ってタージェスは笑うと、馬の腹を軽く蹴った。

去っていくタージェスに向けて、ティスが手を振る。風が後ろから吹いてきて、ティスの香りを運んでくれた。

あ、そうか。

タージェスは突然、懐かしい香りの正体に気づいた。

そうか、母の香りだ。

タージェスと同じ騎士で、だがタージェスとは違って、生涯国軍に身を置いた母。任務地を転々とし、忘れた頃に帰ってくる。そしてまた慌ただしく出ていく母。

だが、不満はなかった。タージェスには祖母がいたし、何より母に愛されているとわかっていた。そして、颯爽《さっそう》と馬に乗り、駆け出していく母が誰よりも格好いいと思っていた。

ティスの香りは母の香りに似ているのだ。馬上の母が身を屈め、祖母に抱き上げられたタージェスの頭を撫でてくれる。あの優しい手にも似ていた。そして身を翻《ひるがえ》し、駆け出していく母の残り香に似ている。

ティスの香りは、タージェスの幸せの記憶なのだ。大きな愛に守られ、何も恐れず、幸せに日々を過ごした記憶だ。愛されていることを疑うこともなく、疑う必要もなく、安心できる幸せを感じられる。

タージェスにとってティスの香りは、幸せの象徴だったのだ。

6　ポチとタージェス

屋敷の飯が不味いのは今に始まったことではない。だが、領主であるエルンストが文句も言わずに食べているのならば、誰も何も言えない。そもそも軍隊の飯は、ここの食事とそう変わるものでもなかった。

今まではならばそう言って、うるさく騒ぐ領兵たちを一喝していた。だが今は……あの飯の味を知ってしまった今は……。

何かと理由をつけてはイイト村へ行こうとする領兵が不思議でならなかった。あんな何もない村に、何を好きこのんで行くのかと。イベン村ならばまだ温泉があるからわかるのだが、イイト村には本当に、何もない。

だが、嫌々行かされたイイト村。あそこは……絶品だった。いや、正確には、あそこで食べたティスの料理が絶品だったのだ。

忘れがたき味というものがあるとすれば、まさしくあれを言うのだろう。領兵たちが隙あらば駆けだして、食べに行きたいと切望するのも仕方がなかったのだ。なぜならば、今ではタージェスもそうなのだから。突如、猛烈に食べたくなり、寝具を抱えて床を転がるしかない夜を何度過ごしたことか。

「いいですか？　恨みっこなしですよ？」

五人の領兵が額を付き合わせる中、メイセン領兵隊副隊長兼第一小隊隊長のブレスが言った。

その手にあるのは五本の麦わら。もったいぶった様子で、ずいと差し出してきた。タージェスを含む五人の男たちは、ただの麦わらに運命を賭ける。

ごくりと息を呑み、これぞと決めた一本をそれぞれが手にした。麦わらの先はいまだ、ブレスの手の中にある。

「……各々方《おのおのがた》、それでよろしいですね？」

きらりとブレスの目が怪しく光る。隊舎の食堂には、屋敷に駐屯する領兵隊の全員が集まっていた。床に直接座ったブレスを囲むようにして、タージェスも四人の領兵も座る。そして彼らを囲むようにして立つ領兵たちが、固唾を呑んで様子を見守った。

「ブレス、くどいぞ。俺はこいつに……賭ける！」

ぐっと握ってタージェスが言えば、迷いを見せていた残りの領兵たちも自分の麦わらを握り直した。

「これでいい」

「俺も、こいつでいく！」

決意を見せたタージェスらに、取り囲む領兵たちが唸るようにして声援を送った。部屋の片隅ではにわか胴元が、賭け金を釣り上げていた。

一番人気は第二小隊のワイイシ。とにかく変についている男だった。水しか入っていないようなスープを全員が啜っている中、なぜか幸運にもこいつの椀の中には肉の欠片が入っていたりする。そういう運を、持っていた。

だがしかし、負けるものかとタージェスは念を送る。

「……いざっ！」

慣れた様子でブレスが声をかける。周囲の緊張は最高潮に達しようとしていた。

人の熱気で温度が上がったように感じる部屋の中、ブレスはゆっくりとその手を開く。握り込まれていた麦わらは水分を含み、少ししんなりとしていた。

自分が握る麦わらの先がどれなのか、五人の領兵が頭を付き合わせて食い入るように見る。

……来い！

……来い！

……来い!!

タージェスは必死に念を送りながら、麦わらを握った手を自らに引き寄せた。

絡み合っているように見えた五本の麦わらが、すすすと動き始める。それぞれがそれぞれに、手にした麦わらを引き寄せているのだ。

ゆっくりと動く五本の麦わら。中の一本の先が、赤く染められていた。

その赤い麦わらがゆっくりと、タージェスに近づいた。

「…………きたぁぁぁぁぁぁぁぁぁぁぁぁぁぁ！！！！！！！！！」

年甲斐もなく、タージェスは絶叫した。

「とりあえず、仕事は忘れないでくださいね」

ブレスはそう言うとタージェスの手に、ぽん、と紙を載せた。

「おう！　任せとけ」

笑いが止まらない。

「一、エルンスト様の書状を手渡す。二、お屋敷の本を五冊ラテル村に届け、残りをイイト村に届ける。三、薬の空き瓶をティスに渡し、新たに薬を受け取る。滞在期間は二日。……はい、復唱」

どちらが隊長なのかわからないが、タージェスは気にもせず部下の言葉を復唱した。

「本当に大丈夫なんでしょうかね……」

溜め息をついたブレスに、タージェスはどんと胸を叩いて言った。

「安心しろ。まだ耄碌《もうろく》はしていないぞ」

「いえ、そうではなく。私が心配しているのは、滞在期間です」

「二日だろ？」

「小隊長が心配しているのは、隊長が滞在期間の二日を超えて居続けるんじゃないかということですよ」

ミナハが笑って言った。

「大丈夫だ。安心しろ。お前たちを置いて、そんなに長々と留守にするわけにはいかんだろう？」

「私も信用したいのですよ。でも隊長は……がっつり胃袋を摑まれていますからねぇ……」

呆れたようにブレスが言うのを、タージェスと同じように胃袋を摑まれている面々は同意して頷いた。

「俺がそんなに食い意地が張っているか。お前たちと違って王都育ちだぞ？　俺の胃は、高貴にできているんだ」

ふんと胸を張って言ってやったが、ミナハに苦笑交じりで言い返された。

「なにが高貴ですか。あまりの空腹に耐えかねて、森から採ってきた野草を汁物にして食べたあの日のことを、忘れたんですか？」

「そうですよ。隊長が、ティスの手ほどきを受けたんだ、大丈夫だと強く言うから信用したのに……ありゃ、食える草じゃなかったでしょう？　それを私ら、ばくばく食ったもんだから……」

ブレスの言葉を再びミナハが引き継いだ。

「翌朝には全員仲良く腹下し。にもかかわらず、隊長ひとりぴんぴんしてたじゃないですか。高貴な胃が、笑っちゃいますよ」

ミナハの言葉に領兵たちは爆笑していた。

ティスのところで食った草によく似ていたんだ。あれは本当に旨かった。領兵たちにも食わせてやろうと森に行き、何人もで根こそぎ採ってきたのに。

タージェスは何ともなかったので、あいつらはどこかで拾い食いでもしたのか、風邪でもひいたんだろうと思っていた。

だから精をつけさせるためにともう一度森に行こうとしたタージェスは、青白い顔をした領兵たちに寄ってたかって止められてしまった。

何十人もの腹下し。屋敷から呼び出されたエルンストが、憔悴《しょうすい》するほどの事態を起こした原因。文字どおりガンチェにぶちのめされたのは、当然といえば、当然か。

だが本当に、タージェスは何ともなかったのだ。


ああそうだと思いつき、タージェスは走らせている馬の方向を変えた。

ちょっと森に寄って、あの草を採っていこう。ティスに見せて、あれが食えるものだと証明してもらうのだ。そうして、腹下しの原因がタージェスではないと、汚名返上をしよう。

手頃な木に馬を繋ぎ、目当ての草を採っていく。あのとき千切り取った茎からは既に、新たな葉が出てきていた。

何と生命力の強い。やはりこういうのを食わなきゃ強くなれないだろう。

ふと見ると、タージェスが連れてきていた馬も同じ草を食っていた。馬は神経質で、見慣れないものや毒のあるものを食ったりはしない。ならばこれを人が食べたところで、腹を下すわけがないのだ。

無心に草を貪り食う馬を見て、タージェスは森に響くほどの高笑いを上げた。

やっぱり、俺が正しい。


「毒です」

逸《はや》る気持ちを抑え、それでも馬を急がせ、ようやく辿り着いたイイト村。出迎えたティスに件《くだん》の草を見せると、すぐに毒だと言われた。

「だが馬が食っていたぞ」

「胃の仕組みが違います」

ティスはそう言うと、棚から一冊の本を取り出した。

目当ての頁をすぐに見つけ、タージェスに指し示す。

「煮ても焼いても生でも食用にならず。食した者は腹を下すが、命は無事。治癒まで早い者で三日、長い者で十日を要する……」

指し示された箇所を声に出して読みながら、タージェスは首を傾げた。

「全員、腹を下すのか？」

「強力です」

「馬は？」

「消化を助けます」

「人は？」

「極少量ならば、下剤となります」

タージェスは自分の腹に手を置いた。

「少しって、どのくらいなんだ？」

タージェスが問うとティスは、本についていた微かな埃を指先につけた。それは砂にして、僅か三粒というところか。

「俺は食ったぞ？　籠一杯分……いや、二杯くらい」

「……」

金色の目が、じっとタージェスを窺い見た。

「だが、何ともなかったぞ？」

「……」

ティスの目が、医師の目になってタージェスを見る。腹は下さなかったが、何か重大な病でも抱えてしまったのだろうか。タージェスは胃が冷えていくように感じた。

「……どういうことなんだ？」

こくりと喉を鳴らしてティスの言葉を待つ。

ティスはじっとタージェスを見ると、硬質な声で言った。

「馬ですね」

「……は？」

「胃が、馬と同じです」

黒い鱗に覆われた細長い指が、す、とタージェスの腹部を指した。

馬並みの胃を持つことを誇っていいのか悩んでいいのかさっぱりわからないが、領兵には黙っておこうと誓う。

胃友達、もとい、馬に餌をやり、馬小屋を出る。だが、ティスの家に戻ろうとしたタージェスの足がぴたりと止まった。

馬小屋の隣に見慣れない小屋が出現している。木の断面が新しく、ここ最近に建てられたものだと推測できた。イイト村の山羊は子山羊を含めて七頭いる。山羊小屋を新しくするつもりなのだろうか。

だが、首を傾げて小屋の前を通り過ぎようとしたタージェスの足がまたもや止まった。

馬小屋より背の高いその小屋から、異音が聞こえる。きー、というような、ぴー、というような。たとえて言うなら、鳥の声。だが、その音量がただ事ではない。

恐る恐る近づき、そっと扉を開ける。暗い小屋の中に目を凝らし、タージェスは慌てて扉を閉じた。

扉に背をつけ息を整える。窓もない小屋の中。薄闇の中にいたあれは……鳥だ。ものすごく大きな、馬よりでかい鳥がいた。


「ティス！」

家に戻り、鍋を掻き混ぜていたティスに声をかける。何の料理なのか、いい匂いに思わず頰が緩む。

「鳥がいたぞ」

近づいて、鍋の中を覗き込む。

とろりとした、赤いスープだ。ティスが掻き混ぜるたび、具材が顔を覗かせる。屋敷で食べるような、水と同等のあれではない。

「ものすごく、でかい鳥だ。ウィス森で捕まえたのか？」

聞くと、こくりと頷く。やっぱりあのでかさ、ウィス森でしか捕らえられないだろう。

しかし、あれほど巨大な鳥を生け捕りにしたのはさすが、ティスと言うべきか。剣士としての腕は全く衰えていないらしい。

「そうか。すごいな、あれを生け捕りにできたのは」

タージェスがそう言うと、ティスは小首を傾げるようにして視線を逸らした。

「俺なら難しいだろうな。領兵が五人……いや、十人でかかっても、無理か」

自分ならどうやって生け捕りにするだろう。考えてみたが、何も思いつかない。殺してもいいのならと考えてみたが、やはり自分ひとりでは無理そうだった。

何せ、相手がでかすぎる。馬より明らかに大きな相手を、しかも横幅もあって飛ぶ相手を、どうやって仕留めたらいいのだろうか。普通の矢では絶対に無理だ。リュクスの矢を使っても、一本や二本刺さったところで仕留めるのは難しそうだった。

思わず戦法を考え始めたタージェスの前で、ティスは鍋を掻き混ぜ続けていた。俯いて、ぐるぐると掻き混ぜる。先ほどはもっとゆっくりと混ぜていたような気がするが、今はものすごい速さで中身が飛び出てきそうだった。

「どうした？」

不思議に思い問いかけたがティスは答えず、ぐるぐるぐるぐる。

「……もしかして、照れているのか？」

ふと思いついて訊ねたらティスの体がびくんと震え、鍋から芋が飛び出した。

「それであの鳥、焼くのか？」

飛び出した芋を床から拾い上げ、ぱくりと食う。途端に口中に広がる旨さに、タージェスはうっとりと目を閉じた。

「……焼く……」

「あれほどのでかさだ。そのスープに入れてもいいかもな。塩を振って焼いた鳥と、鳥肉のスープ……」

想像しただけでごくりと喉が鳴る。

「駄目です」

珍しく、ティスが強く言った。

「え？　何で？　もう十分、肥えているぞ」

捕まえてきた鳥が痩せていたら、世話をして太らせてから食べる。だがあの小屋の鳥は、ちらっと見ただけだがもう十分に肥えていた。手間をかける必要などないくらいに。

「駄目です」

ティスはそう言うと部屋を出ていった。怒らせたのかと慌てて追いかける。

ティスは真っ直ぐ鳥のいる小屋に行くと、扉を開けた。中から、くー、と甘えたような鳥の声が聞こえる。

「……ティス？」

開け放たれた扉から、タージェスも中に入る。扉の向こうからは月の光が入ってきて、鳥の姿がよく見えた。

見上げるほどに大きな、ぷくぷくと肥えた鳥だった。全体に薄い黄色だが、顔の上のほうだけが濃い黄色。そしてなぜか、頬紅がついている。

「つけてやったのか？」

鳥の顔を指し、思わず聞いていた。

「自然です」

鳥はティスのように、小首を傾げた。

「ポチです」

「ポチ……？　そういう、鳥なのか」

聞いたこともない種類だ。そもそもこれほど大きな鳥を、タージェスは見たことがない。

だが、かつて渡ったグルード郡地。市場で売られていた鳥肉は、元の大きさが想像できないほどの巨大な塊だった。あの地の鳥ならば、この程度の大きさであっても不思議ではない。

「ポチです」

ティスはもう一度そう言うと、鳥を見上げた。鳥は甘えるようにその頭をティスに擦り寄せた。

「もしかして……飼い鳥か……？」

恐る恐る聞くと、ティスはこくりと頷いた。

「ポチ……」

タージェスは啞然と呟いて鳥を見上げる。

鳥は、くるると軽やかに鳴くと、その顔をタージェスに近づけた。

あまりの大きさに、一歩下がる。タージェスの顔の三倍はありそうな鳥の顔。可愛いと言えなくもないのだが如何せん、でかい。

タージェスはそっと、鳥の腹に触れた。ふかふかの羽毛の下の、肉を確かめる。

「締まりのある、いい肉だ」

意識することもなく、ぽつりと呟いてしまう。触れた手をくっと押しつけ、弾力を確かめた。

「肉付きもいい」

く、く、と手を押しつける。鳥の羽毛は豊かで、タージェスの肘あたりまでを簡単に飲み込む。気持ちいいのか鳥が甘えたように鳴き、くちばしでそっとタージェスの肩に触れた。

「よし、よし。お前はいい肉だな」

そう言って撫でてやると鳥は一層喜んで、タージェスの胸に頭を押しつけた。鳥の頭には、ぴんとはねた飾り羽根がある。

「お？　可愛いのをつけているな。ティス、いいな、この肉」

くちばしの根元付近をくすぐるように撫でながらタージェスがそう言うと、傍らのティスが金色の目を潤ませていた。

「ポチです……」

いつもかちかちと聞こえるその声が、なぜか震えていた。

「いや、悪い悪い。そういうつもりじゃなかったんだ。いや、旨そうだとは思うが、だが飼い鳥だ。俺は、人が大事に飼っているものは食わないぞ。羊も食えば旨いが、毛をとっている間は食わないもんだし。この肉も、ティスが飼っているんだからな。食わない、食わない」

タージェスは必死に弁解した。だが、未練が完全に断ち切られたわけではないので、何となく後ろめたい。

「肉ではなく……」

「ああ、そうだった！　肉じゃない、肉じゃ。ええと……なんだっけ？」

「ポチ」

「ああ、そうだった。ポチだ、ポチ。よし、ポチだな。ポチ……」

鳥の名前を自分の頭に叩き込み、肉の文字を消し去る。ティスはほっとしたようにポチの首筋を撫でてから、小屋を出ていく。タージェスはその後を追いながら、そっと巨大な鳥を見た。

旨そうだなぁ、あれ。塩振って焼いたら、旨いだろうなぁ。噛んだら溢れる肉汁。歯応えもよさそうだし、何よりあのでかさ。食いがいがある。

扉を閉めようと立ち止まり、タージェスは思わずごきゅりと喉を鳴らした。

そんなタージェスを、ポチは不思議そうに小首を傾げて見ていた。

小屋の肉を忘れて食事をする。ティスの料理は相変わらず旨く、タージェスは息もつかずに食い続ける。同じ材料に、同じ調味料、同じ調理道具を使っているはずなのに、どうしてこれほどまで味に差が出るのだろう。屋敷の料理人はもとより、領兵の誰ひとりこの味を再現できない。ティスの下で料理を習った領兵もいたのだが、なぜか、駄目なのだ。

「何が違うんだろうなぁ」

ひととおり食べてほっと息をつき、タージェスは言った。両手で囲んだ椀のスープ。この旨いスープを毎日飲みたいのに。

だがティスも理由はわからないようで、首を傾げただけだった。

相変わらず寝台はひとつだ。ティスと並んで眠る。暗闇の中で微かな鳥の声を聞く。鳥だけに夜行性でもないだろう。寝ぼけているのかと思いつつ、タージェスは眠りに落ちていった。

旨そうな匂いに鼻孔をくすぐられ目覚めた。そのまま頭を動かして、暖炉の前に立つティスの姿を見る。すらりと立つ長身の背には、赤い長剣。鞘を片手で持っていてもあの剣を抜くのは難しそうだなと、ぼんやり考える。

声を出して伸びをして、タージェスは飛び上がるように寝台から下りた。

いい目覚めだ。料理の匂いで目覚めるなど、領兵隊の隊舎ではあり得ない。出てくる朝食に期待をはせるなど、それ以上にあり得ないのだ。

ティスの手元を覗き込むと、パンとチーズが焼かれていた。順調に増えた山羊のおかげで、イイト村の山羊チーズは売りに出せるほどになった。

まだまだ少ない量だがそれでも収入となっているのを見たキャラリメ村が、羊でチーズを作り始めた。おかげで今は、メイセン領でもチーズが買えるようになったのだ。

タージェスの好物だということを覚えていてくれた

のか、たっぷりとチーズが載ったパンを手渡される。

タージェスは喜んで礼を言うと、早速食べ始めた。

ティスの料理はただ旨いだけではなく、心がほっこりと落ち着く味だった。肩から余計な力が抜けていくのを感じながら、茶を飲んで一服する。

茶の一杯でさえ、ティスが淹れると全く違う味となった。

「今日はどうすんだ？　森に行くのか？」

タージェスが聞くとティスがゆっくりと頷いた。一宿の礼ではないが、ついていく。


家から出てティスは小屋に向かった。その後ろ姿を見ながら、タージェスは指を折って数えた。

滞在期間は二日。昨日の昼過ぎに着いたのだから、二日ということは、明日の昼過ぎまで大丈夫だろう。

それに滞在期間の二日というのはブレスが勝手に言っていることで、エルンストはゆっくりしてきていいと言ったのだ。

つまり、二日という縛りは領主から与えられたものではない。かといっていつまでも居られるわけでもないのだが。


ウィス森までは歩いていく。馬で行ったほうが楽だが、ウィス森は危険だ。馬が何かの餌になりかねない。

村の出口でティスを待ちながら、タージェスはイイト村を見渡した。かつては強風が吹き荒れ、草の一本も生えない場所だった。

だが、今は違う。吹き荒れる強風は同じだが、村を守る防風林が育っていた。これは、ウィス森にカリア木の苗を育てに来るメヌ村と一緒に植えたものだった。

イイト村とメヌ村はウィス森から、大きく、早く育ちながらもしっかりと根を張る木を選び、苗をとってきた。風に立ち向かうようなものではなく、ある程度、風に揺れて力を流す木を選ぶ。

膝丈ほどの苗を、村を囲むように植えていき、根が付くまでは周囲を板壁で覆い風から守った。何本も駄目になったが決して諦めることなく植樹を続けていき、やがて一本二本と根付いていった。

そうやって本数を増やし、今ではイイト村の周囲には高い木々が聳《そび》えていた。防風林は、徐々に外へ、外へと広がる。そのおかげで、少なくともイイト村の中は風が穏やかだった。

防風林がもっと広がり、イイト村でも畑が作られるようになればいい。今でも村人の半数を食べさせるほどには収穫できるが、それだけだ。

そして、防風林がウィス森に向かって広がればよいと思っていた。そうすれば楽に森に行けるだろうと。

だがエルンストは、ウィス森側に広げることを固く、禁じていた。

エルンスト曰く、防風林が広がりウィス森に近づければ、森と防風林との境目に強風が吹き荒れる土地がなくなる。そうなれば、ウィス森から獣がイイト村に容《た》易《やす》く入ってくるというのだ。

今でも年に何度かは、大きな獣が近づいてくることがある。その都度ティスが追い払ったり仕留めたりしていたが、年々その回数が増えていると言っていた。

領兵の数がもっと増えれば、分隊をイイト村周辺に駐屯させることも可能なのだがと思う。ウィス森は豊かでイイト村に実りを与えてはくれるが、試練もまた多い森なのだ。

鳥の声が聞こえたような気がして振り向くと、ティスが立っていた。その後ろに、あの巨大な鳥も。

「……連れていくのか？」

見上げるほど高い場所にある鳥の顔を見つつ聞くと、ティスはゆっくりと頷いた。

ティスと巨大な鳥、そしてタージェスでウィス森に入る。鳥にしてみたら故郷の森だ。入るやいなや、ばさばさと音を立てて飛び始めた。枝から枝へと飛んでいく。高さが増すほど、鳥はのびのびとしているようだった。

　ウィス森の木々は大きいが、奥へ行くにつれてさらに巨大になる。ここはまだほんの入り口だがそれでも、かなりの大きさになっていた。そのためか、近くで見ると驚くほどに大きな鳥だったが、今ではただの小鳥のように見えた。

　ぴー、と甲高く細い声が聞こえる。あれは頭上のあの鳥か、それとも別の鳥か。

　以前に入ったときには気づかなかったが、ウィス森では鳥の声が多くしていた。豊かな森は当然の如く、生き物たちも豊かだった。

　ティスは鳥に構うことなく草を採っていく。タージェスの背丈ほどもある、細い葉を持つ草をナイフで切っていた。いくらかをひと纏めにして、くるりと作った輪の中に先っぽを入れる。それだけで簡単に、草は丸い束になっていた。

　大きな籠に入れられていくそれを、興味深げに見る。ティスがしていると簡単そうで、自分もやってみたくなる。

　だが、試しに受け取った草の束は一向に纏まらない。同じようにしているし、何度も見ながら習ったが、どうしても駄目だった。草は、タージェスの手の中でしんなりと柔らかくなった。こうなるともう、薬の材料としては使えないらしい。

　邪魔をしてしまって悪いと謝ったが、ティスは何でもないことのように首を振っただけだった。

　ふかふかの草の上に座り、ティスを見る。本当に、よく働く。それに、器用だ。誰も彼もティスと同じようにしているのに、料理も薬草集めもティスほどにはできない。

　タージェスは草の上で、仰向けに転がる。隊舎にいるときは何やかやと仕事があって、これほどのんびりとは過ごせない。

領兵たちはいつも賑やかに、何かをしている。彼らに引き摺られてついついタージェスも、騒いでしまうのだ。

本当ならもう少し、のんびり過ごしていい年なんだがなと思いつつ苦笑を浮かべた。

長い人生で色々あったし、ひとりで旅をした期間も長かった。最期はひとりで死ぬのかと心のどこかで覚悟していたが、どうやらそうはならないようだ。

自分は恵まれていたのだと、人生の半分以上が過ぎた今、思う。

ウィス森は確かに危険な場所だったが、この包み込むような暖かさに眠気を誘われる。背にした草は柔らかく、爽やかな香りだった。草の青臭い匂いではなく、ほのかに柑橘類の香りがする。

深く息を吸い込んで、ゆっくりと吐き出しながら、タージェスは眠りに落ちていった。

ふ、と目が覚める。

タージェスは目だけで周囲を窺った。

何かが、おかしい。

そっと身を起こしながら、傍らの剣を握る。別の草か葉でも採りに行ったのか、ティスの姿は見えなかった。

片膝をついた状態で気配をよむ。不用意に立つのは止めろと、本能が言っていた。

身を低くし、極力動かないようにする。耳と目、何より勘を働かせる。不審なものは何もないし、何も聞こえない。

だが、何かが、いる。

き、と微かに何かの音を聞いた。何だと考える間もなく、タージェスは前に飛ぶ。

片腕を地につけるようにして一回転し、すぐさま起き上がる。見ると、先ほどまでタージェスがいた場所の草が千切れて飛んでいた。

きききき、と声を出し、それがこちらを見てくる。見たこともない獣だった。無理に例えて言うならば、猿と猫と鼠が混ざり合ったような形だった。

細く長い尾、鳥のくちばしのような爪、平べったく長い顔、丸めた背。獣は前脚を浮かせてこちらを見ていた。

ぎょろりと大きな金色の目が、タージェスを見る。耳まで届くかというほど開いた口からは、尖った歯が見えていた。上下四本の犬歯。

その大きさは、タージェスの腕ほどもあった。

タージェスは剣の束を握った。こんな剣では役に立たないかもしれない。相手はでかく、剣はあまりにも頼りない。脚を狙うか。

筋肉が発達しているだろう腿は太いが、腱を斬ればさすがに立てはしないだろう。

だが、タージェスが狙いを定める前に、獣が跳ぶ。はっと気づいたときにはもう、目の前から消えていた。


頭が働く前に体を動かす。

タージェスはばっと横に跳び、そのまま転がった。ぐるぐると長い草の上を転がって、太い木の幹に向って飛び込む。木の根本で片手をついて宙を舞い、そのまま大木の後ろへと身を隠した。

ざん、と鋭い音がしてタージェスが身を隠す木が削られる。

獣のひと掻きで、太い幹が抉《えぐ》られていた。

タージェスは息を潜《ひそ》めて身を固める。

あの目。あの顔。

眉間から鼻先までの長さで、鼻が利くかどうかがわかるという。この獣の鼻は小さなものだ。それが眉間近くにある。ならば、鼻は利かないはず。

反対に、あの大きな目は、視力に頼っている証拠だろう。夜目も利くのかもしれない。

どちらにしろ目に頼っているのならば、動かなければ見つかる可能性も低い。

いつどこで誰に聞いた話かも忘れてしまったが、この説が正しいことを切に願う。

タージェスは目さえも動かせず、獣が立ち去るのを待った。

だが、獣はなかなか立ち去らない。長い爪で木の根本を掻いたり、きょろきょろと周囲を見渡す。大きく開けた口からは、だらりと唾液が落ちた。

明らかに、餌を探している。

昨日あの鳥に、肉と連呼した報いか。

どの生き物も何かを食って、何かの餌になる。自然界最強の獣でさえ、死んだら何かの餌だ。そこに人が加わらないわけがない。

タージェスは初めて、自分が何かの餌として対象になり得るのだと気づいた。今、タージェスを探す獣は大きい。ティスの、あの鳥と同程度の大きさだ。

つまりは見上げるほど、でかい。

食うのならひと口でいってくれと、頭の片隅で願った。捕まって動きを封じられ、少しずつ食われていくことだけは勘弁したい。

獣はなかなか諦めない。

そういえばと、もうひとつ思い出す。

動物の中には獲物が出てくるまで、ひたすら待ち続けるものがいると聞いたことがあった。

筋肉だか神経だかの関係で、小動物がぴたりと動きを止めていられる時間には限界があるそうだ。

捕食者の中にはそれを知っていて、我慢できずに動き始める小動物を待つ狩りの方法をとるものがいるのだ。

タージェスの頬を、汗が流れていく。この汗の流れを察知されやしないかと、鼓動が跳ねる。

木を挟んで、向こうとこちら。

狩るものと、狩られるもの。どちらもが動きを止めていた。

体の動きを止める。単純なそれが、これほど難しいことなのだと初めて気づく。足はうずき始め、腕は痺れ出す。肩が凝って首が痛かった。

なんぞこれしき、食われるよりましだろう。

自分を叱咤する声も聞こえなくなってきた。

どうせ食われるなら一矢《いっし》報いたい。一矢というか、ひと太刀浴びせたい。ただ何もせず、食われるのだけは御免だった。

剣を握る手に、力を込めた。

頭の中で動きを確認する。

横へ跳び、そのまま突っ込む。剣を抜きながら突っ込み、横一線。できれば後ろ脚、そうでなくても前脚の腱を斬る。

動きを頭の中で繰り返し、腹を決めた。タージェスはぐっと腹に力を込め、そして、跳んだ。

横へ跳んだ瞬間、終わったと感じた。

動いたタージェスを、獣の大きな目が捉える。金色の目の中で、己が動くのを見た。

前脚が来る……！

茶色の毛皮の、肩が動いたのを見た。

騎士の位に生まれついて、ずっと兵士として生きてきた。安全な軍隊を抜け出し、傭兵として世界を歩いた。クルベール人より遥かに強い他郡地の種族の中で、死を覚悟したことなど数えきれない。

自分が死ぬのは、戦いの中でだと思っていた。剣がぶつかり合い、矢が飛び交う戦場だと。

一瞬の隙や、自分より強い者の剣に倒れて死ぬ。そのときは薄れゆく意識の中で、今までの人生を思うのだろうと。

幼い頃の、祖母との暮らしでも思い出すのだろうか。懐かしい、陛下の声を思い出すのだろうか。

感傷的にそう考えたときもあったが現実は、名も知らない獣に食われて死ぬのか。

獣の動きは素早かった。

だがしかし、目にも留まらないほど速いはずの獣の前脚が、ゆっくりと自分に下りてくるのが見える。

毛に覆われた前脚の先の、長い爪が、木漏れ日できらりと光った。

これで終わり。

だが最期まで、目を開けて見ていよう。

己の最期を見届けようと見開くタージェスの目に、何かが映った。

きーというような、くぇーというような、形容しがたい声が耳に届いた。

遥か頭上で、ざ、と音が聞こえた。自分を襲う獣を見上げるタージェスの目に、黒い何かが映る。

黒いそれはどんどんと大きさを増し、近づいてくる。ひゅんと音を立てるように近づいてきたかと思うと、ずどん、と地響きがして隣の大木が揺れた。

ぶわっと風が舞い上がり、思わず目を閉じる。千切れた草がいくつもいくつもタージェスを襲う。鋭い草の葉が頬を切る。タージェスは剣を摑んだまま腕を上げ、顔を覆った。


風が止み、はっと腕を下ろして目を開ける。

敵を前に視線を外すなど、無防備もいいところだ。だが、襲われることはなかった。

一体何が起きたんだと、慌てて前を見た。

そこには、信じられない光景が広がっていた。

黒く見えたのは逆光を受けたせいか。ティスの巨大な鳥がその両脚で、獣を踏みつけていた。とぼけたような丸い顔を獣に近づけ、どん、どん、と金色の大きな目を潰した。

血が、黄色の頭に飛び散る。頬紅と同じ色をした赤い血が、鳥の眉間についた。

目を潰された獣はそれでも、逃れようともがいた。鳥はタージェスを見て小首を傾げると、おもむろに足下の獣にくちばしを突き刺した。


掌ほどの大きさなら多分、可愛いと表現してもらえるだろう無邪気で間抜けな顔をした鳥が、容赦なく殺戮する。鋭いかぎ爪でがっしりと摑まれもだえる獣が、やがてその動きを止めた。周囲に、千切れた毛が飛んでいた。

噎《む》せ返るほど生臭い血の臭いがあたりに立ち籠める。この臭いで新たな獣がやってきそうな気がするが、鳥は気にした風もなく、息絶えただろう獣をそれでも確かめるようにげしげしと蹴りつけた。そうやって、まるでひと仕事を終えたかのようにすっきりとした顔でタージェスを見る。

小首を傾げてタージェスをじっと見る鳥の後ろに何故か、ほめて、と文字が書かれているように見えた。

「よ……よく、やったな……」

引き攣《っ》った笑顔を浮かべてそう言ってやると、鳥はぴ、とひと声鳴いて近寄ってくる。そうして、獣の返り血を浴びた頭を差し出した。

血生臭い鳥の頭を、よしよしと撫でてやる。喜んでいるのか、飾り羽根がぴるぴると震えていた。

やがて、タージェスがふらつくほど頭を擦り寄せていた鳥が、ぴ、と鳴いて頭を上げる。

森の奥をじっと見て、羽根を動かしながらとすとすと歩いていった。

大きな葉が動いて、ティスが現れる。ティスは目の前の惨状に表情を変えることもなく、鳥の頭を撫でてやっていた。

あの大きな獣をティスが軽々と担ぎ上げ、村へと戻る。鳥は、鳥のくせに飛ぶこともなく歩いてついてきた。

ティスが運んできた獣を見て、イイト村の民は歓喜した。あっという間に、広場に大きな火が熾される。

村人は鮮やかな手際で獣の毛皮を剝ぎ、肉を切り分けた。

「……食うのか？」

イイト村の女村長に聞くと、当たり前だろうという顔をされた。

「ルルシーは美味しいんですよ」

「ルルシー……」

「ええ、本当の名前は知りませんがね、イイト村じゃ昔から、こいつはルルシーと呼ばれています。夜になると、ルルシールルシーって鳴くんですよ」

どこから持ってきたのか、大鍋にたっぷりの水とルルシーの肉が放り込まれる。

かつて水不足だった村は、今ではメヌ村から運ばれる雪だけでなく、ウィス森の水源を頼ることもできるようになっていた。

ティスが一緒ならば安心して森に入れる。森に行き、水を汲めると言っていた。最近ではティスの鳥がついてくるという。あれは強く、より安心して水を運べるようになったと昨夜、村長が言っていた。

そのときは、たかが鳥が、と内心で笑っていたが、今ではタージェスもよくわかる。

あれは、確かに強い。

「ルルシーは捨てる部位がないんですよ。肉は絶品だし、毛皮も上等です。毛足が長くて柔らかで、赤子をくるむのにもいいんですよ。牙や爪は武器にもなるし、今じゃ骨だって役に立つ」

「骨？」

「ええ。昔は捨てていたんですが、ティスが言うにはいい薬になるらしいですよ。何でも、粉にして飲めば頭痛に効くらしいです」

村長の言うとおり、村人は使用用途別にルルシーを捌《さば》いていた。

「あれ、昔から捕っていたのか」

だからあれほどまで執拗にタージェスを狙ったのだろうか。ずっと狩りの対象とされ、人を敵視しているのだろうか。

「いえいえ、とんでもない。ルルシーと遭遇したら一目散に逃げますよ。でもかなりの距離がなきゃ、まず逃げられないですけどね。あたしらがたまに獲れていたのは、怪我や年老いて弱ったルルシーだけですよ」

そう言うと村長は、尊敬するようにタージェスを見た。

「さすが、メイセン領兵隊の隊長さんだ。ルルシーと一対一で出会って、生き残った人をあたしは初めて見ましたよ」

「いや、俺は生き残ったといっても、あの鳥のおかげだぞ」

タージェスは苦笑して首を振ったが、いやいやと村長はなおも言った。

「でも、一番はじめの攻撃はかわしたんでしょ？」

「まあ、そのくらいは……」

「それがすごいですよ。普通、ルルシーに襲われたら一撃でやられますから。音もなく襲われるし、最初の一撃で誰かがやられている間に逃げ出すしかない。それでも逃げきれずに二人目がやられたり……何せ、すばしっこくて、ルルシーから逃げるのは鼠でも難しい」

手放しで褒められるのは悪い気がしないが、鼠と同じだと言われているようで釈然としない。

胃は馬で、体は鼠で。領兵隊、特にブレスには知られたくない評だと思った。

夕食は、煮込まれたルルシーの肉を村の広場で食べた。

確かに、旨い。味付けはティスがしていたからかもしれないが、今までに食べたことのない肉の味だ。牛と豚と鳥が混ざったような、そういう食感だった。

ぷるんとして弾力がある、柔らかな肉を食う。ひと噛みすれば中から、スープと肉汁が溢れ出す。誰も彼もが無言で、貪るように食っていた。

一椀、二椀と食べてようやく落ち着く。ルルシーの肉はまだまだあって、いくらかは干し肉にするらしい。干した肉はまた違った旨さで、噛めば噛むほど味が出るという。それも食ってみたいと言ったら、できたら屋敷に送ってくれると村長が約束してくれた。

その日を楽しみにしつつ、腹ごなしに歩く。

廃《すた》れゆくだけの寒村だったイイト村も、人が増えた。出産で増えたのではなく、出稼ぎに行く者が少なくなり、常時村にいる人数が増えたのだ。家も手入れされ、崩れそうなものは少なくなった。

村をぐるりと回っていくと、ティスの鳥がいた。小屋から出され、子供たちと遊んででもいたのだろうか。子供が忘れたのか、ティスが作ってやった木の玩具が足下に落ちていた。

鳥はしゃがむように丸く膨らんで座り、首を竦めていた。眠っているのか、眠いのか、少し揺れている。見上げると白い幕のような瞼が下りていた。

だが、眠っていた鳥が、近づくタージェスの足音で目を覚ます。ぴるると首を振り、伸びをするように立ち上がって羽根を広げた。

ずんぐりと大きな鳥。この体を飛ばすのだから、羽根はタージェスの想像以上に大きかった。

ぶわりと広がった翼が瞬く間に、月も星も隠す。一瞬にして暗闇に襲われたが不思議と恐怖は感じなかった。

この鳥は、鳥なのに鳥目ではないらしい。昼行性で、夜行性なのだ。つまり、置かれた状況でどのようにでも変えられる器用な奴だった。

ウィス森の獣たちは、体が大きくなればなるほど、夜行性の傾向が強くなる。あのルルシーも、夜行性だ。タージェスがルルシーの一撃を避けたといって村長は褒めてくれるが、あれは寝ぼけたルルシーだったのだろう。昼間にうろうろしている夜行性など、本来の動きではなかったはずだ。

ウィス森から時折迷い込んでくる獣たちは、イイト村を襲っていく。肉食ではなかったとしても家を壊し、貴重な作物を食い荒らす。

ティスが暮らすようになってから被害は随分と減ったというが、完全に防げるものではない。メイセン領でただひとりの医師。ならば、イイト村にずっといられるわけでもない。他の地域で急病人が出れば何日も留守にするし、そうではなくても年に数回は往診を兼ねてメイセン領内を移動する。

ティスが留守にしている間のイイト村を守っているのは、この鳥だ。そしてこの鳥は、村の営みも守っていた。

鳥の餌は防風林として育てる木々の葉であり、地中深くに潜っている大きな虫だった。

鳥は虫を捕るために、乾いて硬い土をものともせずに、太い脚で掻いていく。

人にしてみればそれは、耕してくれているようなものだ。鳥の後ろで種を蒔く。種は小さすぎるのか、この鳥の餌にはならない。

葉と虫、そのふたつで物足りないときは、鳥は勝手にウィス森へと行く。そして目いっぱい食べて、戻ってくる。時折、その顔に何かの血をつけて。

だから、この鳥が実は肉食でもあるということを、誰も口にはしないがイイト村の民は知っていた。この鳥が村にいることで、ウィス森から出てくる獣も村まではやってこないのだろうと。

しかし、よくしつけたものだと思う。鳥のしつけはティスとイイト村で行ったという。

二度羽ばたきをして、鳥は落ち着いた。ふわりふわりと羽根が一枚舞って落ちてくる。

月に照らされ白く見える羽根をきれいだと思った。羽根ペンにできそうな形。そんな羽根が近づいてくるにつれ、巨大さを増す。

「え？　うぉ……っ」

思わず叫んで飛び下がった。

大きな鳥の大きな羽根は、タージェスの背丈よりも大きかった。だが落ちた羽根を拾ってみると、驚くほど軽い。タージェスの剣よりも軽いだろう。

「すごいな、こんな羽根で飛んでいるのか」

両手で持って振ってみる。羽根が風を受けているのがよくわかる。ぶわ、ぶわ、と手応えがあった。

鳥は空を飛ぶだけに、骨の中が空洞になっていると聞いたことがある。そうやって、極限まで身を軽くしているのだ。ならばこの羽根の骨も、空洞なのだろう。

じっと見上げると、鳥も小首を傾げて見てくる。頬紅をつけた間抜けな顔。だがなぜか、可愛いと思い始めていた。

タージェスは近づくと、鳥の腹をぽんぽんと叩いた。そして両手を広げて、ふかふかの羽毛に抱き着く。鳥からは、日なたの匂いがした。

ルルシーの返り血で汚れてしまった鳥を、村の子供たちが濡らして硬くしぼった布で一生懸命拭いていた。

村中で大事にされている。この鳥はイイト村にとって、なくてはならない存在なのだ。

「悪かったな、食おうとして。森では助かった。お前のおかげで、俺は今も生きているんだ。……俺はこの先どれほど餓えようと、お前だけは絶対に食わないぞ」

柔らかな羽毛を両手に握って誓った。

意味がわかっているのかいないのか、ポチは小首を傾げただけだった。

7　ティスの手紙

御領主様、お変わりありませんか？

厳しい冬を乗り越え、イイト村にも春が来ました。吹き飛ばされそうな風は止み、束の間の陽気に満たされています。

空は春霞、風は優しく私の髪をもてあそぶ。誰の顔にも笑みが広がっています。


春。

私は春が大好き。夏も秋も、冬でさえ好きだけれど、どれかひとつをどうしても選ばなければならないのなら、私は春にします。

だって春は、心が浮き立つのだもの。わくわくと何かを始めたくなってしまう。

人にやる気という魔法をかけるのは、春の得意技だわ。

今年の春は特にそう感じてしまう。だって、冬がとても長かったのだもの。

イイト村には雪は降らないけど、風はとても冷たく厳しい。イイト村の冬といえば、それは、吹き荒れる風だわ。今年の冬は特にひどくて、子供もお年寄りも何日も家に閉じ込められてしまった。

それは山羊たちも同じ。

今年の冬は、とても悲しいことが起きました。


山羊たちのお父さんが、死んでしまったの。

彼は一代目だし、年も重ねていたけど、でもまだ、死ななきゃいけないような年ではないわ。

今年の冬があまりに厳しくて、山羊たちは飢えてしまったの。私がウィス森から草を採ってきたけど、彼は優しくていつも子供たちを優先させた。

私がもっともっとたくさん採ってくればよかったのだけど、風があまりに厳しくて、行ける日ばかりじゃなかった。


彼はある朝、眠るように逝ってしまったの。

私は悲しくて、可哀想で、泣いてしまったわ。

でも、イイト村の人たちは強いわ。悲しんだのは一瞬で、本当に一瞬で、次にはみんなナイフを手にしていたの。

私、驚いたわ。いえ、もちろん、恵みは恵みよ？それにまだ冬の真っ最中で、この先も厳しい冬が続くとわかっていたわ。

でも、あんなに早く切り替えるなんてこと、私にはできない。イイト村の人たちはあっという間に、彼を解体してしまったの。

山羊のお父さんは…………村人が三日間で食べてしまったわ。

私は泣きながら食べたの。

美味しかったわ…………。


村人のしたことは正しいと思うの。

だって、この冬は本当にひどかったのだもの。私でさえ、吹き飛ばされそうな日が何日もあったわ。用意していた蓄えはだんだん減っていくのに、春の兆しは一向に訪れない。

みんなに焦りがあったのも事実よ。いつもなら冬であっても穏やかな日が十数日に一回くらいはやってきて、そのときにはウィス森に出掛けて狩りをすることもできるのだもの。

でも、この冬にそんな日はほとんどなかった。

山羊のお父さんは、本当に優しく、賢い子だった。

自分より子供たちや牝たちに食べさせて、彼はいつも、最後に残った僅かなものしか口にしなかった。

そのうえ、私たちにまで恵みを与えてくれた。

その身を使って。


私、本当にわかっているのよ?

村人は正しいことをしたって。

でも、と考えてしまうの。

果たして私に、同じことができるのかって。


私、どれほど餓えていても、ポチを食べることなんてできないわ。あの子が寿命で亡くなったとしても、私に村人と同じことはできないと思うの。

私って本当、意気地なしね……。


あ、そうそう、肝心なことを書き忘れるところだったわ。


秋に採取したルロルの根だけど、御領主様の仰るとおりイイト村の風に晒し続けたのがよかったみたい。

特に今年のような厳しい冬の風がよかったのかしら。

根を砕いてみたら…………。

*

ティス、みな元気そうで安心した。今年はメイセンのどの場所でも冬が厳しく、こちらも雪がいつも以上に降り積もっていた。

ルロルの根の、加工方法を得られたことは非常に喜ばしい。

アルルカ村ではまだ雪が残っているが、これが解けたらすぐにでも、王都へ使いを出そう。ルロルの根は使い勝手がよい。ウィス森のものほど大きければ、薬師府も喜ぶだろう。

ところで、山羊の件、誠に残念であった。

だが、山羊のおかげでイイト村の民が救われたのだとしたら、私は感謝せねばならない。

ティスの言うとおり、今年の冬はとても厳しかった。どの村も町も懸命に乗り越えたが、あと数日でもあの寒さが続いていたら全員無事でいることは困難であったかもしれぬ。

私はもっと精進し、みなが楽に冬を越せるようにしなければならない。

ポチのことだが、ガンチェに確かめたところ、トラスロールという種類の鳥らしい。

やはり、グルード郡地の鳥であった。

トラスロールの肉には毒があるようだ。故に、食用とするにはいくつかの手間をかけねばならない。

まず、よく流れている川の水に三日間浸けておく。

このとき、肉が水から出ていてはならない。きちんと水の中に入れておくのだ。

その後、風に晒す。

これも三日間だ。このときも風が止まってはならない。常に吹き荒れる必要はないが、無風が半日以上続いてはならない。

これを三回繰り返すのだそうだ。さすればいかに毒を持つトラスロールの肉であっても、食べることができるという。

流れる川はウィス森にあるだろう。風は、冬のイイト村ならよい。

ポチを食すときは、冬にするとよい。

＊

御領主様。

ポチの調理法を教えてくださって、ありがとうございました。

私、涙で文字が読めなかったわ…………………。

＊

「ティスの手紙ですか？　相変わらず、すごい枚数ですね」

「ガンチェ。ポチの調理法について、ティスがとても感謝している」

「感謝………ですか？」

「涙なくしては読めなかったと」

「感謝、ですかね……？」

「暮らしがよくなったと感じていたが、イイト村はまだ厳しいのかもしれぬ。毒があっても食べなければならないのだから。だがポチの大きさならば、村人が一ヶ月は食べていけるだろう。手間が少々かかるが」

「…………」

8　タージェスと雪の夜

それは、イイト村に初めて雪が降り積もった日の夜だった。

村を取り囲む高い防風林の遥か上から、白い雪がゆっくりと落ちてくる。この林の外は寒風吹き荒ぶ冬の嵐だというのに、林に守られた村の中には微風さえない。

雪景色などメイセンでは珍しくもないのに、なぜかタージェスは不思議な気持ちで降り積もっていく雪を見ていた。イイト村の子供たちも同じなのか、みなが静かに雪を見ている。

イイト村では雪が降らない。イイト村の空から落ちてくる雪は強風に吹き飛ばされ、村にまで落ちてくることはないからだ。

イイト村では雨も滅多に降らないのだ。乾いた風が常に吹き荒れ、砂どころか小石が肌に叩きつけてくる。それがイイト村というところで、それがイイト村に住む民たちの日常だった。

「……あたしゃイイト村で百八十年は生きていますがね、この村に雪が降ったのは、初めてだと思いますよ」

タージェスの隣に立つ村長が茫然として呟いた。

「儂の記憶にもないぞ……」

年老いた村人も言う。

しんしんと降り積もる雪を前に、イイト村の民たちは途方に暮れたように立ち尽くしていた。

タージェスがその夜、イイト村にいたのは偶然だった。例の如くエルンストからおつかいを言いつかり、訪ねたに過ぎない。

確かに、今年のメイセンは雪が多い。いつもならタージェスの膝ほどにしか積もらない場所でさえ、腰を超える高さにまで積もっている。

だがまさか、イイト村にまで降るとは誰も思わなかった。


「天変地異だろうか……？」

タージェスが傍らに立つティスにそう訊ねたが、黒い医師は静かに首を振った。

「元に、戻ろうとしているのでは」

「元に？　まあ……そうかもな。冬になれば雪深くなるのが、メイセンだ。それなのに、このイイト村にだけ雪が降らない。確かに、そっちのほうが奇妙かもな」

吹き飛ばす風を防げば、雪は下に落ちてくるだろう。ウィス森から苗を運び根付かせた、この高く聳《そび》える防風林ならば、遥か上の風も防ぐ。

「雪が降るのなら、雨も降るだろうか？」

イイト村に吹く風は全て、ウィス森へと向かう。雨も雪もイイト村を飛び越えて、ウィス森へと行く。それ故に、イイト村は常に水不足だが、ウィス森は緑豊かな森なのだ。

タージェスが期待に満ちた目でそう問えば、ティスはゆっくりと頷いた。

ウィス森方面へと防風林を広げることを禁じたエルンストだが、その逆方向に関しては奨励している。

小さな領主は、風の動きを読んでいたのか。風上に防風林を広げることで、雨や雪がイイト村に落ちることを予想していたのだろうか。


早寝早起きが常のイイト村に降った雪は、この日、村人を夜更けまで寝かせなかった。だが、強い風が防がれているだけで、身を切るような寒さはもちろんある。村人は芯から冷えた体をさすりながら、それぞれの家へと入っていった。

タージェスもティスの家に入り、寝台に上がる。冷たい寝具を無意識に引き寄せ、あ、と気づく。

「……すまん」

そうだった。今夜はひとりで寝ているわけではない。

イイト村での滞在場所はティスの家だ。相変わらずひとつの寝具しかないティスの家では、眠るときはティスと分け合うことになる。タージェスが寒いからといってひとつきりの寝具を引き寄せれば必然的に、ティスには何も残されないのだ。

だがティスは怒ることもなく、ゆっくりとタージェスを抱き寄せた。

「ティス……？」

薄闇の中、ティスの顔がぼんやりと見える。黒い鱗に覆われた肌は、ほんのりと温かい。その温かさが嬉しくて、タージェスはティスに抱き着いた。

「ティスは温かいな」

目を閉じて囁けば、より一層強く抱き締められる。まるで温泉に浸かっているような、ほっとする温かさだ。

互いに抱き合い、ティスの首筋の匂いを嗅ぐ。ウィス森でよく嗅ぐような、甘い花の香りだ。

ティスの温かさも香りも、どちらもがタージェスを眠りに誘う。

夢を見た。

それは、奇妙な夢だった。

タージェスは暗闇の中、磔《はりつけ》にされていた。両手両足がぴんと張られ、僅かに動かすこともできない。頭も、なぜか目も動かない。真っ暗闇の中、体の自由を奪われていた。

なんだ、これは。焦るタージェスの足に、何かが触れる。

ひんやりと冷たい何かが足の裏に触れ、そしてゆっくりと足を伝って這い上がってくる。膝に触れ、腿を上がり、タージェスの腹を揺れたそれが触る。

そこでようやく、僅かにも動けないその身が全裸であることに気づいた。

蛇のような、人の舌のような、何とも言えない感触だった。

ただ、ひどく、そう、艶めかしい。局所に触られているわけでもないのに、年甲斐もなく煽られていく。

自由を奪われた体は、それから逃れることもできない。仰け反ることもできず、声も出せず。目も動かせず、ただ一点だけを見つめる。

頼むから、触れてくれ。

円を描くように腹を舐めるそれに、出せぬ声で懇願した。

煽られ、痛いほど張りつめる。達《い》きたいのに、達けない。切羽詰まった苦しみの中、タージェスはふっと目が覚めた。


冷たい空気を忙しなく吸い込む。横になったまま、夢だったのかと安心した。

いやに現実感のある夢だった。まるで、本当にあったかのような。馬鹿なことをと自嘲しながら、それでも確かめずにはいられなかった。

腹に触れてみた。服は着たままで、全裸などではない。服をたくし上げ、腹に触れる。汗に濡れてはいたが、それだけだ。誰かに舐められたような跡も、もちろん蛇もいない。己の疑心をふっと笑い、何気なくそこに触れた。

そこに触れ、タージェスの指が固まる。いやまさか、そんなはずは。タージェスは焦る気持ちをどうにか抑えて、強張る指をそっと動かした。

硬い布地の上からでもわかるほど、そこが勃っていた。心は若いつもりだが、体がそうではないことくらい自覚している。ここがこんな風になるのは、何十年ぶりだろうか。もはや覚えてはいないほど、前のことだ。

老成したとばかり思っていた自分の体がこんな風になるとは、嬉しいやら気恥ずかしいやら。

だが、思わずにんまりと笑った顔が、次の瞬間、固まる。


顔だけでなく、タージェスの全身が硬直した。闇に慣れた目が、今置かれている状況を映し出す。

タージェスの目の前に、ティスがいた。その金色の目をぱっちりと開けて、ティスがタージェスを見ていた。

「え……いや……ど、どうした？　起こしたか？」

平静を保とうとしたが、成功したとは到底思えない。不自然に強張った顔と回らぬ舌が、タージェスの邪魔をする。

背中にじっとりと、嫌な汗を掻く。よりにもよって、数十年ぶりにもよおしたのが他人の目の前とは。

己の馬鹿さ加減をタージェスは内心で罵倒する。一体どうやって、この場を取り繕えばいいのだ。

このまま収まるとは思えないほど、硬くなっている。というより、久々のこの感覚。なかったことにするには、もったいなさすぎる。

どうにかしてティスをごまかし、ひとりになりたい。この小さな家でひとりになれるような場所などなく、かといって外は寒すぎる。致し方ない。あの巨大な鳥を前に始末しよう。鳥ならば、誰かに話したりはしないだろう。

だがしかし、この深夜にどういう理屈をつけて鳥小屋に行けばいいのだろうか。

悶々と悩み出したタージェスの手に、そっと何かが触れた。それがティスの手だと気づくまでに、僅かな間が必要だった。

「……ティス？」

窺うタージェスを余所《よそ》に、ティスは表情も変えずに手を動かす。器用に動くティスの手が、するりとタージェスの下衣に潜り込む。

「ティス……っ！」

慌てて押さえ込み離させようとするが、ティスの腕はびくともしない。細身にしか見えないが、エデータ人はダンベルト人であるガンチェをして力持ちと言わせるほどだ。タージェスの力如きでは、ティスの腕一本自由に動かせなかった。

「貸します」

「……何を？」

硬質な声で言われ、首を傾げる。ティスの指先はタージェスのそれに触れたままだ。

「手を」

「は……？」

言われた意味を理解する間もなく、タージェスは握り込まれていた。

「え……？　いや、ちょっと待て……！」

狼狽《ろうばい》するタージェスに構うことなく、ティスの手は的確に動く。あっという間に煽られ、簡単に達かされてしまった。

「お、お、お前なぁ！　何を勝手にやってやがるんだ！」

寝台の上で膝立ちし怒鳴りつけたが、ティスはきょとんと首を傾げただけだった。

「久しぶりにもよおしたというのに、余韻も何もないじゃないかっ！　もっと楽しまなきゃ、もったいないだろう!?」

何を口走っているんだと気づいたのは随分と後になってからで、このときは本当に、もったいないという気持ちが勝っていた。

いや、本当に、それほどまでに、久しぶりだったのだ。

「お前は俺をいくつだと思っているんだ。年寄りの勃起なんだぞ？　もっと大事にしなきゃならんだろう」

「大事」

「おお、そうだ。もっとこう、ゆっくりと楽しむもんだぞ」

「楽しむ」

「そうだ。覚えたての子供じゃないんだから、勃起してからの持続時間も長いだろ？　だからだな、ゆっくりと、もっとこう、ねちっこくだな、楽しみたかったのに……」

言いながら泣けてきた。こんなこと、次に来るのはいつだろう。

それより墓場が近そうだ。

タージェスは溜め息をついて、出しっぱなしのそれに触れた。だらりと垂れたままで、芯も残っていない。極限まで我慢してから出したわけでもないので、達成感さえなかった。

もう一度溜め息をついて、むにむにと柔らかなそれを揉む。ぴくりとも反応しないそれを揉むタージェスの手に、ティスの手が重なった。

「ん？　もう無理だぞ」

タージェスがそう言うのに構わず、ティスが触れて握り込む。温かな手に柔らかく握り込まれて、タージェスの喉から声が漏れた。

「やっぱり、医師の手だな。……気持ちいい」

それに、器用だ。先ほどとは違って、ゆっくりと優しく動く指の感覚を追いかけるように、タージェスは目を閉じた。

いつの間にか腰を下ろし、ティスに向かって大きく足を開いていた。手伝われるままに衣服を脱ぎ、全裸となる。寒さなど感じなかった。

暖炉では火が熾されていた。だがそれとは関係なく、体が熱かった。

うっすらと目を開けると、相変わらず無表情のティスがそこにいた。だがなぜか、タージェスにはわかった。

　ティスが、あのティスが、いつになく興奮していることが。

「お前も脱げ」

　そう言って伸ばしたタージェスの手に、ティスが躊躇を見せた。

「俺ばかりが恥を晒すのも不公平だろう。一緒にやれば、お互い様だ」

　タージェスは、何でもないことのように言った。

　国軍に入ったばかりの頃、仲間と興じたこともある。あれと同じだ。でかいだの早いだの言い合いながら、遊び半分で見せ合った。あれと、同じだ。

　だがもちろん、同じなどではないと気づいている。そうでなければ説明がつかない。

　この、胸の動悸に。

　ティスの金色の目が、うろうろと彷徨う。いつも、こちらが落ち着かないほどじっと見てくる奴が、狼狽していた。

　タージェスはふっと笑うと距離を縮め、驚きで動きを止めたティスの衣服を脱がせていった。

　暖炉で炎が揺らめく。そのたびに、ティスの黒い肌が煌めく。鱗状の肌がきらきらと輝き、美しかった。

　体の中に誰かいるのか。そう言いたくなるほど胸が、どんどんと煩く打ち鳴らされている。

　いや、胸だけではない。体中の血が、どくどくと流れているのがわかった。

　下衣にかけたタージェスの手を、ティスが摑む。だが、タージェスが下から覗き込むようにその金色の目を見つめると、ティスの手から力が抜けた。

　了解を得たとばかりに、タージェスは一気にティスの衣服を剝ぎ取った。

ティスのそこを見て、思わず息を呑む。

エデータ人の、いや、システィーカの男がどういう体をしているのか、タージェスは知っていた。大きなお世話だというのに、ガンチェが勝手に指南したからだ。だから、常の状態では女と同じここに、興奮すれば自分たちと同じものが生えてくるということを知っていた。

だがまさか、こんな風になっているとは思いもしなかった。想像の遥か上をいくティスのそれを、タージェスは文字どおり、息を止めて凝視した。

それは、黄緑だった。暖炉の炎でもはっきりとわかるほどの、鮮やかな色だ。新緑の色というべきだろうか。それとも、春の草原か。とにかく、爽やかな芽吹きの色なのだ。

しかも、ほのかに光っている。

「こ……これは、普通、なのか……？」

恐る恐る握ると、ぺとりと手に吸いつくような感触。

ここは鱗状の肌ではないとガンチェから聞いていた。

だからなのか、なぜか、自分たちと同じようなものだとタージェスは思っていた。

自分がもつこれと、同じ質感のものがティスにもついていると思っていたのだ。

だがこれが、自分たちと同じだとは到底思えない。

あえて言うならばこれは、舌だ。

好奇心を抑えられず、タージェスは顔を近づける。

ぼんやりと光る黄緑のそれが、すっくと立っていた。

鼻先に届く匂い。これも、よく知る自分のものとは全く違っていた。

＊

「違う？」

満たされた後の気怠さを心地よく感じながら、エルンストは背後のガンチェに問いかける。

「はい。システィーカの男が出す精液は、我々のそれとは全く違うのですよ」

ガンチェは膝に座らせたエルンストの肌を優しく撫でながら、言った。

「ふむ。どう、違うのだろうか？」

「そうですね……匂いを嗅ぐと、たまらなくなるのです」

「精液の匂いが？」

「厳密に言えば、精液でもないのですが。普段はしまい込まれているそれが出てくるときに、体液を纏っているんですよ。それの匂いを嗅ぐと、たまらなくなるんです。例えるなら、媚薬でしょうか」

エルンストには想像がつかなくて、首を傾げた。

「ええ、媚薬ですね。あれは、完璧な媚薬なんですよ」

媚薬は、エルンストも試したことがある。甘い匂いだった。その匂いを嗅ぎ、体内に入れられると、常になく理性を失った。

だがそれは、媚薬を共に使った相手がガンチェだからだ。ガンチェ以外であれば、誰であってもあれほどまでに理性を失うとは思えない。

「人が作った媚薬は、本当にはそれほど効果があるものではありませんから。どちらかと言えば潤滑油としての使い道ですし。ですがシスティーカのそれは、非常に効果が高いのです」

「効果、とは？」

「匂いを嗅ぐと、誰であろうと理性を失います。相手が誰であろうと、関係ありません。それこそ、毛嫌いしている相手であっても抗えないでしょうね」

匂いひとつで相手を狂わせる。

それが真実であれば、ガンチェが言うとおり完璧な媚薬だろう。

「システィーカの気候は過酷なものです。その上、獣は獰猛で、人々は常に警戒を怠らない。安心していられる場所というものが、どこにもないのです。時間も同じです。夜だから、家だからと安心はできない。いえ、夜のほうがより危険でもあります」

ガンチェはエルンストが冷えてしまわないようにと上掛けを引き寄せ、続けた。

「ですから、彼らは安心して事を始めることはできないのです。その気になっても、許された時間は短い。だからなんでしょうね、あれは」

「システィーカの媚薬が？」

「はい。男がその気になって、相手もその気になるのを待つ。それだけの時間がないのです。ですから男がその気になればすぐさま、相手も受け入れ態勢に入る。そのための媚薬だと思いますよ」

確かに、そうかもしれない。

エルンストの相手はもちろんガンチェだが、ふたり揃って突然始まるということはない。どちらかがそういう気持ちになって、誘って、煽って、そうなる。


誰かと比べることなどできないが、ふたりが事に及んでいる所要時間は短くはないだろう。ひと晩中、楽しむこともある。

だがシスティーカの土地は、ひと晩中楽しむだけの余裕を与えてはくれないのだ。

「彼らは一夫一妻です。相手を固定すると、替えるということは決してしません。片方が亡くなったとしても、新しい相手を見つけようとはしません。ですから事に及ぶのはいつも、同じ相手です。……興味深いことに、あれほどまでに完璧な媚薬を持っているのに、システィーカの男が性的に、誰かを襲うということは皆無なのですよ」

エルンストは感心すると共に、驚きでほんのわずか目を見開いた。

メイセンのように限られた民で構成される辺境の土地では起こらないが、王都のように雑多に人が溢れ返る場所ではそういう痛ましい事件がたびたび起こる。

それが、システィーカの土地ではないというのか。

「それは、素晴らしいな」

エルンストが思わず感嘆の声を漏らすと、ガンチェも賛同するように頷いた。

「我々グルードの土地でも少ないですよ。女も強いですし、いいようにはされません。それに、グルードはそういうことに関してこだわりがあまりないので、まあいいか、で済ませてしまいますし」

「ふむ。そうなると、我がシェル郡地にだけ卑劣な犯罪があるのだな」

他人に尊厳を踏みにじられる。それは、命を奪われる以上の苦しみを伴うことだろう。

「スートはグルードと同じく性に対して奔放《ほんぽう》ですが、ヘルはシェルの方々のように身持ちの堅いところもありますよ。ですからヘルでも、そうした犯罪は起きています」

ガンチェが慰めにもならないことを言う。だがその優しさを、エルンストは素直に受け入れる。

ヘルでは性犯罪より、金銭に絡む犯罪が遥かに多いということをもちろん知っていたが。

「ということはもし、ティスが本気になればタージェスに抗う術はないということか」

「そうですね……隊長がその気になれば、誰も止められませんね」

「ああ、そうか。システィーカの男は、理不尽なことはしないのだったな。まずは、タージェスの気持ちが動く必要があるのだな。ふむ。タージェスは、そうなるだろうか？」

「どうでしょう？　隊長は甘い雰囲気など出せない人ですからね。あの人はいい年をして、永遠の子供のような、そんな感じですから」

「まあ、そうかもしれぬ」

ガンチェの評にエルンストも頷くと、ふたりして苦笑を交わす。タージェスが恋に落ちた様や、甘い睦言《むつごと》を言う姿など、どうしても想像ができない。

タージェスを思い浮かべるときはいつも、エルンストは夏の青空を思い出す。

ガンチェが、若草が芽吹き始める春だとしたら、タージェスは、すっきりとした真夏の印象だった。

「その上、相手があのティスでしょう？」

「ふむ。なかなか、このようにはならぬだろうな」

エルンストはそう言うと、ガンチェを振り仰ぎ口づけをねだる。

「無理ですね」

ガンチェは断言し、エルンストの口に熱い舌を差し入れた。

＊

ティスは途方に暮れていた。

そこを、実際に使ったことはなく、ここまでになったことも今までにない。ほんの少し、頭の先が出てきそうになったことはあるが、二度ほど深く息をつけばいつも収まっていた。

自分の体ではあるし、また医師として、もちろん知識はある。だが、ここまではっきりと姿を現したのを見るのは、初めてだった。


どうしようかしら？

本当に、どうすればいいのかしら？


驚きから、いまだ冷静になれない。

ティスが親元から独立したのは十歳のときだった。両親の下を旅立つとき、父は何と言ったのだったか。システィーカの男として、父の教えは何だっただろう。

ティスは、遥か昔の記憶を呼び起こす。

自分に、こういうことが起こるとは思っていなかった。体は男として生まれたが、この心が男ではないことには幼い頃から気づいていた。

だからこそ、男としての機能を使うことがあるとは考えもしなかったのだ。


こんなことなら、御領主様に教えていただいておけばよかったわ。

どうすればいいのかしら。この子に任せておけばいいのかしら。

いいえ、でも……。


じっと、己の股間を見る。

ティスの股間にむしゃぶりつくタージェスは、正気を失っているように見える。

そうだったわ。本気になったシスティーカの男に抗うことなど、誰もできないのだったわ。

私はいいのよ？　もちろん。だって、この子、とても好きなんだもの。

あら、やだ。言っちゃった。

ええ、そうよ。好きよ。元気だし、可愛いし、素直だし。それに、とても、運のいい子だもの。

ああ、もちろん、それだけじゃないわ。斜に構えようとするのに情に厚い。そういうとこも好き。

ええ、もう……あ……あ……あ、愛している……のよ。


きゃー！！


ティスは両手を胸の前で握り締め、体を捩らせた。

ああ、いけない。それどころじゃなかったわ。

ええ、そうよ。私はいいの。というより、どんと来いだわ。受け止めたいし、受け止めてあげたいし、可愛がってあげたいの。

でも、もし、この子が私を………いやん。

ええ、そうよ。私を……その、使いたい、って言うのなら、もちろんそれでもいいの。僭越《せんえつ》ながら、頑張っちゃうわ。

ぐっと右手を握り締め、ふと我に返る。

ああ、いけない。違ったわ。そうじゃなくて、この子の気持ちよ。

使いたいとか使われたいとか、そういうんじゃなくて……この子、本気なのかしら？

本気じゃないわよね……だって、私はエデータ人だし……人目を引くような美しさなんてもちろんないし、内面だって魅力的じゃないわ。

ええ、そうよ。自分のことは自分が一番よくわかっているわ。こんな平凡で地味で、周囲に埋没するような存在感のない私を、この子が選んでくれるはずがないわ。

ティスは微かに息をつくと、そっとタージェスの髪に触れた。

「いけません」

ティスにむしゃぶりついて吸い上げるタージェスの頬を、指先で撫でる。

だがタージェスは黄緑色をしたそれを咥えて離さず、ティスを見上げた。

ここって、こんな色だったのね。初めて見たわ。自分の体なのに、全然知らなかった。システィーカの男が興奮すればこうなるって父に聞いて知ってはいたけど、色までは知らなかったわ。

どうしてだが、他の種族と同じだと思っていたのよ。もっとこう、肌に近いと……だから私のは、黒いと思っていたのよ。鱗じゃないってだけで。

ティスは、タージェスの口から出ているそれに、指先で触れた。

興味深いわ、これ。医師として、とても興味があるわ。

どうして黄緑色なのかしら。エデータ人はみんなそうなのかしら。それとも、人種によって違うのかしら。もしかしたら、同じエデータ人でも個々人で色が違うのかも……いやん、見たくなってきたわ。どうしよう。この先システィーカの男を見たら、あなたは何色ですか、なんて聞かずにはおられないかも。

それに、どうして発光しているのかしら。こんなところが光っていて、何かの役に立つのかしら。

暗闇でするとき？　でも私たちは夜目が利くし、光ってなくてもねぇ……？　虫でいたわよね、こういうの。雄が雌を引き寄せるために体の一部を光らせる、というのが。システィーカも、それかしら？

でもそれって、変よねぇ。だってそういう使い方だとしたら、私たちは股間を露出して、夜になったらあちこちで光ってなきゃいけないもの。そんなもの、見たこともないわ。

ティスは悩みながら指を動かす。

ティスの指、一本分ほどの太さの竿の下に袋はなかった。タージェスたちが持つ、ずしりと重そうな袋はティスにはついていなかった。

あら、やだ。ないわ。こっちは体の中に入ったままなのね。

何だか色々と、思っていたことと違うわ。私、生まれてからずっとこの体なのに、知らないことがたくさんあったのね。

「お前も珍しいのか？　すごいな、これ。色とか光っているのもすごいけど、この質感がいいよな。何て言うんだろう。吸いついてきて、気持ちがいい」

ああ、やだ。咥えたまま話さないで。

歯が当たって……ぞくぞくするわ。

ティスがじっと見下ろすと、タージェスもじっと見上げてきた。

咥えたままだったティスを離し、タージェスは視線を合わせたまま身を起こす。そして寝台から足を下ろして床に立ち、ティスに向けて手を差し出した。

「ひとつしかない寝台だ。壊れたら、困るだろう？」

いつもの爽やかな笑みを向けてティスを誘う。まるで、さあ森に行こう、とでも言うように。

ティスは誘われるまま寝台から下り立ち、床に立つ。

昨年、診療報酬の代わりにとアルルカ村から受け取った敷物の上に、二人で立つ。

クルベール人にしては、タージェスは背が高い。ティスが、わずかに視線を下げただけで向かい合える。

息がかかるほど近くで見つめ合う。タージェスに握られた手が、熱かった。

下で、互いに顔を突き合わせているそれは、もっと熱かった。

ど、どうする？

こんなことなら恥を忍んで、エルンスト様から教えを受けておけばよかった。

＊

小さな部屋の壁に影が躍る。暖炉の炎が揺れるたび、ふたりの影が躍った。

タージェスはティスの手を握ったまま、上になるべきか下になるべきか迷っていた。どちらでもいいし、どちらも試したい。

ついさっきまで、そう、眠りにつく頃までは思い浮かべもしなかった考えに翻弄されていた。

ああ、そうだ。

ティスと…………したい。

勝ち誇ったガンチェの声や、からかうブレスの笑い声が聞こえる。ミナハや領兵が囃《はや》す声も。

だが、構うものか。俺は、今、無性に、ティスとしたいんだ。

タージェスは空いたほうの手をティスの肩にかけると、勢いよく伸び上がって口づけをした。

がちんと音がして、歯がぶつかる。タージェスは自分の口を押さえて、呻いた。

「……すまん。なんだ、その……久しぶりでな」

無様《ぶざま》な言い訳をして、虚勢を張る。たかが口づけを失敗するほど久しぶりなんだと言ってどうする。

だがティスは笑うこともなく、タージェスの頬を包み込むように両手でそっと触れた。そのまま、ティスの長い指がタージェスの顎に添えられる。そして微かに上を向かされ、労《いたわ》るような口づけを受けた。

ティスの肌は見た目に反して柔らかく、温かい。鱗状の皮膚に覆われた唇も、柔らかかった。

タージェスは目を閉じ、うっとりと優しい口づけを味わう。下からはティスの匂いが上ってきて、腰が震えた。

「申し訳ありません」

肌が触れ合うほど近くで、ティスは詫びた。

「何を謝るんだ？」

この先はできない、そういうことだろうか。

それは嫌だとばかりに、タージェスはティスのそれをきゅっと摑む。

「間違いです」

「何が？」

そこを摑まれているというのに、ティスの表情は全く変わらない。眉を寄せるわけでもなく、ましてや、恍惚《こうこつ》の表情など浮かべない。

常と変わらぬ顔のまま、ティスはもう一度タージェスに詫びた。

「申し訳ありません」

「だから、何がだ」

掌全体で撫でるように、動かす。吸いつくのが気持ちよく、タージェスは自分の腰を突き出した。

「私は、システィーカの男です」

「そんなこと、わかっているぞ」

今更何を言っているのだろう。

ティスを見て、システィーカの種族だと思わない者などいないだろう。どこの種族であってもそうだが、人種はともかく、種族はすぐにわかる。

タージェスを見て、クルベール人なのかリュクス人なのかはわからなくても、シェルの種族だと確信しない者はいない。

「違います」

「……？」

何を言っているのか、さっぱりわからなかった。

ティスの話し方が独特なのは今に始まったことではない。だが付き合いが長くなるにつれタージェスにも、ティスの表情や感情が読めるようになった。それと同じように、ティスが言わない言葉にも気づけるようになってきた。

だが今は、さっぱり意味がわからなかった。

「危険です」

ティスはそう言うと、己を握ったままのタージェスの手をそこから離させた。

離すものかと摑んでいたが、乱暴ではないが抗えないほどの強さで、指を離されてしまった。

ティスはそのままタージェスの手を持ち上げ、濡れたその指先をじっと見る。

「よくないものです」

その視線を見て、タージェスにもぼんやりとわかる。

「これか？」

人差し指と親指を擦り合わせてみせる。粘り気のないそれが、暖炉の炎で煌めいた。

「よくないって、どういうことだ？」

頷くティスに問いかける。

水のようにさらりとしたこれは、精液ではないのだろう。匂いも、違う。粘り気もなく、性交の助けになるようなものではなさそうだった。

「媚薬です」

「媚薬……」

これが？　そう問いかけるように、タージェスは顔を近づけ自分の指を舐めた。

頭の奥が、くらりと痺れる。

「いけません」

ティスの長い指が、そっとタージェスの唇に触れた。

媚薬と言われれば、そうかもしれない。この匂いを嗅ぐと、どうしようもなくなる。落ち着かなくて、たまらなくて、吸いつかずにはいられない。

確かに、媚薬なのかもしれない。

「ティスが特別なのか？　それとも、エデータ人が？」

「システィーカが」

「そうか。システィーカとは、こういうものなのか」

ティスが、自分はシスティーカで危険だと言った意味がようやくわかった。

これが何なのかはわからないが、体内からそれが出てくるときに身に纏っているのならば、体液なのだろう。その気になったシスティーカの男が出す、それ。これが真実の意味で媚薬ならば、これ以上のものはない。

「体の毒になるのか？」

タージェスが聞くと、ティスはゆっくりと首を横に振った。

「そうか、毒ではないのか。なら、いいな?」

何を問われたのかわからなかったのか、ティスが首を傾げる。

「毒じゃないんだろう? それなら問題はなしだ。さあ、やるぞ」

タージェスはにかっと笑うと、ティスの腕を引っ張って敷物の上に転がった。

*

どういう意味かしら?

毒じゃないからいい? 何が? 何がいいの?

やるって、何を?

あれを? 本当に?

ティスは状況が把握できないまま、天井を見上げる。

この子、意味がわかっているのかしら? これは、媚薬ともいえるものよ? つまり、あなたの気持ちに関係なく、乱れさせるものよ。

それは、駄目よ。こんなこと、させちゃいけないわ。

私はもちろん、いいのよ。ええ、すごく……いいわ。

あん、もう、たまらない。そんな風に、ぺろぺろ舐めないで。胸が、きゅんきゅんしちゃう……っ!

……いえ、そうじゃないわ。

駄目よ。本当に、駄目。だって……明日になったら、あなた、後悔するわ。

私の顔なんて見たくないってくらい怒って、そして、ひどく後悔するわ……!!

ティスは起き上がると、タージェスの顔をそこから無理矢理離させた。

敷物の上で座るティスに向かい合うように、タージェスも座る。その顔が、憮然としていた。

お気に入りの玩具を取り上げられた子供のように、唇を尖らせて。

「いけません」

子供のようなその顔が可愛くてたまらなくて、何でもいうことを聞いてしまいそうになる。

だがそんな心を抑えつけ、ティスは毅然と言った。

「なぜだ。毒じゃないんだろう？　じゃあ、いいじゃないか」


毒とか、そういう問題？

体に悪いものじゃないけど、ある意味、最悪じゃないの。

だって、当人の気持ちを無視するものなのよ。

「理性がありません」

ティスがそう言うと、タージェスは首を傾げた。

そして、ああ、と呟いたかと思うと笑顔を見せた。

「つまり、あれか。それが媚薬で、俺が理性をなくした状態だと言いたいんだな」

タージェスは勘がいい。

真意が伝わり、ティスはほっとして頷いた。

「よし、わかった。じゃあ続きをやるぞ」


え？

どういうこと？


嬉々《きき》として乗り上げてこようとするタージェスを、ティスは両手で押しとどめた。

「何だ、この手は。……お前は嫌なのか？」

タージェスが傷ついたように目を逸らす。

泣いてしまうのではとティスは焦って首をゆっくりと横に振ると、タージェスの手をそこに導いた。システィーカの男がその象徴を見せているということがどういうことか、わからせるように。

タージェスは、まっすぐに屹立するそれを握ると、途端に笑顔を浮かべた。もうかなりいい年なのに、タージェスは子供のように表情が豊かだった。

「そうか、そうだよな。システィーカの男は、その気にならなきゃ出てこないんだもんな。そりゃそうだ。ここがこんなになっていて、俺が嫌だとかそういうことはないよな」

タージェスは嬉しそうにそう言うと、両手でティスをきゅきゅっと揉んだ。

あん、もう、いや……っ
ここがこんな風に出てきたのも、ましてや触れるのも初めてなのよ?

もっと、優しくして……。


ティスが目を閉じると、直に息遣いを感じるほどタージェスが身を寄せた。

「感じているのか？　いいと、思っているんだよな？

……俺も、いい」

硬くなったタージェスと一緒に握り込まれたのがわかった。

*

タージェスは今までに感じたことがないほど、興奮していた。

胸の内側からどんどんと大太鼓が打ち鳴らされ、体中の血管が破れそうなほど激しく血潮が駆け巡る。頭の芯は痺れたままで、内腿が痙攣する。

痛いほど張りつめた己自身を、ティスの黄緑色の細い竿に添わせた。硬いティスに下腹を突かせながら、微かに発光する竿の根本を抉る。

ぴたりと添わせた二本の竿。黄緑色に発光する不思議なそれと、赤黒いこれ。

僅かに自分のほうが長くて、そしてひと回りは太くて、タージェスは満足して笑う。

互いの先走りを混ぜ合うように、二本の竿を片手で握り込み、揉む。ティスの竿は、タージェスのそれより硬い。そしてやはり、質感が違う。

その付け根に何もないのにも興奮して吐き出すタージェスは、先走りとは思えぬほど濃く、粘り気が強い。

ふたりの逸る欲でしとどに手を濡らし、性急に入り口を弄《いじ》る。初めてのその場所に触れ、それだけで達きそうになる己を必死に押しとどめた。

こんなとこで達ってたまるかと、タージェスは自分を落ち着かせる。ティスに覆い被さり、ぴたりと体を添わせる。

華奢な見た目に反して、エデータ人は力持ちだ。加減なく上に乗るタージェスを、ティスは苦もなく抱き留める。

ふたりの体の間では痛いほど張りつめた屹立が、互いを突き合っていた。

ティスの鱗状の肌が気持ちよかった。タージェスの汗で互いに肌を濡らし、しっとりと絡み合う。口づけを交わし至近距離で、目を閉じるティスの顔を見る。

美しい。自分たちと違って、システィーカの種族は体が最もよい状態で成長を止める。若々しく美しいティスの顔を、穴が空きそうなほど見つめた。

見られていることに気づいたのか、ティスがゆっくりと目を開く。金色の目が、現れる。

戦闘状態に入ったダンベルト人の目も金色に輝く。だが、ティスの金色の目は、好戦的なあれとは全く違う。ティスの目は優しい色をしていた。

タージェスはティスの両脇に肘をつく。金色に輝く目を覗き込みながら、タージェスはゆっくりと腰を動かしていった。

見つめ合い、互いに眉を寄せる。互いに、同じ苦しみを甘受する。

タージェスのこめかみを汗が流れ落ちる。金色の目に、柔らかな笑みが広がった。

ゆっくりと、動く。誰かと抱き合うのは数十年ぶりだ。初体験のときのように、色々なことを新鮮に感じ、タージェスの胸がくすぐられる。ゆっくりと、ティスを味わう。鱗状の肌がほんのりと温かくて、気持ちがいい。

タージェスはしっかりとティスを抱き締めたまま、腰を大きく前後に動かし続けた。

＊

「形も、少し違うんですよ」

「同じではないのか？」

身の内に逞しいガンチェを受け入れながら、エルンストは訊ねた。

「はい。細長いんです。太くはありませんし、頭もありません」

ガンチェのそれはくっきりとした括れがある。その先は、大きな頭。飲み込むのにいつも、甘い苦しさが伴う。

あれが、ないというのか。エルンストでさえ、興奮すればほんのわずか、頭を覗かせるというのに。

「やはり、環境のせいなんでしょうね。頭があると抜けにくいですが、反対に入りにくいものですし。すっと入れて、さっと終わる。そのための形状だと思いますよ」

確かに、そうかもしれない。もしガンチェのこれがただの棒のような形ならば、エルンストはもっと簡単に飲み込むことができるだろう。

「だが……この形がよいと思うのだが。ガンチェに抉られると、私は無上の喜びを感じる」

覆い被さるガンチェの顔を両手で挟み込むようにしてエルンストがそう告げると、ガンチェは満面の笑みを浮かべた。そうして繋がったまま寝台に胡座をかいて座り、エルンストの細い腰を両手で摑んだ。

「こう、でしょうか」

ぐり、と抉られてエルンストは仰け反る。

「それとも、こうでしょうか」

ガンチェが円を描くように体内をぐるりと巡る。体の中を掻き回されているようで、エルンストは小さく嬌声を上げて目を閉じた。

目を閉じるエルンストの耳に、ガンチェの笑う声が届く。軽々と、体が持ち上げられたのを感じた。まるで魂までを引き摺り出そうというかのように、ずるるとガンチェが擦れて出ていこうとする。

「許さぬ」

エルンストが涙目でそう命じると、ガンチェはにやりと笑う。ぴたりと動きを止めたガンチェの頭が、エルンストの入り口で留まっていた。

一番大きなところで止められ、エルンストは浅い息を繰り返す。痛くて苦しいのだが、なぜか嬉しくて。辛いのと幸せが混ざり合った感情に身悶える。

その状態のままガンチェは顔を寄せて、エルンストの頰を流れる涙を舐め取った。ぶるぶると震える指先で、ガンチェの広い肩を摑む。はやく、はやくと目で訴える。息をするのが精いっぱいで、口も利けなかった。

「承知いたしました」

ガンチェの金色の目が、満足げに笑う。主導権を完全に握られ、エルンストは目を眇める。ガンチェの体のほんの一部分だけで、簡単に翻弄される。

何だか悔しくて軽く睨むと、ガンチェは申し訳なさそうに、だがそれでも笑っていた。かつてのように、エルンストの心情を常に案じていた頃とは違う反応だった。

あの頃は、すぐに反省して項垂れていた。やりすぎたか、失敗したかと、勝手に落ち込んでいた。そんなガンチェを思い、エルンストは冗談にでも睨むなどという行為はできなかったものだ。

エルンストは震える指でガンチェの耳を摑むと、軽く引っ張った。自らのたまらない苦境を知らせ、はやくと促した。

ガンチェはふっと笑うと、ずん、とエルンストの体に己の逞しいものを沈めた。その勢いで、エルンストは仰け反る。衝撃に目を見開き、頭が寝台につきそうなほどに。ガンチェの大きな手が、エルンストの背を支えていた。

声にならない声で悲鳴を上げながら、エルンストは悦びに身を震わせる。見開いたままの目から涙が零れ落ち、小さな男が欲を吐き出した。

エルンストを落ち着かせるように、ガンチェが小さく腰を動かす。同じ間隔で優しく揺られ、エルンストは厚い胸に縋りつく。

頰を寄せうっとりと目を閉じたまま、ガンチェに囁いた。

「やはり、頭は必要だ」

エルンストがそう言うと、ガンチェもくすくす笑って言った。

「ええ、本当に」

エルンストの体内で話題のそれから、どくんと熱い飛沫が吐き出された。

＊

生まれて初めての射精は、ティスに驚きと悦びを与えた。時に、これに取り憑かれる男が出てくるのもわかる。そう思わせるほど、大きな感動だった。

想像と体験は全く違う。ええ、本当にそうね。医師を目指して学んでいた頃、タンセ医師にそう教わったはずなのに、どうして忘れていたのかしら。私も、ずいぶんと長く生きた。初めてのことなんてもうないと、どうして思い込んでいられたのかしら。

こんなに、驚きの体験もしないで。

敷物の上で、ティスは茫然と天井を見上げた。隣ではタージェスが、荒い息をついている。汗に塗れたその顔がティスを見ると、にかっと笑った。

「よかったか？」

そう言って笑う。

可愛い子。でも、こういうのは聞かないほうがいいんじゃないのかしら。私は初めてだし、よくわからないけれど。具合を聞くのって、よくないような気がするわ。

でも……仕方ないわね。この子、妙なところで繊細なのに、大体においては大雑把なんだから。

ティスが体を動かしほんの僅か向き合うと、タージェスは明るく笑って体を起こした。

「そうか。よかったか」

嬉しそうに笑って、ぐりぐりと頭を撫でてくる。

比べる相手もいないし、自分でした経験もないし。これが初めてで、よくわからないけれど……でも、いいのかどうなのかと聞かれたら、それは……よかったわ。ええ、すごく、よかったわ。

私の人生にも、こういうことが起こるのね。色々あったし、思い出したくないことも多いけど、でも、最後のご褒美をもらったような気がするわ。

朝が来て、この子が正気に戻って私を詰《なじ》っても、でも、いいわ。辛いけど、今このときの幸せを胸に、この先を生きていくから。

不覚にも泣きそうになって、ティスはそっと目頭を押さえた。

その手を、タージェスが摑む。

「どうした？」

タージェスの気遣わしげな視線が胸に痛い。

この優しさも全て、この身が纏う媚薬のせいだろう。そうでなければタージェスが、いや誰であっても、こんな体に触れようなどとするはずがない。

すっと顔を逸らしたティスを追いかけるように、タージェスが身を寄せた。

「嫌だったのか？　俺はよかったが、ティスは嫌だったのか……」

「いいえ」

項垂れるタージェスにそうではないと告げたが、どれほど伝わったのか。

タージェスは傷ついた目で、無理に笑った。

「いや、まあ、そうだよな。俺は……下手なんだ。若いときから散々そう言われてきたし……何だったかな。昔すぎて忘れたが……ああ、そうだ。自分勝手だ。俺は、自分勝手なんだそうだ」

タージェスは全裸のまま胡座をかくと、ティスから視線を逸らして言った。

「だから、その、悪かったな」

目元がほんのり赤いのは、暖炉で揺れる炎のせいばかりではないのだろう。

あれが自分勝手というのなら、そうなのかしら。私にはよくわからないけれど……。

確かに、引き摺られるような、そんな感じで始まって、終わったわ。そうね、私の感情や都合は置いていかれたような感じがするし、それを嫌だと思う人もいるかもしれないわね。

でも……私はいいのよ？　だって、あなたのことが好きなんだし、好きな人には何をされたって嬉しいものよ。

だから……ええ、そうよ。

……よかったわ……ええ、すごく……うふっ。

ティスは手を伸ばし、タージェスの肩にそっと触れた。

「慰めてくれなくてもいいぞ。いつものことだ」

タージェスの、何でもないと言うその目が、傷ついていた。

んもう、どうしてこんなに可愛いのかしら？　いい年して、拗《す》ねちゃって。いつもは勘がいいのに、どうして自分のことになるとこんなに自信がないのかしら？

いいえ、違うわ。自信がないんじゃなくて、自惚れないのよ。剣の腕前だってクルベール人とは思えないほどものすごい域に到達しているのに、全然自惚れないもの。

これは、あれね。若い頃に、グルードやシスティーカと交わったせいね。私たちと比べて自分を見るから、まだまだだって思ってしまうのね。

でもそれは、仕方のないことよ？　悲しいことだけれど、シェルのあなたとシスティーカでは、元の筋肉が違うんだもの。

でも……筋肉といえば…………いい体つきだわ……。

ティスはタージェスの広い背中を、ゆっくりと撫でた。

ほんと、いい体つきね。この年にして、この筋肉。素晴らしいわ。たるんだところなんて全然ないもの。

すごい子だわ。クルベール人としてずば抜けた剣の腕前だと思っていたけれど、筋肉のつき方が違うというか、体質が違うというか。この子ほんと、稀にみる傑物ね。

それに…………傑物というか、この……い……い……い・ち・も・つ…………。

きゃ――――――！！！！

ティスはゆっくりと近づき、タージェスの肩越しにそれを覗き込む。

「ん？　どうした」

タージェスはティスを振り返る。負の感情が長続きしないタージェスらしく、その声にはもう落ち込んだ様子はなかった。

ティスはほっと息をつき、それに触れた。するりと手を潜り込ませて掌に載せると、そっと持ち上げる。

医師として、もちろんこれを見たことはあるけれど……こんなに元気なのは、初めてよ。違っちゃった後なのに、こんなに太くして……いえ、これが普通なのよね。だって、クルベール人だもの。

でも……いえ、やっぱり普通じゃないわ。この子の年で、これほど太くいられるものかしら？　だって、今は、通常時でしょ？

そうよ。やっぱりこれ、すごいわ。だってさっき、あの……大きくなっていたときも、角度がすごかったわ。ぎゅん、て……。

あら？　でもあのときって、二回目だったのよね……それで、二回出した後が、これ……いやん。すごいわ、拍手しちゃう。

「どうした？」

ティスに持たせたまま、タージェスが首を傾げる。

そんなタージェスの青い目を見て、ティスは言った。

「ご立派です」

ティスがそう告げて心の中で拍手を送ると、一瞬遅れて、タージェスが弾けるような笑顔を見せた。

にかっと笑って、胸を張る。

「そうか。立派か」

そう言って何度も頷くと、わははと声に出して笑っていた。

ものすごく、嬉しそうね。よかったわ、元気になって。あなたはやっぱり、笑っているのが一番よ。悲しい顔は似合わないわ、可愛い子。

でも、ほんと。骨の髄まで軍隊育ちね。こんな格好で、少しも隠そうとしないなんて。同性ばかりの集団にいると、羞恥心というものは薄れていくのかしら。

ティスがもう片方の手をそっと添えると、タージェスは喜んで頭を擡《もた》げた。

「お？　よし、もう一回だ」

タージェスは膝立ちになって身を寄せると、ティスをしっかりと抱き締めた。そして、ぐいぐいと腰を押しつけてくる。

ああ、それが駄目なのよ。多分、そういうのを自分勝手と言われるのよ？　私は……嬉しいけれど。

でも……もう一回は、駄目よ。だって、私は終わったもの。

タージェスは体を押しつけながら、性急にティスの股間をまさぐる。

あん、駄目よ。

そんなにしたって、もう終わったのよ。

忙しなく動くタージェスの手を、ティスはそっと押さえた。

「システィーカです」

ティスの言葉に、タージェスは首を傾げた。

「またそれか。それが、どうしたっていうんだ？」

荒い息をつきながらティスに訊ねたが、タージェスが答えなど求めていないことはよくわかった。

ティスに手を押さえられたまま、ティスの股間を指先でまさぐる。熱い息を吐き出す口は、ティスの首筋を何度も舐めていた。

ぐいぐいと押しつけられる下半身は硬く、完全に立ち上がった姿で、もはや一歩も退くことはできないと訴えていたのだから。

システィーカの男からすれば、比較的淡泊だとされるシェルでさえ年中発情しているように見える。グルードやスートは言うに及ばずだ。

システィーカは、過酷な土地だ。心の休まる時や場所などない。生涯ただひとりとなる伴侶を早々に見つけたとしても、事に耽《ふけ》ることは稀である。

システィーカの男がその気になるのは、年に一度か二度。伴侶が身籠れば妊娠期間の二十ケ月を含め、その子が独り立ちするまでの十二年間を一度も勃起することなく過ごす。しかしそれが、普通なのだ。

ティスは今、生まれて初めて完全に勃起し、射精した。それは、素晴らしく感動的な体験だった。

だが、ティスにしてみればもう、終わったことだった。一度で満足したし、次があるとすればそれは、早くて一年後だろう。少なくとも、そろそろ夜が明けようとしている今ではない。

だがタージェスはいまだ、熱に浮かされているようだった。

頭の片隅が冷めた状態で、ティスは思案する。

どうしようかしら……？

この子はまだ続けたいみたいだし、シェルだからそれは仕方がないと思うのよ。

でも……私は終わっているし……。

何の兆候も見せないティスを、タージェスは必死に探り出そうとしていた。

あん、もう、そんな風にしないで。

指を入れたって、駄目よ。もっと奥にしまい込まれてしまったのだもの。

タージェスは吸いつき、指で、舌でどうにかティスを誘い出そうとする。

仰向けに寝転がりタージェスの好きにさせながら、ティスはふと、奇妙な事実に気づいた。

あら……何だか、変だわ。

だって、私は今、普通の状態なのよ？　あれは出ていないし。ということは、媚薬もしまい込まれているってことよね？

あれが出てくるときに一緒に出てくる体液が、そういう作用を起こすはずだったわよね……？

ティスはそっと身を起こし、四つん這いになって自らにむしゃぶりつくタージェスの股間を見る。

それは、腹を打ちそうなほど、そそり立っていた。

この子、どうしてこんなに興奮しているのかしら？

だってもう、媚薬の効果なんてなくなっているのよ。

システィーカの男がその気になれば、相手もすぐさまその気になる。だがそれが、いつまでも続くわけではない。許される時間が限られているのは、もちろん、お互いになのだ。

システィーカの行為は、一瞬の出来事である。一瞬でその気になって、次の瞬間には繋がっている。

細い棒のようなそれはするりと飲み込まれ、一瞬で最奥《さいおう》に吐き出す。

だが吐き出した瞬間には、お互いに離れている。離れてすぐさま剣を握り、外敵に備える。

システィーカの行為とは、そういうものだった。だから男がしまい込まれる頃には、相手も常の状態に戻っている。


それなのにどうして、この子はいまだに興奮しているの？

何だか、変よ、これ。もしかして、シェルの体にはよくないものだったのかしら。害はないはずだけど……でも、シェルには違うのかも……。

とんでもないことをしてしまったのかと焦ったが、医師としてのティスが冷静な判断を下す。


いえいえ、それはないわ。

システィーカと他種族の組み合わせは、過去にいくつかあったわ。タンセ医師のところにいたときも、いくつか見たし。でも彼らにおかしなことは起きていなかったわ。

だから、ええ、どの種族に対しても無害よ。


下からは、じゅるじゅると啜り上げる音が聞こえてくる。だがティスのそれは、タージェスの指の長さよりも奥にしまい込まれているのだ。触れることのできない獲物を探して、タージェスが縦横無尽に指を動かす。

塞ぎきれない壁の隙間から、朝日がゆっくりと差し込んできた。明るくなっていく室内で、タージェスのそれが可哀想なほど張り詰めているのがわかった。

太く丸い頭が、真っ赤になって泣いていた。白濁の液をとろとろと溢れさせながら、血管の浮き出た竿を濡らす。

はち切れそうなそれが可哀想で、ティスは身を起こしてゆっくりと手を添えた。

両手で包み込むようにしてやると、タージェスがぐっと奥歯を噛み締めた。呻くような声で、もっと強くと望まれる。

幾分強く、だが大事に摑むと、ティスの手に擦りつけるようにしてタージェスが果てた。

勢いよく吐き出されたそれが、ティスの腹を打つ。黒い鱗状の肌に、粘りつく、白。

ティスは、不思議な思いでそれを見ていた。

やっぱり、変だわ、これ。媚薬もなく、どうして射精までするの？　だって、この場には私しかいないのよ？

この子、何に対して興奮しているの？

タージェスの指はいまだ入ったまま、ティスの体内で動いていた。

「ティス、ティス。出せ……」

ティスの首筋を舐めながら、タージェスが呟いていた。荒く息を吐き出しながら、出せ、見せろと呟く。

もしかして、これ……私を、求めてくれているの？　媚薬なんか関係なく、私が欲しいの？

乱れるタージェスを、ティスはじっと見つめた。三度達ったのにもかかわらず、タージェスの股間ではそれが、またもや頭を擡げようとしていた。

え？　本当に？

本当に、私が欲しいの？

私でいいの？

いつも平常心で波打つことなどないティスの鼓動が、だんだんと速く、強く打ち始める。

私を……この子が、私を……!?

え、いやん、どうしよう。

嬉しいわ！　すごく、嬉しいわ!!

胸元で両手を握り締め感動するティスの股間で、タージェスが喜びの声を上げた。

「やった！　出たぞ!!」

嬉々とした声に驚いて下を見れば、確かに黄緑色のそれが僅かに頭を覗かせていた。

ぼんやりと発光する小さな木の芽程度にしか見えないティスに、タージェスは急いで吸いつく。そして、帰すものかと勢いよく吸い出した。

やだ、やだ……あ!?

いや……ああああああん……っ!!

叫びを飲み込み、背を弓なりにして仰け反る。ひと纏めにしていた髪がほどけ、色鮮やかな敷物の上にティスの漆黒の髪が広がった。

陸に揚げられた魚のように、びくんびくんと腰が跳ねる。短く浅い呼吸を繰り返してどうにか落ち着き、ティスはゆっくりと首を上げた。

微かに発光し続ける黄緑色の棒が、体の中心でまっすぐに立ち上がっていた。その棒をタージェスがゆっくりと舐め、先を咥える。

ティスが見ていることに気づくと、タージェスは咥えたままにかっと笑う。綺麗な歯が、ティスを傷つけないように挟み込んでいるのが見えた。

ティスは頭がくらくらとして、敷物の上に落ちる。口元に寄せた手に、己の真っ黒な髪が纏わりつく。髪もろとも、ティスは自分の指を噛んだ。

私……どうしちゃったのかしら？　エデータ人なのに、こんな短時間に二回って、どういうことよ。

それに胸がどきどきして、痛いくらい。これじゃまるで、私が媚薬にやられたみたいだわ……。

細い棒の根本から先まで、タージェスの舌が何度も往復する。その刺激だけで達きそうになったティスを、タージェスがしっかりと摑んで止めた。

「まだだ。これからだろう？」

そう言って、本当に嬉しそうに笑う。

それは、ティスの作った料理を前にしたときの顔と同じだった。

もう！

そんな顔をされたら、何だって許しちゃうわ。もう何でもいいわ。好きにして……！

タージェスが、わくわくとした顔で乗り上げてくる。そしてゆっくりと、腰を進めてきた。

ああ！　いやん！　すごいわ……っ！

なんて熱いのっ！　熱くて、きつくて割りそうで……っ！　ああ‼　いってしまいそう！

いえ、だめよ。もっとがんばらなきゃ。だって、こんなに喜んでくれているんだもの。私だって、やればできるはずよ。ほら、もっと、ゆっくり、じっくり落ちついて……。

ああ！　だめよ！　やっぱり、無理よ！　だってこんなに……いいんだもの……っ！

ああ、すごく、いいわ……。

はふはふと息をつくティスに覆い被さるようにして、

タージェスが荒い息を吐く。がんがんと腰をぶつけ、互いに大きく揺れ続ける。

まるで、この小さな家全体が揺れているかのような錯覚を起こすティスの耳元で、タージェスの声が響く。押し殺した声で何度も、いいと言っていた。

私も……いいわ。

ああ、この思い、伝わっているかしら？

ティスはゆっくりと両腕を上げて、タージェスの背中に回す。腰を動かすたびに筋肉が滑らかに動くその背中をしっかりと、だが優しく抱き締めた。

ティスの思いが伝わったのか、タージェスもしっかりとティスを抱き締める。そうして朝日の中、ふたりは同時に果てた。

9　最強のふたり

あまりに広いメイセンで、抱き合える機会はとても少ない。ティスが領主の屋敷を訪れたときは、滞在場所として隊舎を使う。領主が屋敷内に用意する部屋より、領兵隊と共に過ごせる場所を好む。ティスはその見た目に反し、とても人懐こい性格だった。

だが、隊舎では何もできない。タージェスには領兵隊隊長として与えられた一戸建ての家があるが使ったことはなく、隊舎で領兵隊と共に過ごしている。ティスが滞在しているときだけ隊長用の家に移るのもおかしな話で、いつものとおり、隊舎のひとり部屋で過ごす。いくつかの部屋を隔てた先に、愛しい人が眠っているのを知りながら。

領主の使いとして領兵がイイト村を訪れるのは月に数回、だがそれは人気の高い仕事で、領兵隊の中ではいつも争奪戦が繰り広げられる。

タージェスは、くじ運がいいほうではない。争奪戦に勝利できるのは年に数回、ブレスが細工をしなければ年に一度もないだろう。

今は冬の最中、暖炉の火は絶やさない。赤々と燃える炎が暗い部屋を照らす。部屋の壁に躍る影。ティスの甘やかな声が部屋に響き、長い髪が空を舞う。

きつく、温かな場所に潜り込ませたそれが、歓喜に震える。前から数えてどれほどだろう。ふた月、いや、三月も前か。隊舎では自慰さえ満足には行えない。タージェスは上体を起こし、腹の上に座らせたティスを抱き締めた。

外は凍てつくメイセンの冬だ。だが、それほどの寒さでも、ティスと抱き合えば熱いくらいだ。そう感じてしまうほど、久しぶりの体に夢中になる。会えない時間は互いを飢えさせる。

腹の飢えと、色欲の飢え。果たしてどちらが狂おしいのか。後者であると、今のタージェスなら即答する。かつての、ティスを知る前のタージェスなら腹と答えたのだろうか。

滑らかな鱗状の肌に吸いつく。ティスの肩に口づけを落とし、首筋に舌を這わせる。ぺとりと吸いつく感触が心地よい。

太腿に力を込め、腰を押し上げる。潜り込ませたタージェスが吸いつかれる。先端に、茎に、根本に。温かく、柔らかく、きつく、甘く。抱き合えないときは渇望し、抱き合う最中にも強く求める。

ティスの体は飽くことのできない媚薬のようで、タージェスは何度も腰を押しつけ、さらに奥へと突き入れる。引いては押し、押しては引き。ぎりぎりまで引き抜いて、先端に吸いつかせる。

ゆるゆると奥へと進み、中を抉る。寝台にティスを押し倒し、上から何度も、何度も、突き入れた。

「……っ……は……あぁ」

口数の少ないティスはこんなときにも寡黙で、だが、それにそそられる。細い眉が苦し気に寄せられ、金の目がタージェスを見る。

ティスの目は、その口より雄弁に語る。無表情に見えるティスの顔に、表情を読み取れるようになったのはいつからか。今では手に取るようにティスの考えが、感情が、わかった。

「いきたいか？」

聞けば、こくりと頷く。常には体内に隠されているティスの男根が首を伸ばしてそそり立ち、甘い蜜に濡れていた。それが正しく媚薬であると、タージェスはもちろん知っていた。

濡れたティスを片手で優しく包み込む。誰にも使われたことのないそれは、とても綺麗な色をしていた。春の草原のような黄緑で、ティスによく似合っている。

ティスを握り、蜜をその手に纏わせる。刺激しないようにそっと手を離し、濡れた指を舐めた。

「ふっ……」

途端、タージェスの脳天で光が瞬く。神経が過敏になり、薄暗い部屋の隅々まで見渡せるようになる。

だが、全ての刺激はティスへと向かい、渇望は強烈な欲望となってタージェスの理性を奪おうとする。

「隊長殿……」

ティスの気遣う声が聞こえる。タージェスはティスの体を強く抱き締め、奪われそうになる理性をどうにか繋ぎ止めた。

「……はぁ……」

詰めた息を吐き、ぐっと閉じた瞼を開く。世界はまだ色を変えたままで、タージェスの感覚は研ぎ澄まされていた。

「隣の家で針が落ちてもわかるような気がする」

タージェスがそう言うと、ティスがゆるやかに笑う。

親以外に愛されることのなかったティスの、歪《いびつ》な笑みが、タージェスにだけは自然と向けられる。そうなるまでには長い年月が必要だった。

微笑みを浮かべるティスの頬を撫で、金の瞳を見つめたまま唇を合わせる。幾度か角度を変えて啄《ついば》むと、タージェスを誘うように甘い唇が開かれた。遠慮なく舌を差し入れ、絡め合う。

互いの瞳を見つめたまま理性的に行われていた口づけも、すぐに荒々しく、切羽詰まったものへと変わる。抱き合える夜はいつも、眠る間も惜しんで抱き合った。

上と下で繋がり合う。濡れた音はどちらからも響いていた。タージェスはティスの後頭部に手をやり、長い髪を纏めていた赤い紐を奪う。摑んだ紐を床へと落とし、両手でティスの腰を強く摑み、突き入れた。

タージェスに合わせて体を揺らしながら、ティスが艶やかに笑う。抱き合うとき、身に纏うものは紐一本でさえ許さない。

狭量《きょうりょう》な独占欲を笑われ、タージェスもまた、照れた笑みを返した。


「抱き合えるときは短いんだ。せめて、許されたときは、ティスに触れるのは俺だけにしてくれ」

「……はい」

ティスの長い指が、タージェスの髪を愛おしそうに撫でていた。その手を取り、指を絡め合う。そのままタージェスは腰を突き入れ、奥を抉る。

絶妙な緩急でティスが吸いつき、絶頂へとタージェスを促す。僅かな隙間も惜しんでふたつの体を密着させる。

手を繋ぎ合ったままタージェスは上体を起こし、ティスのしなやかな体を見下ろした。

美しい体だった。揺らめく暖炉の炎はティスの体を照らし、輝かせていた。

黒い鱗状の肌は光を弾き、長く首を伸ばした黄緑の茎は芽ぶいたばかりの新芽のようだった。細い首はしとどに蜜を垂らし、ティスの引き締まった腹を濡らす。

そうやって、タージェスを獣に変えようとしていた。

システィーカの男はその意思に関係なく、欲に溺れることはない。シェルの男たちのように、金で誰かを買う必要もない。理性を手放し、体の欲だけに流されることは決してないのだ。

誰かがシスティーカの男を捕らえ、その体に触れたところで意思が伴わなければ体内に収めた茎が芽を出すことは絶対に、ない。

だが、ひとたび意思が伴えば容赦はしない。相手の意思など関係なく、貪欲に求める。それが、システィーカの男なのだ。

ティスはそんな自分の体を恥じていた。初めて体を繋げた日の朝、ティスはタージェスに詫びた。

タージェスから誘ったというのに、媚薬混じりの蜜を垂らし、タージェスの意識を奪ってしまったのではないかと。

今もまだ、本当には楽しめていないのではないのか。タージェスが感じるほどには、ティスは溺れていないのではないのか。そう、思う。

濡れた茎に手を伸ばし、柔らかく扱きながら腰を揺する。ティスがいくとき、強く咥え込まれるのが心地よい。そう伝えるかのように、タージェスは腰を動かした。

暖炉で燃える炎が、ふたりの繋がりをよく見せてくれていた。

「……隊長殿」

ティスが恥じ、タージェスの腕にそっと触れる。タージェスは腰を掴んでいた手を離し、繋がった場所を指でなぞる。

「……んっ……」

ティスの細い眉が快感に寄せられる。優しく掴んだ手はそのままに、細い先端に指先を添える。

爪を、ほんの僅かに押しつける。経験の浅いティスは、たったそれだけの刺激で果てていた。

「あっ……」

金の目が空を見つめ、一筋の涙が零れ落ちる。まるで絵画のように美しい人を見つめたまま、タージェスも果てていた。

「くっ……」

どれほど荒々しく抱き合おうとも、果てるときはいつも穏やかだった。途中で幾度理性を奪われそうになったとしても、これは真に愛し合う行為なのだとティスに伝え続けたい。

だから、獣のように叩きつけ、自分勝手な欲望だけで果てたくはなかった。

ゆっくりと引き抜き、深く口づけを交わす。長い髪を撫で、しなやかな背を抱き寄せた。

ティスの体から急速に熱が奪われていくのを感じた。タージェスの感覚が鈍く戻っていくのも。

土地の危険性だけで言えば、システィーカ郡地以上に危険な場所はないだろう。人はもとより、獣も、植物でさえ油断ならない。

あの場所では悠長に愛を囁き交わし、相手の思いを確かめてから体を繋ぎ合わせる時間的余裕などどこにもない。隙を突くように体を繋げる。行為は一瞬で、ふたつの体はすぐに離れる。そのための、媚薬だった。

狭い寝台に並んで横になり、互いの体に触れ合っていた。ティスの手はタージェスの頰を撫で、タージェスの手はティスの腰に触れる。

熱は冷めても離れがたく、できれば次へと持ち込みたい。ふたりの指先がそう囁き合っていた。

「ティスの媚薬は、どれほどの距離まで効く？」

体内に潜り込んでしまった茎に触れたくて、タージェスは自分の指を舐めて濡らし、ティスの秘所へと触れた。

ティスは身動《みじろ》いで避けようとしたが、嫌だからではなく恥ずかしいからだと目で告げる。

「俺以外の男が反応したら嫌だ。女でも、嫌だ」

首筋に鼻を寄せ、香りを楽しみながら囁く。

ティスの体が僅かに震え、タージェスの指先を迎え入れた。

「んぅ……っ……」

小さく喘ぎ、体から力を抜く。本当は、中に指を潜り込ませて、中で撫でられるのをティスは好む。

温かな吐息を滲ませて、ティスは囁くように言った。

「あなただけに……」

「俺だけ？」

うっとりと目を閉じてタージェスを味わう、ティスの頬に口づけた。

「とても近い……触れ合うほど近い人にしか感じられませんから」

中でティスが育ち、引き抜くタージェスの手に誘われるようにして頭が出てきた。

タージェスは上体を起こし、可愛い芽を指先で撫でる。恥ずかしがりのティスは、まだ、頭の先しか出てこない。

「俺だけか」

それはそうかとほっと安堵する。

システィーカの種族で、交歓の主導権を握るのは媚薬を持つ男だ。目当ての相手を見つけたら一瞬で落とし、一瞬で体を繋ぐ。その結果、子ができたときだけ番《つが》うのだ。

システィーカは一夫一妻で生涯を通じて相手を変えないが、全ては最初の子ができるかどうかにかかっていた。

シェルの種族に比べれば子ができやすい体質だが、相性が悪ければそれも叶わない。すんなりと入らなければ命を落とす。

春になればエルンストの命を受け、タージェスとティスはふたりでシスティーカ郡地へ向かう。メイセン領兵隊の鎧を買いつけるための旅だ。

無い金をかき集め、高額な鎧をできるだけ安く、せめて一領でも手に入れなければならない。大事な役目で、それでなくともシスティーカ郡地は過酷な土地だ。遊びではないし、楽に渡っていける場所でもない。

だが、それでも、ふたりだけの旅に心は浮き立つ。旅の間には抱き合えることもあるだろう。それゆえの懸念だった。

「ふたりだけで旅ができるのなら、別の場所がよかったな。例えば……シェル郡地とか。せめて、スート郡地がよかった」

シェル郡地で戦いが起きている場所はない。愚か者よと笑われるほどの油断を見せなければ、無事に渡っていける。スート郡地も戦場を避ければさほど危険ではない。

タージェスはティスの引き締まった腹を撫で、若芽のような頭を指先で摘む。そうして、優しく引き出した。

「あっ……っ……」

ティスの頬がほんのりと色づく。長い指を口元に持っていき、指を噛んで羞恥に耐えていた。

「システィーカでもこうやって、抱き合えたらいいのにな」

片手でティスを撫でながら、もう片方の手でティスの足を開く。タージェスは、開いた足の間に体を入れた。

「メイセンを出て、リーフ領までは馬で行く。リーフ領からは船だ」

これから巡る土地の位置を教えるかのように、タージェスはティスの胸から腹、腰へと指を這わせていった。

「……馬は？」

「馬はリンツ領で買い、リーフ領で売る。船はニベ領主の伝手《つて》で乗れる。システィーカ郡地で商売を行う大商人の船だが、その荷の中にニベ領の塩が含まれているらしい」

陸を行く商隊も、海を行く商隊も、襲われる危険はどちらにも付き纏う。

　ニベ領主は何と言って商人に了承させたのか。タージェスは国軍、ティスは腕利きの傭兵だとでも言ったのではないのか。

　タージェスは苦笑を浮かべ、ティスに口づける。

「俺たちは用心棒代わりだ」

　ティスが微かに眉を寄せる。タージェスはもう一度、口づける。

「商隊が盗賊にでも襲われたら剣を抜いて戦い、荷と、商人を守る。その代わりに、船賃は無しでいいようだ」

「……了解いたしました」

　かちかちと響くような声でティスが言った。長年剣士として生きてきたが、人と争うことも、人を傷つけることも嫌なのだ。そんなティスの、思いが感じられる声だった。

「俺が戦う。どうしてものときだけ、手を貸してくれ」

「私が戦います」

　タージェスの言葉に被せるようにして、ティスが言った。

　もはや迷いのない、真っ直ぐな声だった。

「ならば、共に戦えばいい。俺では力不足だろうが、精いっぱい、ティスの背を守ってやる」

　この世界で最強と謳《うた》われるのはグルード郡地の種族だが、システィーカ郡地の種族も強い剣士だ。

　特に、訓練を重ねたエデータ人は強い。シェル郡地の種族、クルベール人のタージェスなど足元にも及ばないほどに。

　だがそれでも、この命を懸けてティスを守ってやりたいと思う。

　ティスの長い髪をひと房掬《すく》い、柔らかく口づけたタージェスを、金の目が不思議そうに見ていた。

「隊長殿は強い」

　きっぱりとそう言われ、タージェスは肩を竦めた。

「まあ、メイセン領ではそうだろうが……」

「メイセン領でも、どこでも、あなたは強い」

これが、惚れた欲目というやつだろうか。嬉しくも気恥ずかしく、ティスの目から逃れるようにして身を沈めた。

ティスの胸、腹、腰に口づける。吸いついてみたが、跡を残すことはできなかった。

「本当に、あなたは強い。……本当ですよ？」

珍しく、ティスが声に感情を乗せて話していた。それがおかしくて、タージェスは笑う。

「よしよし。俺は強い。強い俺が頑張って、ティスを守る。そして、俺よりもっと強いティスが俺を守ってくれる」

肘で這うようにして体を上げ、ティスと視線を合わせる。

「ふたりで戦えば最強だな？」

にやりと笑ってそう言うと、ティスは花のように笑って頷いた。

「はい。最強です」

ふたり一緒なら、どこにでも行けそうな気がした。

10　ティスの満月

エルンストに届いた手紙の内容を知らされ、タージェスは何も持たず馬に飛び乗った。通い慣れた道を疾走する。

かつて、領主の館と呼ばれていた建物は解体して今はなく、小屋が建っている。あくまでも合理的な領主らしく、エルンストは広いメイセン領を行き来する際の、休憩場所としての役目しか持たせなかった。

だが、これで十分だった。伝書鳥ではなく人が馬に乗って走ることも想定され、小屋には管理人として周辺の村の民と、馬が二頭、常にいた。

タージェスは小屋の前に駆け込み、鞍を着けて新たな馬に乗り換える。管理人への挨拶もせず、イイト村へと急いだ。

何も見えなかった。何も聞こえなかった。

ただひとつ、求めるものは黒い剣士の声と姿だった。

タージェスは馬の背で立ち上がり、前傾姿勢のまま秋の夜道を駆け抜けた。

馬に乗ったまま、夜の闇に沈むイイト村に駆け込む。村はとっくに眠っていただろう。だが、蹄《ひづめ》の音で民が家から飛び出してきた。

タージェスは馬から飛び降り、その勢いのままティスの家に駆け込む。そして、主をなくしてがらんとした家の中で茫然と佇んだ。

「……あ、あの……隊長様……何か……？」

数年前に代替わりした若い村長が、おずおずと声をかけてきた。

「……ティスは？」

「え？　先生ですか？　おられるんじゃ……」

そう言いながら家の中に入ってきた村長の足が止まる。

「あれ？　先生……？」

村長もひと目で異常を感じ取る。

ティスが薬草作りに使用していた道具や日常品が一ヶ所に集められ、家は綺麗に片付いていていた。

「最後にティスを見たのは誰だ!?　いつ、どこで見たんだ!?」

声が震えそうになるのを抑え、叫ぶ。早く見つけなければ二度と会うことはできない。それは、確信だった。

村長が慌てて村中を叩き起こす。眠そうな目を擦りながら出てきたふたりの子供が昼前に、ウィス森に向かって歩くティスを見たのが最後だということだった。


夜の、暗い森の中を進む。馬は村に置いてきた。疲れがひどく、そうでなくともウィス森で馬は役に立たない。タージェスは慎重に、だが速足で森の中を行く。


イイト村とメヌ村、ふたつの村の民が常にウィス森に入っている。カリア木の苗木は森の入り口付近で育てられ、薪に使う木や食料とする獣の狩りもその近辺で行われている。

だが、ティスの薬草採取はウィス森全体で行われていた。ティスならば、この森のどこに行けば何があるか、全てを熟知しているだろう。どこに行けば誰の目にも触れずにいられるか。当然、それもわかっている。


さく、さく、と音を立て、丈の長い苔を踏んでいく。暗い森の中に白い靄《もや》が漂い始めた。

朝だ。

新しい朝が来る。

タージェスは立ち止まり、息を止め、目を閉じる。耳を澄ませ、音を拾う。

鳥のさえずり、獣の嘶《いなな》き、虫の声。朝露が葉から落ち、草を叩く音を聞く。

ティスならどうするだろう。ティスなら何を望むだろう。

最期に、何を、感じたいのか……。

ゆっくりと瞼を開き、そして、鼻を利かす。甘い香りに誘われるように足を進めた。

ウィス森は常に春の気候で、冬でも花が咲く。赤、青、黄色、色とりどり、形も様々な花の中でティスが好んだのは、薄い紫の小さな花。

何度名前を聞いても忘れてしまうタージェスに、夜明けの月という別名を教えてくれたのはティスだった。

薄い紫の小さな花は、早朝にしか咲かない。花の香りを楽しみたければ、夜のうちにウィス森に入っていなければならない。

花を摘んでもすぐにしおれてしまうために村には持ち帰れず、陽が上ってから森に入っても探すことはできない。花が咲かなければどの植物がそれなのか、ティスにしかわからないだろう。

覚えていた方角と花の香りを頼りに進む。タージェスの足下に、小さな花が見えるようになってきた。

薄い紫の小さな花は群生し、だが、咲き乱れる場所を選ぶ。タージェスが知るのはこの場所のみ。それも、ティスに教えてもらった。

遥か頭上に樹冠を頂くウィス森の樹木は、その足下に陽を射し込ませない。イイト村とメヌ村、ふたつの村が手を入れる場所でなければウィス森は日中でもなお薄暗い。だが、ティスが好む花は陽が届く場所でなければ咲くことはない。

何の作用か、自然の悪戯か。鬱蒼と茂るウィス森の中に突如、開けた場所が現れる。

ティスに言わせればこの場所の下に、なんとかという草の根が縦横無尽に走っているからだそうだ。土の下を走る根が他の植物が育つことを阻み、結果、開けた場所ができたのだろうと。

タージェスにはよくわからないが、理由は何でも構わない。その根のおかげで小さな花の群生地ができたのだから。

タージェスは花の群生地に一歩足を踏み入れ、そして、足を止めた。

高い木々の隙間から差し込んでくる朝の光が薄い紫の小さな花と、花の上に横たわるティスを、優しく包み込んでいた。

タージェスは手を握り込み、呼吸も忘れ、ティスを見た。

医師で剣士の体が微かに動くのを見て、詰めた息をゆっくりと吐き出した。

花を踏みながらティスへと近づく。タージェスに踏まれた花が、一層香りを立たせる。

一時しか咲かない花は誰かに見られることを恥じているかのようなのに、誰かに踏まれることでより強く香りを放つ。

「……ひとりに、なりたかったのか」

花の中で眠る、ティスの隣に座る。

タージェスの動きに合わせ、ふわりと花の香りが舞う。

「そういうものだと、思って……」

目を閉じたまま、ティスが話す。

硬質な声に柔らかさを感じ始めたのはいつからだろう。随分と昔で、出会って間もない頃だと気づく。

「邪魔して悪かったな」

ティスの手に触れる。滑らかで、吸いつくような肌。

ティスの口がほんの僅か、歪む。器用な剣士の、不器用な微笑み。

「俺に、便りをくれてもいいだろう？」

「御領主様に報《しら》せました」

「エルンスト様に報せたら俺にも伝わるだろうが……なんか、寂しいだろうが」

「そうですか？」

黒い瞼が開き、金の瞳が現れる。

「そりゃあ、そうだろう？」

ティスの手を握り、ふたりの指を絡める。

剣士は小さく首を傾げただけで何も言わず、再び目を閉じた。

「眠たいのか」

「ここでなら、眠れるかと」

ティスが、ふぅと息を吐く。その吐息の甘さを知っている。

「眠りたいのか」

タージェスも横になり、目を閉じた。


「眠るように逝けたなら……と」

タージェスは何も言わず、握ったティスの手を引き寄せ、甲に口づけた。


エルンストに届いたティスからの手紙。

そこには終わりが近いこと、職を辞すること、村を去ることが簡潔に記されていた。常の長い手紙とはまるで違っていて、それが全て真実であるとわかった。

「ティスの勘違い、ってことはないのか」

システィーカ郡地の種族の寿命は百二十歳。システィーカ郡地の種族であるエデータ人のティスも、百二十歳が寿命となる。だがそれは平均寿命で、それより長い者も、それより短い者もいる。

ティスは今年で百十五歳。多少早いが、何の不思議もない。冷静なタージェスが頭の中でそう告げ、口にした自分を殴り倒す。

「指先が白くなっています」

タージェスに握られていないほうの手をゆっくりと上げ、その指先を示す。

「システィーカの特徴です。寿命を迎えた者の指先は白くなる。白い肌を持つ者は反対に、黒くなります」

黒い鱗状の肌をしたティスの手の先は、誰の目にも明らかなほど、白く変わっていた。

「……エデータ人も、そうなのですね」

微かな笑みの気配がティスの声に混じる。

「エデータ人として生まれ、指先が白くなるほど生きられる者は、どれほどいるのでしょう」

システィーカ郡地のどの国に生まれようと少数派となり、虐げられることの多いエデータ人。ティスも若くして故郷を捨て、剣士として生きてきた。

「かつて、私がした選択を、今の私は感謝しています」

金の目がタージェスを射貫《いぬ》く。

「これほど穏やかな最期を迎えることができた」

タージェスはティスの長い髪をひと房摑み、引き寄せ、口づけた。

「なあ、俺を置いて逝くなよ……」

摑んだ髪を、くぃ、と引っ張る。

「それは難しいですね。あなたの時は長そうです」

ティスが微かに笑う。

タージェスは目を閉じ、片手で自分の頭を抱えた。

「はぁ……情けないな。畏れ多くもエルンスト様を諭すようなことを言っておいて、自分が、これだ」

ティスの髪から手を離し、剣士の肩を抱き寄せる。

素直に抱き寄せられたまま、ティスが言った。

「覚悟することと実際に起きることは違う」

「……なんだ？」

「御領主様がそう、おっしゃっていました」

ティスが口にしたエルンストの言葉が、タージェスの胸に突き刺さる。

「……確かに、そうだ。俺はわかったつもりでいて、エルンスト様やガンチェに言った。どうしようもない寿命の差がある。いつかは離れてしまう。だが、いつかは出会える。だから、ちゃんとしろと」

鱗状の黒い頬に口づける。柔らかな頬には弾力があり、若さを保っていた。

「だが俺は、何もわかっていなかった。いくら覚悟しようと、何度自分に言い聞かせようと、意味のないことだった。理解してはいても、納得はできない。これは、できない。絶対に……」

しなやかな体をぐっと抱き締める。

優しい手が、タージェスの頭を撫でる。

「指先の色が変わり、一日で終わります」

医師の、無情の声が現実を突きつける。

「私の指先が変わったのは昨日の朝です。ですから、あと、ひと時もすれば……終わります」

何も言えず、ティスを抱く腕に力を込めた。

「終わりを知れてよかった。御領主様にお礼を言えました。とても、よくしていただいた。イイト村のみんなには何も言いませんでした。……後で、あなたから告げていただけますか？」

無口な剣士の、饒舌《じょうぜつ》な内面が出てくる。

「……何と言えばいいんだ」

「不義理をいたしましたと」

「臆病者が何も言えずに逃げたと言っておいてやる」

ティスが真実を話せば、イイト村は全力でティスを引き留めただろう。止まりそうな時をどうにかしてでも繋げようと、思いつく限りのことをしたのではないのか。

そしてティスは村民の思いに流され、硬い扉の向こうに隠した恐れを見せてしまったのだろう。

金の目が驚いたように見開き、タージェスを見た。

「俺にまで偽る必要はない」

ティスの頬を優しく撫でる。

驚きに見開いた金の目が揺れ、透明な涙が溢れ出す。

「死にたくは……ないのだろう？」

「…………………はい……っ」

システィーカの種族はみな、体が最高の状態で成長を止める。寿命を迎えるというティスの体は二十代の若さだった。

タージェスは、ティスの体をしっかりと抱き締めた。タージェスの腕の中、剣士で、医師の体が震えていた。

肌の張り、体の動き、話し方や声にも、老いたところはどこにもない。ティスの感覚は若い頃のまま、今を迎えているのではないのだろうか。タージェスが今まで看取った、年老いた者や傷ついた者の、苦しみから解き放たれる安堵感が全くないのだ。

若く強い体と、若く研ぎ澄まされた感覚を持ったまま、死を迎えなければならない。それはどれほどの苦痛だろう。

恐怖だろうか、悔しさだろうか。震えるティスの体を強く抱き締めたまま、タージェスは、花びらを閉じ始めた小さな花々を睨んだ。

やがて、だんだんと、ティスが落ち着いていく。

「……私は医師として、エデータ人の最期をわかったつもりでいました。そのときが来れば冷静に、淡々と受け止められると、愚かにも信じていました」

ティスの頭を抱き寄せる。

「これほど普段と変わりがないのに……私はもう、今日の昼を迎えられないとは、どうしても、心が理解できないのです……」

黒い手が、タージェスの服を摑む。その指先が僅かに震えていた。

「ひとりで逝こうとしたのは、無様な姿を誰にも見せたくはなかったからです」

ティスが体を起こし、タージェスに覆い被さるようにして手をつく。黒い髪がさらさらと、ティスの背を流れて落ちる。

「それは悪かったな」

「ええ、本当に」

泣いて腫れた目元に指先で触れる。

「だが、放ってはおけんだろう？」

「半日放っておけばよかったのに」

タージェスは起き上がり、膝の上に座らせたティスを抱き寄せた。

「恋した奴が俺を置いて逝こうとしているのに、昼寝をしている馬鹿はいない」

「……恋、ですか……？」

ティスの声と顔が驚いていて、今の今まで気づいていなかったのだと、タージェスはおかしくなる。

「暇を見つけて、暇がなくても、あれほど足繁《あししげ》く通っていたのに、俺を何だと思っていたんだ」

ははっと笑うタージェスに、ティスが不器用な笑みを浮かべる。

「私の……思い違いかと」

「抱き締めて、口づけて、抱いたのに？」

「あなたは、王都の方だから」

「王都など百年以上も前に出てきたぞ」

王都出身者の、気楽な遊びだとでも思われていたのか。

そう言えば、想いを告げてはいなかったと気づく。馬鹿は俺かと笑い、間に合ってよかったと心底思う。

「……ティスが好きだ。ティスを愛している」

互いの額を合わせて囁く。

「これで……わかったか？　俺が、どうして、ここに来たのか」

「……はい」

ティスの手が、タージェスの背に回されていた。

花の広場に差し込む光が強さを増してくる。甘くすっきりとした香りが薄くなる。

もう、いくつかの花は閉じてしまった。

「医師になってよかった。メイセンに来られてよかった……あなたに出会えて、本当に、よかった」

ティスが、タージェスの胸に背を預け、肩に頭を載せる。

「……俺の行く道の先にティスがいる。待っていてくれるのなら、いつか、必ず、また会える」

「お待ちしています」

くすりと笑う気配を感じる。

「それほど待たせないさ」

クルベール人の寿命は二百歳、タージェスはあと数年で二百歳だ。

「あなたは強い人だから」

「強くてもいつかは終わる」

終わり、愛しい人にまた会える。

「待つのは好きです」

タージェスの服を摑んでいたティスの手から力が抜けていく。

「またな、と別れたあなたが、次、いつ来てくれるのだろうと思うと……いつも、胸が……逸《はや》りました」

ティスの膝の上に、ぱたりと黒い手が落ちる。

タージェスはティスの手に自分の手を重ね、白くなった指先を撫でる。

「会える瞬間を……想像すると……わくわくして……楽しくて……」

「……楽しくて……」

硬質な声がゆっくりと、微かな音を奏でていく。

ふわりと風が舞い、甘く涼やかな花の香りを巻き上げる。

タージェスはぎゅっと目を閉じて香りを追いかけ、そして、ゆっくりと目を開き、ティスを見つめた。

不器用だった笑みが自然と、柔らかく、表情を作っていた。

「またな、ティス。また会えるさ……必ず……」

タージェスはティスの開いたままの瞼を手で覆い、金の瞳を永遠に閉じさせた。

花は全て閉じ、青い草が微かな風に揺れた。

全ての音がタージェスの耳に戻ってくる。獣の咆哮、鳥の甲高い鳴き声。グルード郡地と接するウィス森は危険で、巨大な生き物が跋扈《ばっこ》する。

ひと時も気が抜けないこの森で、これほどの穏やかな時を過ごせたのは奇跡だった。

ティスを抱き、立ち上がる。ずしりと重さが腕にくる。細身に見えて、システィーカの種族は重い。だが、その重さが愛しかった。

考えたのは一瞬で、タージェスはティスを連れて森の中を歩く。

新しい朝が来ればまた、ティスが好んだ小さく、薄い紫の花は咲くだろう。

だが、次の朝まであの場所に獣が足を踏み入れないという確証はない。いや、そんな奇跡は二夜続けて起こらない。

最期のひと時を、ひとり占めできただけでいいだろう。ティスに想いを告げることができた。受け入れられ、次の約束もできた。ティスは義理堅いから、必ず、タージェスを待っていてくれるだろう。

ティスの魂はタージェスがもらった。体は、メイセン領の民に捧げよう。

長らく、メイセン領で唯一の医師として、民の命を一手に引き受けたティスだ。感謝を告げたい民も、別れを惜しむ民も多いだろう。

さて、別れの儀式の間、自分はどこに隠れていようか。

分厚い苔を踏み締めて、タージェスは森の出口へと向かって歩いた。

11　タージェスの満月

クルベール人の平均寿命をとっくに過ぎ、タージェスはそれでもまだ、矍鑠《かくしゃく》として生きていた。領兵隊長の座はミナハに譲り、日々を気ままに過ごす。

もはや領兵の身ではない。領主の敷地で暮らすのは憚《はばか》られ、メイセン領のどこか、適当な場所に移ろうとした。

だがそれを、領主はじめ、領兵隊が引き留めた。隊長が面倒を起こしてはならないから、動けなくなったら誰かが面倒を見なければ。

そう言われ、引き留められ、領主の敷地に今も暮らす。

さすがに体は衰えてきた。腰やら膝やらが痛くなるということはないが、動きが鈍くなっていると思う。

もっとも、それも、タージェスが認識しているだけで、周囲は以前と変わらないと言ってはくれるが。

毎日馬に乗り、気ままに駆ける。

春の暖かな日も、夏の煌めく夜も、実りの秋も、長い冬も、タージェスは気ままに馬で駆けた。

黒い剣士は待ちくたびれただろうか。今も、待っていてくれるだろうか。まさか、これほど待たせるとは思わなかった。

生涯で唯一愛した人が旅立ったのは二十四年前、タージェスはクルベール人の平均寿命を数年後に控え、すぐにでも会いに行けると思っていた。

生まれ落ちたときから丈夫だと言われた。流行《はや》り病もタージェスを避けて通った。多少の傷なら放置しておけばよかった。

スート郡地で参戦したとき、シェルの種族かと嘲笑された。タージェスを嘲笑した奴らは、数日後には全員死んでいた。

馬に乗ったまま丘に立ち、草原を駆け抜ける風を感じる。拳を軽く握り込み、腕を軽く曲げてみる。

丈夫なのは生まれつきだ。その上に鍛えてみた。鍛えたら強くなった。誰よりも、とは自惚れないが、これほどまでとは自分でも呆れる。剣や弓の強さではなく、この体が持つ、強靭さに。

黒い剣士の顔を忘れそうになる。声を、忘れそうになる。

老いて忘れてしまう前に、愛しい恋人に会いに行きたい。恋人、と呼んでもよいのなら。

馬が軽く嘶き、宥めるように首筋を叩く。茶色の馬は落ち着き、優しい目で、春のメイセン領を見下ろした。

馬が増えた。騎馬隊と言ってもよいほどに。領兵隊も強くなった。意識が変わった。もうどの村も、税の負担を軽くするためだけに入隊させたりはしない。

今年の新参兵は、全員が志願兵だ。

第二駐屯地は千年前からそこにあるような顔をして存在する。

リュクス国カプリ領と対峙するバステリス河の前には植林が広がり、その奥には防護壁の基礎が築かれた。いずれ、敵を阻む壁となるだろう。

やりたいことはまだある。試したいこともある。

だが、全てはミナハに任せよう。現メイセン領兵隊隊長は、立派に役目を務めている。副隊長のメイジは第二駐屯地隊長として、メイセン領を守る基礎を築いている。

タージェスは、春の柔らかな空気を胸いっぱいに吸い込む。

馬の腹を両足で軽く締め、丘を駆け下りていった。

馬を領兵に預け、途中で摘み取った花を手に領主の敷地内を歩く。

昨年建て替えられた兵舎は大きく、立派だった。増えた領兵を抱えてなお、余裕がある。

小さな領主はどれほどの数を想定しているのだろう。この領兵舎は、領兵隊が二千人となってもまだ余裕がある。

建て替えられた隊舎の前には石碑が建っていた。石碑の隣には黒い墓石。タージェスはいつものように膝をつき、摘んできた花を墓石に供《そな》える。

「待たせて悪いな。あと少しだから、もう少し、待っていてくれ」

いいですよ。

柔らかな医師の声が聞こえた気がして、タージェスは、ふっと笑う。

ティスが好んだ花はウィス森にしかない。どちらにしろ、夜明けのひと時しか咲かない花は、領主の敷地までもたない。萎《しぼ》んだ花を供えてもティスは喜ばないだろう。

いや、喜んでくれるか。

ティスは、そういう人だった。

タージェスは指を折り、亡くなったティスの年齢を数える。

愛しい人が今も生きていたとして、だがそれでも、タージェスの年よりも当然に若い。

いくつも年下の恋人が若い体のまま逝ったのが可哀想で、どうしようもなく可哀想で、胸が締めつけられるほど愛おしい。

領主の敷地に墓石を置くことを許された他種族の民は、後にも先にもティスだけだろう。多分、そうなると思う。

おそらく、領主とその伴侶の墓は歴代領主の墓地には並ばず、どこか別の、メイセン領の要所となるべき場所に建つのではないか。そう、思うのだ。

ティスの墓石の場所をどこにするかは、メイセン中で揉めた。

イイト村は当然のように自分たちの村に建てることを主張し、他の村も町も譲らなかった。生前をイイト村でひとり占めしたのだから、墓の世話くらい譲ってくれと。

全てを収めたのは小さな領主だった。

ティスの墓石は領主の敷地に。そのひと言で全てが決まった。

そして今、ティスの墓石の隣には、その功績を称《たた》える石碑が建つ。

メイセン領の医師として、メイセン領のために奔走した。メイセン領を支える産業を興せたのもティスの力があってこそ。

かつて、小さな領主が望んだとおり、メイセン領はリンス国の薬箱となった。その礎《いしずえ》を築いたのは確かに、領主エルンストとティスのふたりだった。


黒い墓石をひと撫でして立ち上がる。

午後から行われる新参兵の訓練でも見に行こう。

タージェスはゆっくりと歩いていく。右手に馬房が見えてきた。

隊舎より先に馬房を新築した。こちらにもまだまだ余裕があり、現在の頭数の三倍になっても大丈夫だろう。

タージェスが基礎を叩き込んだ騎馬隊は、国軍の騎馬隊にも劣るまい。位は農民ばかりだが、生まれながらの騎士にも負けはしない。そうなるよう、鍛えてきた。

タージェスを見つけ、馬の世話をしていた領兵が片手を上げて挨拶をした。タージェスも軽く手を上げて応え、先に進む。

馬房の裏には馬場が広がる。馬が十二頭、隊列の訓練をしていた。この春から訓練を始めた馬ばかりだ。

タージェスは馬場の柵に手を置き、訓練の様子を眺める。

多少癖はあるが、どの馬も聞き分けがいい。馬上の領兵の指示に我を張らず、素直に従う。もたついているのは馬が訓練を理解していないからだ。

タージェスは声を上げ、領兵に向け指示を飛ばす。領兵がタージェスの指示どおり馬を動かすと、馬同士の足並みが揃ってきた。

これでいい。回数を重ねれば体に沁み込む。

かつて、馬の世話を一手に引き受けた老兵士のおかげだ。

軍馬は気性が荒いもの。そう思い込んでいたのはタージェスも同じだ。素直で扱いやすい馬を残してきたメイセン領兵隊の馬は、気性の荒さとは無縁で、だからこそ、人の指示に素直に従う。

メイセン領の騎馬隊は、人と馬が同時に育ってきた。彼らが礎となり、重要な規律を作っていく。

馬の育て方、人の育て方。

最初の一歩を間違わなければ、長く規律は保たれる。

馬場に背を向け、タージェスは歩き出す。

騎馬隊はもう、タージェスの指示を待たずに成長していける。

少し乾いた土を踏み締め歩いていく。

小さな領主は領兵隊のために、広い敷地もくれた。

相変わらず畑仕事も行うが、それはもっと向こう、隊舎の反対側で行われていた。タージェスが歩くこちら側は領兵隊の訓練だけに使われている。

数の増えた領兵がきびきびと動き、タージェスとすれ違うたびに足を止め、小さく敬礼をする。

タージェスと軽く言葉を交わし、笑い、そしてまた小走りに駆けていく。

動きが機敏になったと思う。怠け癖を持つ者もいるが、周囲の機敏さにそれも消されていく。

人は、集団を構成する最大の個に染まるものなのだろう。怠惰な者が多ければ怠惰に、勤勉な者が多ければ勤勉に。現領兵隊隊長ミナハの明るさと副隊長メイジの勤勉さで、メイセン領兵隊の集団の色が変わったのだと思う。

さて、自分の時代はどうだったのか。

そう悪いものではなかったと思いたい。

微かに笑みを浮かべ、また、歩く。視線の先に領主の屋敷が見える。

その姿に、いつも苦笑が滲む。

馬房と隊舎を新築したのに、領主の屋敷は変わらず古いままだ。二階の床は剝がされ、階段の手すりは一ケ所落ちている。

小さな御領主様はいつになったら御屋敷を直すつもりなのか。

おそらく、次代の領主に任せるつもりなのだろうと思う。

古い御屋敷を見ながら進み、賑やかな声が響く一角で足を止める。

入隊五年目までの領兵を集めて訓練が行われていた。この訓練は毎日行われる。まずは隊列の組み方を体に叩き込む。頭で考えるより先に体が動くように。

タージェスは、積み重ねて置かれた丸太に腰かけた。

これは、基礎体力を作るために使用する丸太だ。入隊したばかりでは動かすこともできないが、毎日訓練を続けていると、ひとりで一本の丸太を動かせるようになる。

今、タージェスの目の前で訓練を続ける新参兵もようやく動かせるようになってきていた。

訓練をつけているのは入隊十年目を過ぎた若い兵士から五十年以上を過ぎた古参兵までいる。新参兵に訓練をつけると言いながら、彼ら自身も訓練をしている。

全ての領兵に、決められた仕事と決められた訓練がある。だが領兵の多くが、決められてはいない仕事と訓練を自主的に行っていた。

タージェスがメイセン領で暮らし始めた頃、メイセン領兵隊は兵士とは名ばかりの者たちの集まりだった。痩せて、貧しく、武器も持たない怠惰な集団。

小さな領主は表面に出しはしなかったが、その恐れと驚きと焦りはいかほどだったのか。

「……困難だと思われる道でも、一歩を踏み出す。一歩一歩を歩み続ければ、望んだ場所ではなかったとしても、蹲って嘆くだけでは決して辿り着けない場所には行ける。まずは、一歩を踏み出す。それが何より大事だ」

初めて目にしたメイセン領兵隊を思い出す。

あの頃の自分に、今の領兵隊の姿を思い描くことはできただろうか。

タージェスは微かに笑みを浮かべ、ゆっくりと首を横に振る。

望みなど、持つこと自体が馬鹿らしく感じた。この領兵隊に何かを期待するのは間違っていると。

タージェスはそう断じ、タージェスの下で副隊長を務めたアルドもそう言った。いや、メイセン領兵隊の全領兵がそう思い込んでいただろう。

満足に食べることもできず、金もなく、学もなく、何もできるはずがないと。

だが、領主だけが違った。

必ずできると信じ、勇気ある一歩を踏み出した。

その一歩を、メイセン領の全てに広げた。

今のメイセン領兵隊に、かつての領兵隊の姿を信じる者はいるだろうか。かつてを知っている者でさえ、すぐには思い出せないだろう。

今のメイセン領民に、かつての領内の姿を思い出せる者はどれほどいるだろうか。

『……五十年、百年と振り返ってみれば、そこには明らかに過去とは違うメイセンの姿がある。今の現状から考えるから壮大で夢物語なのだ。しかし、三百年後には日常の光景となっている。……そうなっているよう、今から一歩を踏み出すのだ』

かつての領主の言葉が脳裏に浮かぶ。

信じてよかったと思う。

壮大な夢物語が現実になっていく過程を、これほど身近に感じられた。

幸運だったと思う。

恵まれすぎた人生だった。

懐から小さな袋を取り出す。長い月日の中で豪華さは消え失せ、ただの汚れた小袋に見えた。

この中に何が収められているのか、タージェス以外、知る者はいない。

「私に……最初の一歩を踏み出すきっかけを与えてくださって、ありがとうございます」

陛下との出会いがなければ漫然と、国軍に居続けたのではないだろうか。不平と不満を持ちながら、こんなものだと諦めて、動きはしなかっただろう。

外の世界に踏み出す一歩のため、タージェスの背中を押してくれたのは、陛下との思い出だった。

指先で小袋を撫で、タージェスは空を見上げた。

薄い青が広がる、春の空だった。

ふぅと息をつき、目を閉じる。

全てのものが芽吹き始める音が、耳に、響いた。


長く雪深い冬で固められた土を破り、種が芽吹く。

硬い樹皮から、青く柔らかな新芽が顔を見せる。

馬が、羊が、仔を産み、増やす。耕された畑が肥えた土の匂いを立ち上らせ、民が声を上げて笑う。鍛えられた領兵が剣を打ち鳴らし、鬨《とき》の声を上げる。

全ての者の上に春が来る。

小さな領主と共にタージェスも、僅かながらに種を蒔いた。蒔いた種はいつか、必ず、芽吹く。

そう、必ず芽吹くのだ。


タージェスは目を開き、訓練を続ける領兵に向け、ぱん、と両手を打ち鳴らした。

さあ、芽吹いてくれ！

「……隊長？　寝ちゃいました？　こんな所で寝たら風邪をひきますよ」

遠くに消えていくミナハの声に懐かしい声が重なり、タージェスは目を閉じたまま、笑う。

――隊長殿――

それは、温かな声だった。

トーデアプスと子供たち

イベン村のアルテは単語を覚えるのが得意、キャラリメ村のファンは計算が速い、アルルカ村のニースはよく人を見ている。

トーデアプスは、熱心に勉学に励むメイセンの子供たちを微笑ましく見る。どの子らも、何かしらひとつ、良いところがあった。

「先生、この字は何と読みますか」

「これは、躊躇《ちゅうちょ》、です。何かを決断しようとして、でも、迷う。そういう心境を表しています」

トーデアプスの説明を聞き、アルテがノートに小さな文字で書きつける。限られた紙面を最大限有効に使おうと、どの子の字もとても小さい。

「アルテが躊躇するのは、どういうときでしょうか？」

トーデアプスが訊ねると、アルテは首を傾げて考えていた。

殿下はあまり、悩むことのない方だった。

トーデアプスの胸に、懐かしい光景が浮かぶ。

いや、殿下も胸中では悩むことは多々あったのだろう。けれども、それを一切表に出す方ではなかった。

殿下は悩むことも、落ち込むことも、機嫌が悪かったことさえない。

体調がすぐれないときなどは特に、隠してしまわれる。

いつもとは違う殿下の指一本の動きで多くの者が常とは違う行動を取らなければならなくなることを、あの方は何より避けようとなされた。

冷めてしまった白湯をひと口含み、悩み続けるアルテを静かに待つ。ニースがすっと立ち上がり、暖炉にかけられていた鍋から木杓で湯を掬い、トーデアプスの湯飲みに入れた。

ニースに礼を言って、温かくなった湯飲みを両手で包み込む。

暦《こよみ》の上ではとっくに春だというのに、メイセン領はまだまだ冷える。

殿下はあまり、何かを訊ねる方でもなかった。わからないことは御自分で調べていた。皇太子宮の書庫にはたくさんの書籍が収められていたし、殿下が望めばもっと多くの書籍が収められた王宮の書庫にも出入りできた。

殿下の日常は全て決められていた。殿下が自由にできる時間などほとんどなかった。それなのに、殿下は僅かな時間を見つけては書庫へと出向き、御自分で目当ての本を探しておられた。

トーデアプスは目を閉じ、幼い頃の殿下を思い出す。

小さな殿下が分厚い本を抱えておられた。ただ紙を捲って遊んでいるのかと思ったら違っていて、驚いた。

試しに内容を尋ねたら、殿下はすらすらと答えてしまわれたのだから。

ふっと目を開ける。悩むアルテを助けようと、子供たちが一緒に考えていた。

殿下に託された三つの村はかつて、とても仲が悪かったのだという。けれども今、少なくとも子供たちは、まるで兄弟姉妹のように仲がいい。

トーデアプスは微笑ましく子供たちの話を聞く。

「うーん……右に行こうと思って、でも、左もいいかなって感じかな」

「そんな簡単なことじゃないと思うよ。もっと難しい決断だよ」

「リンツ谷を渡るときにさ、この岩に足を置くか、それとも手前にするか、そんな感じ？」

メイセンは陸の孤島だ。領民が接するのは限られた人だけだ。特に、子供たちは。

世界は広いのだと気づかせてほしい。だが、徒《いたずら》に外がいいとは思わせないように。故郷に誇りを持ち、自信をつけさせた上で、外の世界を見せるのだ。

殿下の声がトーデアプスの胸に響く。

メイセン領の大人で、外の世界に出稼ぎに行ったことがない者は少ない。故に、領民の多くが自身の故郷を恥じ、外の世界を羨望しつつも憎む。みな、言葉では言い表せない悔しさを感じたのだろう。故郷を馬鹿にされもしたはずだ。

メイセン領の人々が出稼ぎに行こうとしたら、必ず、リンツ谷を渡らなければならない。いくら近いとは言っても、他国であるリュクス国カプリ領で出稼ぎをするわけにはいかないからだ。

命をかけて険しい谷を渡り、金を稼ぎに行く。決死の思いで向かった先で得られる金は、どれほどの重さなのだろうか。

騎士の子として生まれ、騎士の位を持ち、人生の多くを王宮で過ごしたトーデアプスにはわからない。

自己を律して生真面目に働けば、決まった給金を与えられた。辛いことも当然にあったがそれでも、メイセン領の人々が遭遇することの比ではないだろう。

今、トーデアプスの目の前にいる子らが理不尽に虐げられないようにと願う。

学は、力になる。頭に詰め込んだ知識は決して、彼らの重荷にはならない。

けれども同時に、学は歪みも生み出す。視界を狭めることにもなる。修めた学に振り回され、孤独に蹲る者を見た。他を虐げる者を見た。

広大な領地を誇るメイセンの子らには、その領地のように広い心を持って、育ってほしいと思う。嫌なものも、一度は受け入れる度量をつけてほしいと思う。

「先生は、躊躇するってどういうときですか？」

イベン村の小さな子、トラウスが訊ねた。小さな手がトーデアプスの膝に置かれていた。

その手にそっと触れ、トーデアプスは微笑んだ。

「そうですね……」

考えを巡らそうとしたトーデアプスの脳裏に、メイセンの夏の姿が浮かぶ。

一面に広がる麦畑、黄金の麦穂を一陣の風が撫でていく。

荘厳に美しい光景になぜか、殿下の姿が重なる。

聡明で偉大なる皇太子殿下。あの御方の戴冠式を何度夢見たことだろう。

殿下の治世はこの国に、飛躍的な発展をもたらしただろうに。

「先生？」

小さな子らがトーデアプスを心配して集まってくる。

震える手で目を押さえ、トーデアプスは首を振る。

「何でもありません。年をとると、目が霞むことがあるのですよ」

この手で、奪った。

国の未来も、殿下の栄光も。

殿下の尊厳さえ、奪ってしまった。種無しの役立たずだと、陰口を叩く者がいたのを知っている。

トーデアプスの耳にまで入ってこなかったとしても、その目が語っていた。

瞼を押さえる手を離し、目を開く。小さな子らが心配そうにトーデアプスを見上げていた。

ニースの手がトーデアプスの肩に触れ、軽く揉んでくれる。アルテは新しい湯飲みに、温かな湯を注いで手渡してくれた。

ファンがひざ掛けを持ってきてくれる。

トーデアプスは、ふっと微笑む。

メイセンの子らに、幼い頃の殿下が重なる。

柔らかな風のように、優しい方だった。

「私の躊躇は、エルンスト様のお名前を呼ぶことです」

笑って子らに答える。

「殿下、とお呼びしそうになるのを堪え、畏れ多くもお名前を呼ばせていただいています。それが、私にとっては、とても躊躇することなのですよ」

殿下がどういうお立場の方だったのか、子らは知らないのだろう。メイセンの大人も同じだ。皇太子殿下というのがどういうお立場の方か、理解できていない。

だが、それでいいと思う。何より殿下がそれを望まれている。

自分を納得させるように目を閉じて頷いたトーデアプスの耳に、子らの賑やかな声が入ってきた。


「でんかってなに？」

「エルンストさまのことだよ」

「御領主さま？　どうして御領主さまが、でんか、なの？」

「わかんないよ。でんかって、偉い人のことだよ」

「御貴族さまより？」

「エルンストさまは御貴族さまだよ。だから、もっと偉い人のことだと思う」

「偉い人だから怖いのかなぁ」

「どうしてエルンストさまが怖いんだよ。エルンストさまより領兵隊の隊長さんのほうが怖いぞ」

「うんうん。俺もそう思う。だってさ、でっかいんだよ」

「ガンチェさまのほうが大きいよ」

「ガンチェさまはダンベルト人だからだよ。だけど、遊んでくれるし怖くない。隊長さんは何か怖くて、近寄りにくい」

「あ、それが躊躇じゃないの？　近寄りたいけど、行きたくない」

「……ちょっと似てるかも。だってさ、怖いけど話しかけてみたら面白かった」

「隊長さんと話したの？　すっごい！」

「怖くないよ。面白い。ブレスさんに遊ばれていたよ」

「ミナハ兄ちゃんにも遊ばれてた。隊長さんは領兵隊の玩具なんだって」

「だけど大事なんだよ。だってさ、みんな、隊長さんのひと声で動くんだからね。俺、見たことあるもん。隊長さんが何か言ったら、領兵隊が、ばって動くの。かっこいいんだから！」

「あたしも見たっ！」

「かっこいいんだよ！　隊長さんは誰よりも馬に乗るのが上手なんだって」

「騎士さまだからね」

「騎士さまって、御貴族さまより上？」

「違うよ。御貴族さまのすぐ下が騎士さまだよ。多分」

ファンが目で問いかけるので、トーデアプスは微笑んで頷いた。

「じゃあ、エルンストさまは何なの？　なんで、偉い人なの？」

「わかんない……すっごい御貴族さまなんだよ」

「なんで、そんなすっごい御貴族さまがメイセンなんかにいるの？」

「そうだよねぇ。リンツ領の方だよねぇ」

小さな子らはメイセン領とリンツ領、カプリ領くらいしか認識できていない。王都という考えは出てこないのだ。

「人が多いとこに、いちゃいけないのかなぁ」

「……何が？」

「エルンストさまだよ。おそれおおい、って、怖すぎるってことだろ？」

「あ、そうか。恐れる、が、多い、んだから、怖すぎるってことなんだ」

「エルンストさまがぁ？」

信じられない。キャラリメ村のオータの目がそう言っていた。

「俺たちが知らないだけで、エルンストさまはすっごく怖い人なんだよ。だから、人がいっぱいいる所には置いておけないんだ」

「あっ！　あたし、御領主さまのお屋敷で本を借りたのっ！　その本に書いてあった」

「あっ！　あれでしょ!?　夜になると天井に頭がつくくらいに大きくなって、口が大きく裂けちゃうやつ！」

「そうそう！　それで、人を食べちゃうんだよ！」

「…………なんだよ、それ」

「だから、人食いの化け物なの！　月のない夜に現れて、人を食べちゃうんだよ。だけど、逃げる方法もあるの。それはね……」

「ああ、いいって。どうせ、くだらないお話だろ？もっと役に立つ本を読めよ。せっかく御領主さまが本を貸してくれるっていうのに」

「いや、でも、俺も気になっていたんだ……」

アルテが暗い声で言った。

「お前ら、気づいていないのか？　最近さ、領兵隊が減ったと思わないか？」

「…………………」

部屋に重苦しい沈黙が広がる。トーデアプスは内心で首を傾げる。

話が妙な方向に向かっているような気がした。

「減った、よね？」

「減ってるよ。イベン村のレイがいなかった」

「いっつも遊んでくれるクルスもいないんだよ」

「半分、くらいになってない……？」

イベン村のセレカの言葉に子らは顔を引き攣らせた。

「領兵隊が半分になったのは……」

第二駐屯地ができたから、そう言おうとしたトーデアプスの声を遮り、子らの悲鳴が響いた。

「エルンストさま、食っちゃったんだっ⁉」

「そうだよ！　エルンストさまが食ったんだぁ！」

「……こぇぇぇぇぇ、俺、エルンストさまを怒らせてないかなぁ……」

「あたしもだよぉ。エルンストさまのお部屋に入っちゃったよ」

「俺も入った……御領主さまがお仕事している部屋を見たくてさ」

「エルンストさま、怒ってなかったよ？　何かお仕事しながら話聞いてくれた」

「邪魔すんなって、思ってたのかもしれないぞ」

「つ、次のさ、月のない夜って、いつだ？」

ファンが指で日を数える。

「あ、今日だ」

小さな小屋が震えるほどの悲鳴が上がり、何事かと大人たちが駆け込んできた。


大人たちに爆笑され、子らは殿下に対する誤解を解く。

トーデアプスはほっと息をついたがその後しばらく、殿下を見る子らの目が恐怖に震えていた。

メイセン領主と伴侶の
ささやかな日常

金の降る夜

春から秋にかけて、メイセン領と他領地との交流は活発となる。雪解けを待っていたかのように、エルンストの下には大量の書簡が届いていた。七割が国からのもので、残りの三割が各地領主からのものだった。これは、雪に閉ざされる冬まで続く。

エルンストは上等の紙で作られた封筒を、細いナイフで開く。封蠟《ふうろう》は香紅玉《こうこうぎょく》の鮮やかな赤だった。中の紙には透かし模様が施され、書きつけられた文字は流麗であった。おそらく、文字を書くことを生業《なりわい》としている代筆人を使っているのであろう。

歌うような言葉の羅列を読む。文章も専門の者が作っている。これを一領主が作っていたら称賛に値する。

「……ふむ」

ひと言で言えば、爽やかな文章であった。読む者の心を軽やかにさせる技が随所に凝らされている。見事である。枚数にして二枚、長すぎず、短すぎず、分量としてもちょうどよい。

エルンストは執務椅子から立ち上がり、手にした書簡を夏の陽にかざす。窓硝子越しに届く陽の光は、上等な紙に施された透かしを見事に浮き上がらせた。

緩やかな川の流れに、川辺に咲く二輪の花。夏の文様だった。

「なるほど」

差出人はブロウレィ領主ロード・ディ侯爵、内容は金について、だった。ブロウレィ領地は貧しく、金がない。国に税を納めるのにも苦慮しており、ここ数年は足りない税を商人からの借金や、親戚や友人に無心して間に合わせた。金を得るためのよき方法はないだろうか。メイセン領主の知恵を拝借したい。

「…………」

領主が書いたものではないとはいえ、文面に邪気はなく、嫌味も皮肉もない。本当に、心の底から、金がないからどうにかならないかと教えを乞うているのだろう。

しかも、簡単に得られる方法だ。

「…………そのようなものがあるのなら、私が知りたい」

書簡を握りつぶしそうになって、手を緩める。溜め息をつきそうになって、息を止める。

かつて、溜め息は厳に禁じられた行為だった。国王や皇太子が溜め息をつけば、周囲の者が狼狽える。それは、決してしてはならない行為だった。

エルンストは軽く目を閉じ、息を整える。目は、完全に閉じてはならない。内に籠っては暗闇に沈む。己の心と語り合ってはならない。特に、このような感情のときには。

息が整い、心が整う。気を取り直して残りの書簡を開こうと執務机に向かったとき、扉を叩く軽い音がエルンストの耳に届いた。

「入れ」

立ったまま、扉に向かって声を発する。領主の許しを得て入ってきたのはガンチェだった。

「エルンスト様、新しい手紙が届きましたよ」

大きな手には数十の書簡が摑まれていた。がくりと肩を落としそうになり、慌てて己を律し、いや、年下の伴侶の前では自分を飾る必要はないのだと気づき、エルンストは心のまま声を発した。

「またか……」

ガンチェはくすりと笑って扉を閉め、エルンストの机の上に書簡を置いた。

「ざっと見たところ、行政官府と薬師府からのものが多いですね。あとは……領主から五通」

エルンストは封書も見ずに、推測できる領地の名を口にする。ガンチェは既に送り主の名を確認していたのだろう。赤茶色の目が驚きに見開かれる。

「……なぜ、おわかりに？」

「国の状況と、先に届いたこの書簡と、あとは推測だ」

執務椅子に座りながら、先ほどまで読んでいた書簡をガンチェに手渡す。

「読んでも？」

「もちろん」

愛しい伴侶に読ませられないような書簡は、最初から存在自体を完璧に隠す。つまり、中を検《あらた》めた瞬間に焼き捨てる。

ガンチェの目が文字を追う。呆れたような笑みがその顔に広がっていく。貴族らしい流麗な言葉で真意がわかりづらくなっているが、さすがは文章に強いグルード郡地の種族、ダンベルト人だ。ガンチェは一読でロード・ディ侯爵の真意を読み取った。

「……なるほど。なるほど」

同じ言葉を二度続けるのは、呆れか怒りの表れだ。この場合、前者であろう。エルンストは三度続けたくなったが、腹の中でとどめただけに過ぎない。

「ちなみに、このブロウレィ領地と、こちらの領地の関係は？」

ガンチェは、自分が運んできた書簡を目で示す。

「隣地同士だな。どうやらそのあたりの領地では、おかしな噂でも立っているらしい」

「エルンスト様が金を生み出していると？」

「ロード・ディ侯爵の息子は行政官府に勤めている。その者が発端だろう」

「……何をどうしたら、エルンスト様に金があると思うのでしょうか……？」

誰よりも近くにいて、誰よりもメイセン領主が赤貧に喘いでいると理解している者の言葉だ。解《げ》せぬ、とガンチェが首を傾げ、エルンストは重々しく頷いた。

「そのとおり、我が領地に金はなく、私には1アキアの余裕もない」

「……1アキアあれば、王都で菓子がひとつ買えますよ？　ちなみに付け加えておきますが、普通の民が食べる、普通の菓子です」

　ガンチェが眉を寄せて苦笑を浮かべる。

「ガンチェのためなら買ってもよいが、私には無駄だ。1アキアあれば飼葉を買う」

　メイセン領にはもともと馬がいなかった。その土地にもともといない動物を飼うということは、余計な金がかかるということだ。だがそれでも、広大なメイセン領に馬は必須で、領兵隊には騎馬隊が必要だった。

「私が滞りなく納税を行っているのが不思議なのであろう。領主の借金は領地の荒廃に繋がる。相手が商人であれ貴族であれ、領主が借金をするときには必ず、行政官府に届け出なければならない。故に、行政官府に勤める者であればどの領主が一番貧しく、どの領地が堅実に運営されているのかよくわかるのだ」

「……エルンスト様は無借金で、納税が遅れたことはない。だから、メイセン領は堅実運営だと？」

「その点については否定しない。だが……」

　エルンストは言葉を切り、両手で拳を作って絞り出すように言った。

「それには、どれほどの苦難が伴うことか……」

　ぶるぶると震えるエルンストの拳に手を重ね、ガンチェが宥めるように撫でた。

「まあ、そうですよね……メイセン領ほど節約に節約を重ね、さらに節約して、なお一層節約している領地なんてないですよねぇ……」

　ガンチェはそう言って、ぐるりと室内を見渡す。歴代領主が揃えた絵画は売り払い、この部屋に『も』何もなかった。

「それで、返事はどうされるんです？」

　何かしらの意図がない限り、どのような内容であれ、エルンストが返事を出さないことはない。

「まず、無駄を排する。紙は普通のものでよい。文字が書けたらそれでよいのだ」

「……その、分厚い、粗末な紙で返書を出されるのですか……？」

エルンストが使用する紙は、ロード・ディ侯爵が使用している紙の、三倍の厚みがあった。

「十分であろう？」

特別な紙は、特別なときと相手にしか使用しない。

ガンチェは軽く首を振り、応接用の椅子に座る。

「文章は自分で考え、自分の手で書く。人から仕事を奪うのは極力避けなければならないが、代筆人などの職は他の貴族にすぐ抱えられるであろう。ならば、貧しい領主は手放さなければならない」

「無駄を排するために……」

エルンストは執務椅子から立ち上がり、ガンチェと向かい合う形で応接用の椅子に座る。

「そう、無駄を排するために。封蠟も粗末なものを使えばよい。封ができて、領主の印が押せればそれでよいのだ。香紅玉の封蠟など、贅沢にもほどがある」

「まあ……そうなんでしょうが……なかなか難しいでしょうねぇ」

ガンチェが呆れたように笑い、エルンストは眉を寄せた。

「なぜだ」

「みんな、生活の質は落とせないからですよ」

「生活の質……？」

「はい。飲み物はワイン、それも一番上等なもの、そう決めてしまった者が金をなくしたからといって、すぐには水に変えられないのです」

「なぜだ。金がないのなら水にすべきだ」

「頭ではわかっているんでしょうが、心が納得しない。切り替えが難しいんですよ」

「……よく、わからない」

金がないのなら、ないなりに生きていくしかない。

「私はエルンスト様の、その切り替えの早さを尊敬していますよ。上等な物と粗末な物。その違いを誰よりも理解されているだろうに、必要であれば迷わず粗末な物を摑むところも、それを全く気負いなくされるところも」

ガンチェは立ち上がって応接机を廻り込んでくると、エルンストの背後に立った。

「だけど、エルンスト様？」

大きな手が優しく肩に載せられる。

「大部分の人は、首が完全に絞まるまで、生活を変えることはできないんですよ」

肩に載る温かい手に、自分の手を重ねた。

「……そのようにして身を滅ぼす者がいることは理解している。だが、領主が倒れてはならぬ。領主が倒れるとき、領民もただでは済まないのだから」

破産した領主は過去にいくらでもいる。破産した領主とは、破綻した領地と同意語だ。

「より詳しい状況を調べなければならない。あの文章どおりの状況であれば、問題はまだ大きくはない。多少改めれば対応できる程度であろう」

流麗な文言、優雅な品々。金はあるのに心配性の領主が先走っただけならなおよい。

「他人事だと、放ってはおかないのですか？」

「周辺領地も含め、六つの領地が同じように困窮の道を辿っていれば根が深い。領主の金遣いだけが問題ではないかもしれぬ。どちらにしろ、六つの領地が一斉に倒れたら国が揺れる」

エルンストはじっと、何も飾られていない壁を見る。

「行政官府と薬師府、財政府と軍務府に書状を書こう。ネリース公爵とコウナカクト公爵にも……」

現国王の第三子と第二子、エルンストの弟と妹の名を呟く。ネリース公爵は王都で暮らし、元老院のひとりとして国政の裏側にも通じている。

そして、コウナカクト公爵にはその生まれ育ちで培われた慎重さがあり、また、情報収集能力が非常に高かった。

「直接的に問うわけにはいかぬ。猜疑心を植えつけるわけにいかぬであろう？　私が領地替えを望んでいるだの、彼らが破綻しそうなどととられては……」

背後の伴侶を見上げて悪戯っぽく笑えば、ガンチェは苦笑を浮かべてエルンストを抱き上げた。

「変に探れば謀反あり、となりますか」

「火のないところにも煙を立てたい輩《やから》は多いゆえ」

「……各府には当たり障りない言葉で、ふたりの公爵様には別の言葉で？」

「そうだ。全ての書状を集めて読み比べたところで、同じ事柄について訊ねているとは気づかれぬよう、細工をしよう」

「エルンスト様が施された細工なら、私も気づけないでしょうね」

呆れたように笑う伴侶に向けて、エルンストは軽く目を見開いた。

「何を言う。ガンチェは読解力に優れている。私がいくら策を弄《ろう》しても、ガンチェの目を誤魔化すことなど決してできぬ」

「それこそ、何をおっしゃいます、ですよ？」

ははっと笑ってガンチェが扉に向かう。

「さてさて、お昼にいたしましょう。我がメイセン領一の料理人が、腕によりをかけて御馳走を作ってくれていますよ」

メイセン領で唯一の料理人が、朝に出したスープと同じものを火にかけて温めている。エルンストは頭の中で正しく状況を捉え、鷹揚に頷いた。

「ふむ。それでよい」

腹に入れば何でも同じだ。


数日おきに書簡が届く。この状況は雪に閉ざされる冬まで変わらず、エルンストに届く書簡は年々増えていった。

国の中心からこれほど離れた領地であるというのに、エルンストに助言を乞う者があとを絶たない。それは国の役人であっても同様で、時に、属する官府に話もせずに勝手に書簡を送ってくる者たちがいた。

「その全てに返書を書かれるから図に乗るんですよ」

ガンチェは応接用の椅子に座り、手紙の仕分けを行っていた。侍従にさせるべきだが如何せん、ガンチェが一番信頼が置ける。

「まあ、よいではないか。彼らが意図せず情報をもたらしてもくれる」

今もまた、エルンストが望む情報の一端が財政官府の下等役人から入ってきた。既に手にした各府からの書簡やふたりの公爵から届いた手紙と合わせ、エルンストは頭の中で状況を把握した。

「……ふむ」

うっすらとかかっていた靄が、今届いた手紙で全て晴れ渡る。エルンストは手紙を机に置き、ガンチェに笑みを向けた。

「ルイハ領主が国費の特別支出を望んでいるらしい。領内の水車を増設したいがゆえに」

「自分で作ればよくないですか？」

メイセン領なら自分で作る。国に借りを作るのも、過ぎれば後の禍《わざわい》になる。

「ルイハ領を流れる川は三つ、そのどれもが細く、水量は少ない。水車を作ろうと思えば特別な技量を要するが、ルイハ領主が望んでいるのは巨大なものだ。バステリス河ほどの水量がなければ、無理であろうほどに」

それをどうやって断ればよいのかと財政官府の役人がエルンストに問う。ルイハ領主はメルダ侯爵で、財政官府の上役に顔が利きすぎる貴族だった。

上役に命じられ国土府に話を聞きに行ったが一笑に付され、困りきった様子が読み取れた。リンツ谷の工事に関わる書類を送ってくるついでとはいえ、こんな手紙を書かずにはいられないほどに。

「ルイハ領主が指定している川ならば、通常の水車であっても満足には動かぬだろう」

「どの程度の大きさを望んでいるのですか」

「ルース川に、この屋敷の東棟程度の水車だ」

ルース川とはカタ村を流れる細い川だ。エルンストが両腕を広げた程度の幅しかなく、川底は浅い。

「……本気ですか？」

ガンチェがふっと笑う。

「でも、それがエルンスト様の欲しい情報なんですよね？」

察しの良い伴侶が赤茶色の目でエルンストを見た。

エルンストは机に置いた手紙を指先で叩く。そして、執務椅子から立ち上がった。

「ガンチェ、散策にまいろう」

なぜと問いかけることもなくガンチェも椅子から立ち上がると、エルンストのために扉を開いてくれた。


夏の昼下がり、ガンチェと並んで道を歩く。もっとも、メイセン領地では馬車も馬も領主だけのもので、領主の屋敷を離れていくにつれ、道と呼べるものは消えていく。少ない領民の足がつける跡はすぐに消え失せ、道にもならない。

いくらか歩いた先でガンチェはエルンストを抱き上げた。多少疲れを感じていたのでエルンストも素直に抱き上げられて進む。

「目的は水車ではなく、掘削であろう」

「……穴が欲しいんですか？」

「そうだ。水車を設置する場所を厳に指定している。……別の場所ならまだよいのに、と書かれていた」

それでも通常の水車より小ぶりなものなら、と役人は続けて書いていたが。

「穴を掘ってどうするんですか」

「石を探す」

「……石？　リヌア石みたいなものですか？」

熱を伝えるリヌア石は高価で、莫大な財産を領地に落とす。

「みたいなもの、ではなく、リヌア石だ」

ふふっと笑ってガンチェを見下ろす。

「そう、思い込んでいる。いや、思い込まされている、と言うべきか」

リヌア石はその特性故に、川辺で見つかることは絶対にない。地表に岩がなく、地中に含まれる小石などは極力少ない場所に眠っている。見つかるとすれば森、それも雪深い土地がよい。

ルイハ領のように、一年を通じて温暖な領地では決して得られぬ石である。

「ルイハ領主に囁いた人物がいるのであろう」

「どなたです？」

伴侶の巻き毛を指に絡めて軽く引っ張り、ガンチェの耳元でふたりの貴族の名を囁く。


「国土府の椅子を無駄に温める者たちだ。領地を持たず、国からの給金だけで食べている」

決まった給金しかない。貴族だからと見栄を張り、贅沢を続ければ貧しくなるのは当然で、ある意味、罰を与えられているのと同じだった。どちらも数代前の先祖が犯した罪を、子孫が尻拭いし続けている。

領地は売り買いできる。その領地の価値により金額は異なるが、金に窮した領主が自らの領地を売るという行為は稀に行われていた。

かつて、現国王の第二子、コウナカクト公爵の祖父がしたように、纏まった大金欲しさに領地を売る領主もいるのだ。

「ルイハ領の隣地は、ブロウレィ領だ」

「それって、あれですよね？　以前届いた書状の……」

「あのあたり一帯が狙われているのだろう」

国土府で養われているふたりの貴族以外にも、領地を持たない貴族は王都に多く存在する。

陽が強くなってきた。ガンチェはエルンストを木陰に連れていく。太い木の根元にガンチェは座り、その膝の上にエルンストを座らせた。

「貴族の数と領地の数が合わぬのだ。当然に、領地を持たぬ貴族が出てくる。ガンチェが言うとおり、領地を持たずとも生活の質を落とさずに生きていける者は少ない」

「贅を極めて生きる、ですか」

「極めずともよいが、貴族が望む程度の贅沢をしたければ、領地を持つほうが楽に行える」

「それが、メイセン領でなければ」

「そう、メイセン領でなければ」

エルンストはガンチェと向かい合って座り、可愛い年下の伴侶と啄むような口づけを交わす。

「領地を持たぬ貴族の多くは王都で暮らしているが、常に、どこかの領地が空かぬかと狙っているのだ」

「……領主のいない領地って、ありましたよね？」

ガンチェが首を傾げる。

「現時点では二十七領地だ」

「そこには収まらないんですか？」

「どこも問題がある。メイセン領が百年の間、領主がいなかったように」

付け加えた言葉で全てを理解したのか、凛々しい眉が下がって苦笑した。

「ああ、なるほど……」

それでも、メイセン領のように百年も放っておかれた領地はない。現時点で領主不在の領地も、遠からず治める者が出てくるだろう。

「無能な領主が去り、有能な領主がやってくるのならよいが……多くの場合、金しか見ていない」

限られた給金だけで暮らすことを余儀なくされていた者たちだ。領主となれば箍《たが》が外れる。

「リンス国が定めた民ひとり当たりの基本税の最低額は5シットだ。領主は、5シット以上であればいくらにでも設定できる」

「1リッターでも？」

「そう。1リッターでも」

1リッターとは誇張が過ぎるがそれでも、民が一生かかっても稼げないほどの大金を、箍が外れた領主は納税額と定めることがある。

「ブロウレィ領主もルイハ領主も、そして、あの五つの領地の領主たちもみな、それほどの重税を民に課してはいない。金がないと言いながら、自らの行動を改めようとはしないが、金がないからと言って、税率に目をつけることもない」

分厚い胸に背を預け、エルンストは目を閉じる。

ブロウレィ領主から書簡を受け取って以降、集めた情報を頭の中で精査する。一連の動きの裏には領地を奪おうとする、貴族たちの計画があると読む。

ブロウレィ領主たちはいいように踊らされていた。

王都にしかない華美な品を見せびらかされ、借金をしてでも欲しがるようになった。ブロウレィ領と周辺五つの領主、そして、おそらくはルイハ領主も加わっている。七つの領地の領主が揃いも揃って、買い集めた珍品を見せ合って楽しんでいるのか。

すっと目を開き、前を見る。

借りた金で無駄なものを買う愚か者たちだが、金を得るために、民に重税を課せばよいと思考が動く者たちでないことには救いがある。

「やはり、領主の首は替えぬほうがよいであろう」

珍品の収集癖は改めるよう、釘を刺してやればよい。エルンストは、釘を刺す者として適切な人物を幾人か思い浮かべながら言った。

「ルイハ領主には書簡を送ろう。彼《か》の地はトルス芋の産地でもある。メイセン領民を、農の修学に受け入れてはもらえぬかと訊ね……リヌア石について書いておこうか」

「自然な流れで相手に気づかれず、リヌア石ってこんな場所で採れるんですよね、って書く感じでしょうか？　ルイハ領で採れるはずがないって気づかせるように？」

「ふむ。そのとおりだ。ガンチェはとても察しがよい」

「誰よりも長く、エルンスト様と過ごさせていただいていますから」

呆れたような声が降ってきた。エルンストは仰け反り、ガンチェを見上げる。

「不服か？」

「まさか」

赤茶色の目が驚きに見開かれる。

「光栄にございます。これからも末永く、よろしくお願いいたします」

「ふむ。よかろう」

エルンストはふふっと笑うと、ガンチェの手に口づけた。


夕食を終え、ガンチェと庭に出た。かつて、整えられた庭であっただろう場所だ。庭を飾った人型の石柱は全て売り払い、今はない。

夜空を彩る星を眺め、エルンストは呟く。

「この世に金がなければ、人々の苦労は半減するとは思わぬか」

「……別の苦労が生まれそうですが」

足下が暗く、ガンチェがエルンストを抱き上げる。空には星が輝き、ダンベルト人の目では昼と変わらず周囲が見渡せるのだろう。

「ふむ。確かに……金がなければ全てが交渉だな」

「そうです。物々交換になりますよ」

ははっとガンチェが笑う。稼いだ金を貯めるという習慣は、グルード郡地の種族にはない。威勢よく使いきり、手持ちの物と必要な物を交換した経験でもあるのだろう。

「金は、なくてはならぬか……」

メイセンに眠る宝は、まだ掘り出すわけにはいかない。蒔いた種はいまだ芽吹かず、人が育つにはもっと時間が必要だった。

「この手に多くの金があれば、できることがたくさんある。片付く問題は無数にあり、新たに金を生み出す方法も思いつく」

だがエルンストには、1アキアの余裕もなかった。

「エルンスト様、着実に一歩一歩ですよ」

殊更明るく言って、ガンチェが大きな一歩を踏み出す。大股で力強く歩く伴侶に抱え上げられたまま、エルンストは夜空を見上げる。

無数に輝く星が降ってきそうな夜だった。星があまりに多く、月がこっそりと輝いていた。

「見事な星空ですね」

ガンチェが夜空を見上げて感嘆したように呟く。

「ふむ。この星が全て、金であったのなら……」

「エルンスト様……」

摑めたらよいのにと手を伸ばした先で、すっと星が流れた。

「ガンチェ、流れ星だ」

「エルンスト様！　流れ星には願い事を言わなければ！」

「なぜだ？」

「あれ？　シェル郡地では言いません？　グルード郡地では流れ星に願い事を言ったら、その願いが叶うって言いますよ」

「なんと。それはぜひにも言わなければ」

広い肩に手を置いて、エルンストは背筋を伸ばして夜空を見る。

「流れ星は続いて起きますからね」

ガンチェも流れる星を探す。そして、あっと声を上げて夜空を差した。

「エルンスト様！　あれ！」

太い指が示す先ではいくつもの星が輝く尾を引いて

流れていく。エルンストは目を見開き、身を乗り出して願った。

「金！　金！　金！　金！」

流れる星々はあっと言う間に消え、また静かな夜空に戻る。

「……ガンチェ、願いは届いたであろうか」

呟くエルンストに、呆れたガンチェの声が降ってきた。

「エルンスト様……お疲れですよ。今日はもう、戻って休みましょう」

夏の、静かな夜だった。

媚薬の領地

ガンチェに抱き上げられ、雪深い雪原を行く。ガンチェの吐く息も、エルンストのそれも、呼吸に合わせ白い靄のように漂っていた。

今年のメイセン領は雪が深い。屋敷を離れるにつれ積もった雪が深くなっていき、エルンストは早々に意地を張るのは止めた。今はガンチェとふたりきりで、無理に自己を律する必要もないだろう。愛しい年下の伴侶といるときくらいは心のままに、甘えることも大事だと教えられた。

この、愛しい伴侶に。

「ガンチェ、あの森でも得られるだろう」

軽く口づけ、エルンストは先にある森を指さした。

領主の屋敷周辺にはいくつもの森がある。というより、メイセン領にはたくさんの森や林、山、そして川がある。領民は少なく、人の手が入っていない場所のほうが多かった。

「領主の森じゃなくてもいいんですか？」

「あの森は遠いだろう？」

領主の森などと呼ばれているが、エルンストがその森に足を踏み入れたことはいまだない。いつかは、そう思いながらも行ったことはなかった。

「そうですね。馬ならすぐですが、歩いていくには多少遠い……かな？」

ダンベルト人の足では遠さを感じないのか。ガンチェが軽く首を傾げ、考える。

エルンストはふふっと笑い、仕草が小鳥のように可愛い伴侶の頭を撫でた。

「領主の森は変わりないか」

「はい。あの森は民が入ることを禁じられていますから、木々が鬱蒼と茂っていますよ」

不思議なことに、適度に人の手が入った森や山のほうが生き生きとしていた。

先に育った大木が遥か頭上で葉を茂らせ、根本に陽の光を届けない。人が枝打ちをして光の道を作ってやらなければ森は循環しない。世代交代を行わない森は荒れる。山民である、メヌ村の民にそう教わった。

ふと見ると、ガンチェの赤茶色の目が、なぜ、と問うていた。なぜエルンストの代になってもなお、領主の森に民が立ち入ることを禁じているのかと。

「……領兵は、入るか？」

「いえ。私がいないときは決して入りません。私も領兵がいるときは、森の入り口近くまでしか行きません。……隊長は、別ですが」

「それでよい」

ガンチェの頬に口づけ、頭を撫でる。タージェスなら何かに気づいたとしても、不用意なことはしないだろう。

先代領主が遺した日記からその行動範囲を知り、目指すものの特質を見る。あとは推測だ。

エルンストは、メイセンに莫大な金を落とす可能性を秘めた宝、リヌア石が眠っている場所を領主の森と読んでいた。

何も伝えてはいないがその敏《さと》さから、ガンチェも薄々気づいているだろう。何も、口には出さないが。

ガンチェはエルンストに顔を向け、ほんの少し唇を突き出す。ふふっと笑い、エルンストは啄むような口づけを贈った。

森に近づくにつれ、雪の深さが増す。冬の森には民も近づかないのだろう。ガンチェは膝まで雪に埋もれながら森に入っていった。

葉を全て落とし、枯れたように見える木々を見ながらガンチェが言った。

「さて、コウズ木ですね。まずは木を見つけましょう」

「そこにある」

エルンストは手を上げ、木を示す。

「あれですか？」

すぐに見つけ、拍子抜けしたようにガンチェが笑う。

「メイセン領では珍しくもない木だ。ただ、細いゆえ、材木には向かぬ」

ガンチェはコウズ木の前に立つと、ぽんっと幹を叩いた。

「確かに細いですね。ちょっと殴ったら折れてしまいそうです」

それはガンチェだからだろう。クルベール人が殴ってもびくともしないだけの太さはある。

「まずは、ナイフで傷をつけるんですよね」

ガンチェが懐からナイフを取り出す。エルンストはガンチェの肩に手を置き、背筋を伸ばした。

「私は下に降りよう」

「……雪が深いですよ？」

「だが、作業がしにくいだろう？」

ガンチェは手にしたナイフとエルンストを見比べ、

エルンストをそっと下に降ろした。雪に足がついた途端、ずぶずぶと下に吸い込まれる。

「……っ」

「ほら」

焦るエルンストの腕を持ち、ガンチェが苦笑を浮かべて引き上げてくれた。

「誰も踏み固めていない新雪ですし、エルンスト様なら腰まで潜ってしまいますよ」

「む。そこまで小さくはない。せいぜい腿であろう」

軽く睨むとわざとらしく視線を逸らした。

「どちらにしてもそんなに潜ってしまっては、エルンスト様が凍りついてしまいます。私の腕に座っていてください」

そう言って身を屈め、片腕にエルンストを載せるようにして抱え上げた。

「昨夜も盛大に降っていましたからね」

ははっと笑ってガンチェがナイフを木の幹に滑らす。

硬さはあるだろうに、簡単に幹を切り裂いていた。これはガンチェの鎧と同じ、システィーカ郡地で得たものだ。武具一式、その中にナイフも含まれていた。

「……流れ出してきました」

ガンチェはそう言って、掌に載るほどの大きさしかない小さな桶を、幹につけた傷の下に差し出す。

「私が結ぼう」

エルンストは抱き上げられたまま両手を差し出し、桶につけられた細い紐を木に括りつける。

「……この程度の桶に溜まるくらいですから、さほど重さは出ませんよね」

「む……」

思案するように呟くガンチェを、エルンストは至近距離で軽く睨んだ。

「私が不器用ゆえ、結びが解けると言いたいのだろうか」

「いえいえ。エルンスト様のお力が弱いので解けてしまうのではないかと」

エルンストは自分が括りつけた紐を、じっと見下ろした。

「……解けそうには見えぬ」

「大丈夫ですよ。ただ、少し緩いかな」

ガンチェは細い枝を折り取ると、木と紐の間に差し込んで、枝を一回転させた。枝は紐を巻き込み、しっかりと木に添う。

「これで補強されましたから落ちませんよ。さて、この調子なら半刻というところでしょうか」

水のような樹液がさらさらと流れ出ていた。粘性はない。

「大気では凍らないんですね」

「ふむ。それがコウズ木の特徴だ。十分な水分を与えなければ樹液が固まらぬ」

「霧とか靄では凍らないけれど、雨や雪では凍る、みたいな感じですか？」

「そのとおり。正しくは、凍っているのではなく、固まっているのだ。その特性を生かし、接着に使用することもある。とはいえ、気温が上がれば固まりが溶けるゆえ、冬場だけのことなのだが」

そのコウズ木の樹液に微かな甘みがあるということを、エルンストは初めて知った。

「コウズ木は細く、材木には不向きで、接着剤として使用するにも時期が限られる。薪にしようとしても、このとおり樹液が豊富なため、火付きが悪い。多くの領地で見向きもされない木だが、メイセン領の民は活用方法を見出したのだな」

いつものことながら、メイセン領民の探求心には驚かされる。

「……見出したというより、やむにやまれぬ事情からでしょうね。とにかく何でも口にして、食べられるかどうか確かめなきゃ生きていけなかったんでしょうし」

ガンチェが、ぽん、と木の幹を叩いた。

樹液で満たされた桶に蓋をして、ガンチェが手に提げる。今宵もまた雪が降るだろう。降ってくる雪に触れれば樹液が固まり、木につけた傷も塞がる。今も、木の下の雪にまで流れ落ちた樹液がその形のまま、固まっていた。

「本当に、すぐに固まるんですね」

ガンチェが固まった樹液を拾い上げ、口に入れる。

「あ、甘いです」

「ふむ。私も」

「……下に落ちていたものですよ？」

「構わぬ」

ガンチェは思案する様子を見せたが口を寄せ、エルンストに口づけた。

「ん……」

一度固まったコウズ木の樹液は、人の体温程度ではすぐには溶けないのだろう。エルンストは舌に載せられた樹液を転がし、ほのかに感じる甘みを楽しむ。

「どうですか？」

「優しい甘みだな」

「ですよね」

ふふっと笑い、ガンチェは顔を寄せた。

「んっ……」

エルンストは両手でガンチェの顔を挟み込み、深く口づける。潜り込んできた厚い舌が、エルンストの舌と合わさる。

ふたつの舌に挟まれて、樹液が甘く溶けていった。

「……お屋敷に戻りましょうか」

「そうだな」

唇を触れ合わせて語る。ガンチェはエルンストを抱え直し、森を出ていく。その途中で、エルンストは一本の木を指し示した。

「ガンチェ、シダの木だ」

「……あれが、ですか？」

「葉がある。採っていこう」

ガンチェは太い木の前に立ち、僅かに残っていた葉を二枚摘み取った。

「これと一緒に煮出すんですよね」

「カタ村のやり方だな。メヌ村はカリア木の葉だ」

「葉にも媚薬があるんですか？」

「どうだろう……？　私は、カリア木自体に媚薬成分が含まれるというのも怪しいと思っているが」

ふふっと笑うエルンストを、ガンチェが微かに目を見開いて見た。

「え？　カリア木って、媚薬があるから高く売れるんですよね？　ヤキヤ村の蜂蜜も、そういう謳い文句で高く売っているんじゃないんですか？」

「何でも言った者勝ちだ。いつか誰かが真実を確かめる術を確立し、真実が判明する。だが、それまでは口を閉ざす。そう思い込めば夢も見られるというものだ」

「……」

ガンチェは何も言わず、呆れたように笑っていた。

屋敷に戻り、質素な夕食を摂る。風呂を済ませてから私室でガンチェとふたり、暖炉の前に座った。

蠟燭は無駄にできず、暖炉の灯りだけで過ごす。ガンチェのおかげで屋敷の薪は豊富にあった。

「いい香りですね」

暖炉にかけた小鍋の中で、コウズ木の樹液が煮詰まっていく。一緒に入れたシダの木の葉が、よき香りを漂わせていた。

「これが半分くらいになればいいんですって」

「ふむ」

コウズ木の樹液はくつくつと泡を立てていた。あと少しで、半分になるだろう。

「だけど、ダダ村ではもっと煮出すらしいです」

「そのほうが甘くなるのだろうか」

「かもしれませんね。次はそれで試してみましょう」

「中に入れるものも違うのだろうか」

「……どうでしょう？　中隊長に聞いてみますね」

メイセン領兵隊中隊長、ミナハはダダ村の出身だった。

「興味深いな。同じメイセン領だというのに、村によって食す方法が変わるというのは」

「これだけ広ければ、手法を伝え合うこともないいんでしょうね。さすがに、カタ村とラテル村は同じでしたが」

かつて仲違いをしてふたつに分かれるまで、カタ村とラテル村はひとつの村だった。

「……もういいですよね」

火から降ろした小鍋をガンチェが覗き込む。エルンストも覗き込み、頷いた。

「ふむ。もうよいであろう」

ガンチェは小鍋とエルンストを交互に見て、そして扉を見た。エルンストはふふっと笑い、ガンチェの頭を撫でた。

「飴を作りに行こう」

「……夜ですよ？」

期待に腰を浮かせながらも、ガンチェが言う。

「構わぬだろう？　誰も起こさぬように、静かに動けばよい」

「誰も起きませんよ。彼らなら、熊がお屋敷を襲撃しても気づきやしませんよ」

ふたりして分厚い外套を着込んで外に出た。暗い空からは、ちらちらと雪が舞い降りてくる。ふぅと息を吐き出すと、白い靄が顔の周りに広がって消えた。

ガンチェは太い指を雪の中に差し入れ、穴を空ける。エルンストも一緒に穴を空けた。大小の穴が一列に並ぶ。ガンチェはその穴に、匙で掬った樹液を落としていった。

「すぐに固まります？」

「すぐだ」

雪の水分を与えられ、煮詰められた樹液が固まっていく。最後の穴に樹液を落とした頃にはもう、最初の穴の樹液が固まっていた。

「……本当だ」

固まった樹液を摘み出し、ガンチェが口に入れる。同じように、エルンストも自分が空けた小さな穴から、固まった樹液を取り出した。

「ふむ。やはり、煮詰めたほうがより甘さを感じる」

「そうですね。それに香りがいい」

シダの爽やかな香りが飴に移っていた。口の中でころころと転がし、甘さを楽しむ。ガンチェはがりがりと噛み砕いていた。

「砂糖で作った飴より甘さは劣りますが、これも十分に美味しいと思います」

もうひとつ、ガンチェが口に放り込む。

「ふむ……」

エルンストはゆるゆると溶かしながら、雪の穴で固まる樹液を見る。

「売れないだろうか……って、考えています?」

年下の伴侶に見透かされ、ふむ、と頷いた。

「リンツ谷の整備が完了し、冬でも安全に谷を渡れるようになれば、だが」

苦笑を浮かべてそう言うと、ガンチェは、ああ、と合点して同じように苦笑した。

「そうか。春になったら溶けるんですよね」

「そうだ。冬の間だけの楽しみだからな」

ガンチェは出来上がったばかりの飴を雪の中から取り出し、小鍋に残った樹液を雪の穴に落とす。

「美味しいのに、一年中じゃないんですね。でも、なんだかいいですね」

「……なにが?」

「コウズ木の樹液を飴にして食べられるのは、メイセン領みたいに雪が深い場所だけでしょ?」

「ふむ。そもそも、コウズ木の樹液を口にしている領地は少ないだろうな」

砂糖や蜂蜜、甘味とすべき食材はいくらでもある。しかも、強い、甘みだ。

「コウズ木のほのかな甘みを感じられるかどうかは、普段の食生活が大きく関わってくる。メイセン領のように、素朴なものしか口にできない民だけの特権かもしれぬ」

メイセン領で収穫できる甘味は蜂蜜だけである。砂糖に精製できる原料はどれも、メイセン領では収穫できないものばかりだ。

もっとも、唯一の甘味である蜂蜜は金を稼ぎ出す主力商品のため、メイセン領民が口にできることは稀だった。

ガンチェはもうひとつ、飴を口に入れた。

「それでも煮詰めればこれほどの甘さになる。ダダ村がしているように、もっと煮詰めれば、もっと甘さが増すかもしれぬ。ならば、勝負ができる」

「……砂糖と？」

「そうだ。飴として売りたいのなら、季節が重要だ。だが、煮詰めた樹液を容器に詰めて売るだけなら季節は問わぬ」

「あ、なるほど……」

「さて、どの容器に入れればよいだろうか。硝子や陶器がよいが、それでは容器自体が高値となる。木で作れば安いが、運びにくい」

「蜂蜜は樽ですが、あの量を作ろうと思ったら、ものすごく樹液を集めなきゃいけませんね。煮詰めるんだし……」

ガンチェは懐から小袋を取り出し、出来上がった飴を集めて袋に入れた。

「どの程度煮詰めればより甘さが増すか、何を一緒に煮詰めたらより香りがよくなるか試してみよう。貴族に売れたら一番よい。容器が高値になっても買うだろう」

「ということは……カリア木と一緒に煮詰めて媚薬効果を謳うしかないですね」

エルンストは微かに首を傾げ、ふむ、と頷いた。

「我がメイセン領は、媚薬効果ばかりを謳っているな……」

そう呟いたら、ガンチェが夜には似つかわしくない、賑やかな声で笑っていた。

湯殿のガンチェと小さな殿下

皇太子殿下は孤独な人だった。

ガンチェは広い湯殿の支度間で膝をつき、殿下が現れるのを待つ。

今日も、殿下は時間ちょうどに現れ、磨かれたミスカ木の支度台の上に立った。

殿下に付き従う近衛兵が六人、四隅と扉を挟む位置に立つ。三人の侍女が殿下の背後に立ち、近衛兵が待機の形をとるのを待った。

近衛兵が踵を鳴らし、姿勢を整える。それを合図に侍女たちが動き出す。

付き従う者たちが変わることはあっても、行動に差異はない。それはまるで、顔を付け替えただけの同一人物のように感じるほどだ。

ガンチェは床板に視線を落としたまま、全てが終わるのを待っていた。

だがしかし、視界の端々では近衛兵や侍女の足を見る。纏う空気は変えず、警戒を続ける。

城の門番募集に手を挙げたつもりが、皇太子宮の湯殿番に採用された。

同じく門番募集に手を挙げた者たちが囁いた言葉は間違っていた。皇太子宮の湯殿番にも、幾人もの者たちが手を挙げていたのだ。

だが、誰も採用されてはいなかった。

門番採用の面接室でガンチェを見て、別室に案内した者がいた。後に、皇太子付の侍従長だと知る。

グルードの者たちは契約で動く。

既に取り交わした契約より良いものが来たとしても、決して乗り換えはしない。金で契約を取り交わすが、金で裏切ることはない。

それは、誠か、と侍従長は聞いた。

そうだ、とガンチェは頷いた。

それで全てが決定した。

表向きはリンス国、王宮に雇われた。

だが実際には、皇太子付侍従長と契約を取り交わす。

リンス国王宮は慣例により、契約を取り交わすこともなく命令を下す。

それが侍従長の職であれ、下僕であれ同じだ。お前にこの役目を命ずる。報酬はいくらだ。その程度のことだ。一人ひとりと契約書を取り交わしはしない。

侍従長はそれを利用した。

グルードの種族にとって重要な縛りは、権力者の命令ではなく、取り交わす契約書にある。

ガンチェは侍従長の言うがままの値段で、交渉することもなく、全てを取り交わした。

ひとつ、皇太子殿下の命を守ること。

ひとつ、皇太子殿下にそれを覚《さと》られないこと。

湯殿の下男としての役割は、上記ふたつに勝るものではない。ガンチェは膝をつき、頭を下げたまま、斜め後ろに立つ近衛兵の足を注視する。

動きが、怪しい。

音をさせず、近衛兵が足を微かに後ろに引き、重心を移動させた。常ならば指先まで神経を尖らせ、ぴたりと足に沿わせているはずの手が、微かに力を抜く。

近衛兵は、いつでも剣を抜けるようにした。

ガンチェの目が、それを捉える。

ガンチェはほんの微かに、指先に力を入れた。近衛兵が僅かにでも動けばすぐさま立ち上がり、殿下を抱えて近衛兵を叩き殺せるように。

他の、五人の近衛兵も見る。

残り五人に怪しい動きはない。いつもと変わりなく、退屈な任務についた顔をしている。

呑気な者たちだ。深い森と高い塀に囲まれた王宮の、最奥である皇太子宮で剣を抜くことはないと信じきった顔だった。

退屈そうに立つ近衛兵は誰も、殿下を見ていない。だから、殿下に剣を向けようとする者がいるとは考えない。

殿下を守る意思がない。

三人の侍女にも変わりはない。流れるような動きで殿下の服を脱がせていく。

これほどの人数の前であっても、殿下は気にせず全裸になる。生まれたときより、そういう生活だったのだろう。

衣服の着脱は侍女の仕事で、殿下は指一本動かしてはならない。まるで、人形のようにそこに立つ。

ふと、侍女たちは殿下を見ているのだろうかと思った。もしそこに殿下ではなく、そっくりの人形が立っていたとしても、侍女たちは気にもせず服を脱がせ、着替えをさせるのではないのだろうか。

ガンチェは頭を下げたまま、背後の近衛兵の動きに神経を尖らせる。だが、纏う空気は決して変えない。

相手が臆して退けば、それがいい。

一国の皇太子が狙われる。傭兵として他国を見てきたガンチェには簡単に考えられる状況だ。

だが、ここリンス国ではありえないことなのだろう。

リンス国の決まりは完璧に見えた。

王は、生まれながらに王で、王や皇太子が突然世を去ったとしても、次の者は予《あらかじ》め決められている。王を弑《しい》したとして、誰でも継げるわけではない。

才覚でも武力でもなく、順番は整然と決まっているのだ。そう。生まれながらに。

リンス国では生まれた順番が大事だ。人形のように扱われている皇太子殿下は、一番目に生まれた。だから、皇太子殿下なのだ。

もし、この皇太子殿下が亡くなれば、次は国一番の権力者と言われる侯爵の孫が皇太子になるのだという。

その侯爵が、殿下を殺したいのだろうか。だが、それは違うだろうと気づく。

そう、順番が決まっているのだ。今目の前に立つ殿下が亡くなれば、次はその侯爵の孫になる。つまり、殿下を害した者は次の皇太子殿下になるはずの、当人か縁故者だろうと誰もが思う。そんな危険を侵す愚か者が果たしているだろうか。

ガンチェの目の前に立つ皇太子殿下は、とても小さい人だった。クルベール病なのだという。

この方は何年経とうと、何十年を過ごそうと、この体のままなのだ。小さく、そう、とても小さく、未熟な体だった。

殿下には子種がないのだという。これほどの人の目に晒されながら全裸になって立つ皇太子殿下の足の間には、小さな男根がちょこんとついていた。これが男の役割を果たすことは決してないのだという。

故に、殿下は廃される。

それはもはや、覆《くつがえ》せない決定事項なのだという。

誰かが、殿下を使って、次の皇太子になる者の祖父を、失脚させようとしているのだ。

権力に塗《まみ》れ、多くの者の恨みを買った欲深い侯爵のために、この殿下が殺されることを防ぐ。

それが、ガンチェと侍従長が取り交わした契約だった。

かちりと微かな音がして、ガンチェは床につく手にぐっと力を込める。

背後の近衛兵は金で雇われたか。それとも、弱みを握られたか。

自らの強い意思で殿下を狙っている者ではない。それは、気配でわかる。暗殺者としての訓練を受けた者でもない。それは、立ち姿でわかる。

近衛兵が動く一瞬で殺してやろう。

ガンチェがそう決めたとき、目の前に立つ殿下が動かれた。

殿下の動きは全て決まっている。いや、決められているというべきか。

殿下が気ままに想定外の動きをすれば、何十、何百という者たちが混乱する。そう教えられているのだろう。

同じ時間に椅子から立ち上がり、同じ速度で廊下を歩き、いつも同じ場所に立つ。

侍女が全ての衣服を脱がせたら、ふたつ分の呼吸を置いて右足から動き出す。同じ速度で二十歩進み、近衛兵が開く扉を抜け、湯殿に向かう。

扉を開けるのは、重心を移動させた近衛兵だ。

殿下が前を歩く瞬間を狙うつもりか。

ガンチェは頭を下げたまま、近衛兵を目で捉える。

手が動けば、こちらも動く。たかがクルベール人、捻りつぶすことなど造作もない。速度で負けるはずもない。

殿下が湯殿への扉を抜ける最後の一歩でガンチェが立ち上がり、付き従うのが決まりだ。

それまではただ、平伏を続ける。

深く頭を下げたまま、神経は殿下の足と近衛兵の足の動きを捉え続けた。

だがしかし、二十歩進むはずの殿下の足が、十七歩で止まった。

ガンチェは頭を下げたまま、怪訝に思い様子を窺う。

殿下が違う行動をとるはずがない。

それなのに、殿下の細い足は止まった。

「今宵は、冷えるな」

殿下の声を初めて聞いた。

透き通った風がガンチェの胸を駆け抜ける。凛と響く声だった。殿下の声に、ぴしりと空気が締まり、そして、ふわりと緩んだ。

何を思って発せられたのかはわからない。この場に殿下の言葉を直接受け取ってよい身分の者はいない。

殿下の声は風のように、この部屋にいる全ての者の間をただ、通り抜けた。

だが、殿下のひと言は、攻撃の決意を固めようとした近衛兵の毒気を抜いた。

再び足を進めだした殿下が扉を抜ける最後の一歩でガンチェは立ち上がり、視界の端で近衛兵を見る。

不自然なほどの汗を掻き、震えていた。恐怖と後悔に襲われているのがよくわかった。

もはや、敵ではない。ガンチェは警戒態勢を最小にとどめ、殿下に付き従い、湯殿に入った。

背後で音もなく扉が閉められる。


殿下は微かに視線を落とし、前を見ていた。決められた場所、決められた姿勢でガンチェを待つ。誰かの声かけも必要なく、殿下は決められたとおりに動く人形だ。

何千という人々が皇太子宮で働き、殿下に傅《かしず》く。けれども誰も、殿下の目を見ることは許されない。

殿下と直接言葉を交わしてよい者は、さて、十もいるだろうか。殿下が声を発されても、直接受け取ってはならない者は、殿下の声を風の如く聞き流す。

殿下は孤独な人だった。誰も、殿下の目を見ず、言葉を受け取らない。

侍従長の契約を受けたのは興味からだ。

他種族に心を奪われた。しかも、これほど小さな、そして、一国の皇太子に。

この興味がいつ消えるのかはわからないが、契約が生きている間は側近くにいられる。その間に、よく見知った、くだらない貴族と同じ部類の人物だと知ってしまうのもいい。

だがどうしてだか、興味はいまだ失せない。自らの意思も持たず、誰かに決められたとおり、人形のように動く殿下を見てもなお、ガンチェの心はこの小さな人に囚われたままだ。

濡れたタイルの上で膝をつき、殿下の足に優しく湯をかける。殿下は僅かにも動かず、決められたときに、決められた動きをする。

予め用意していた泡を金布で包み、殿下の首元に触れる。殿下は微かに首を上げられた。

細い首を洗い、薄い胸を洗う。下男如きが殿下の肌に触れてはならない。ガンチェは細心の注意を払い、湯殿の下男としての仕事をする。

だが耳は、支度の間に向けられていた。

ダンベルト人の耳はどの種族よりもよく聞こえる。広い湯殿の向こう、厚い板壁に仕切られた支度の間の音など難なく捉える。

近衛兵も侍女も、言葉もなく動きもなく、殿下が湯殿から出てこられるのを待つ。

いつもなら、そうだ。だが今日は、ここでも変化が起きた。

支度の間から響く、微かな音をガンチェの耳は捉えた。

かたん、と何かが落ちる音だ。金布を握る手が止まる。音に続いて、微かな声も聞こえた。

止まった手を動かしつつ、声を拾う。

どうやら、暗殺を試みた近衛兵が倒れたようだ。周囲の者はただの体調不良だと捉えている。代わりの者を、そう指示が出されただけだった。

殿下を害しようとした者に周囲が気づいていない。それでいい。これが、契約で取り交わした重要事項なのだから。

もし、殿下に害をなそうとした者がいれば、それはすぐさま殿下の知ることとなる。殿下に報せずに、皇太子宮で働く者を罰することは禁じられていたからだ。

内心で安堵の息をつく。

その心情を表すかのように、手が金布を握り込んでしまった。

クルベール人であれば大したことはなかっただろう。だが、ダンベルト人の力で行ったそれは、金布に含ませたたくさんの泡を派手に飛ばす結果となった。

気づいたときには遅かった。

ガンチェが飛ばした泡は、事もあろうに、殿下の小さな顔にいくつもの白い花を咲かせてしまった。

ばっと平伏し、己の不手際を詫びる。

だが、口を開こうとしたガンチェの肩に、そっと、羽根のように軽い何かが載せられた。

頭を微かに上げ、肩に載ったものを見る。

殿下の小さな、白い手だった。

なぜ、ここに？


殿下の手が、下男に触れている。畏《おそ》れより疑問のほうが大きかった。ありえないことが起きていた。

殿下の手はゆっくりとガンチェから離れていく。その手を追いかけるように、ガンチェは顔を上げた。

白い手は殿下の顔に近づき、そして、小さな口の前で人差し指を一本、立てた。

不敬と処罰されても文句の言えないことをガンチェはしていた。

殿下の目を、見てしまったのだ。

澄んだ、青い瞳だった。

美しく静かな湖畔のように、深く、澄んだ、青い瞳だった。

殿下の青い瞳はガンチェの目を正面から捉え、そして、ふっと微笑んだ。悪戯っぽい笑みを浮かべ、口の前に立てた指を、支度の間に続く扉に向けた。

ダンベルト人の触感が風の流れを肌で捉える。

はっと、息を呑んだ。

扉は、細工扉だった。

湯殿で交わされる会話は全て、支度の間に響くように造られているのだろう。

殿下はそれに、気づいておられたのか。その上で、ガンチェに注意を促してくださったのだ。

ガンチェはもう一度、平伏した。

濡れたタイルに頭を擦りつけ、殿下に無言で感謝を示した。

たかが下男が、殿下に声をかけてはならない。それが詫びの言葉であればなお、ただでは済まされない。

殿下に詫びをしなければならない不敬を働いたのだと知られてはならないのだ。

ガンチェは全てを覚った。


殿下は誰とも目を合わせない。

それは、目が合うことで、相手が傷つけられることを防ぐためだった。その者に罪はなくとも、不敬と言われ切り捨てられることを防ぐためだった。

殿下は誰とも目を合わせず、決められた者としか言葉を交わさない。

だが、自分を取り巻く全ての者に注意を払っていた。

誰も、不用意に傷つかなくて済むように。

殿下の体にそっと湯をかけ、泡を流す。殿下は前を向いたまま、広い湯船に向かって歩く。ガンチェは背後に付き従った。

数十人は入れるだろう湯船にひとり、殿下が湯の中で座る。ガンチェが用意したいくつもの蠟燭が、ぼんやりとした灯りで殿下を照らす。

ガンチェは濡れたタイルに片膝をついたまま頭を下げ、殿下が湯船から出てこられるのを待つ。

殿下はおそらく、いや、絶対に、常とは違う近衛兵の様子に気づいておられた。その上で、緊張の糸を切ってしまわれたのだ。

あの、ひと言で。


膝に置いた手を、軽く握り込む。

不覚にも、戦慄に背が震えていた。

そっと殿下を窺う。

小さな殿下が、大きく、大きく、途轍《とてつ》もなく大きく見えた。


この方を、お守りしたい。

強烈にそう感じた。

小さな皇太子殿下。

だが、この小さな人は、誰よりも大きかった。

崇高な魂、深い心。


偉大なる殿下は、王宮という檻の中にあってこそ守られる存在だ。鳥籠から出てしまっては、この小さな体では生きてはいけないかもしれない。

殿下の小さな体に、どれほど大きなものが潜《ひそ》んでいるのか誰も気づかず、殿下を踏みつけるだろう。

微かな水音と共に、小さな足がタイルを踏む。ガンチェは殿下に付き従って進み、そして、濡れたタイルの上で膝をつく。

殿下は、音もなく開いた扉を抜け、支度の間に姿を消された。

開いたときと同様、扉は音もなく閉まる。

ひとりになった湯殿で、ガンチェは強く、手を握り込んだ。

殿下をお守りしたい。

契約などいらない。何もいらない。この身を視界に入れてくださらなくてもいい。声を、聞かせてくださらなくてもいい。

ただ、殿下をお守りしたかった。

この身に天が与えてくれた時の全てを使い、ただただ殿下をお守りしたいと、強烈に願った。

あとがき

このたびは「雪原の月影」をお手にとってくださり、ありがとうございます。

前回の「三日月」「満月」から三年半、無料投稿サイト、ムーンライトノベルズ様で公開中の閑話を中心に、沢山の書下ろしを加えて一冊に纏《まと》めていただきました。

この三年半の間に、私事では沢山の問題が起きました。一番大きな問題の中ではリブレ様との契約を切り、書籍版「雪原の月影」を手放すようにと周囲から圧力を受けました。圧力に屈し、書籍版「雪原の月影」を手放すか、或いは、職を失うかの瀬戸際にも立たされました。

他の素晴らしき御本に比べ、「雪原の月影」は突出して売れているわけではありません。BLという世界を知らない方にはタイトルさえ知られてはいません。

ライトノベルという言葉をその字面通り捉え、軽い内容の、軽い本だと笑う方もいました。そのような本に拘《こだわ》り、職を捨てるのか、路頭に迷うつもりかと呆れられもしました。

私の中にも幾人もの「私」が生まれました。本を手放せという者も当然に、現れました。見通せない未来に不安を抱き、安易に蹲る者もいました。

その度に、私は皆様からいただいたお手紙を読み返し、ネットを放浪してはあちらこちらのサイトで書いていただいた感想やレビューに縋りました。そうやって、ようやく立ち上がり、再び戦場に立ち向かう勇気をいただきました。

長く苦しい戦いは一年に及びました。その間には愛猫の突然の死や、愛犬の闘病も重なりました。何度も躊り、全てを投げ捨てそうにもなりました。

そんな私の背を見えない手で支えてくださったのも、皆様でした。おひとりおひとりの言葉や思い、電子書籍書店様などで知れる売上順位など、そんな数字にも支えていただきました。独《ひと》り善《よ》がりじゃない。ひとりでも楽しんでいただける方がいる。これは、何よりも支えになりました。本当に、ありがとうございます。

また、リブレ様にも支えていただきました。現実世界で向かい合う人たちに「お前はいらない」と言外に言われ、鼻で笑われる「雪原の月影」。打ちのめされている時に言ってくださった「作家と作品は絶対に守る」という言葉は私の宝物です。

小説のみならず、音楽や映画、どのような媒体を扱う作品でも、ほんの僅かにでもお心が動いたなら、言葉に表してみてください。お手紙やレビュー、ＳＮＳで呟くだけでもしてみてください。

作品の作り手が暗闇に堕ちそうになった時、皆様が呟いた言葉が光になることがあります。ほんの小さな気まぐれでも、とても微かな光でも、それは確かに作り手を助ける力となります。

私の三年半は、何度も何度も何度も、皆様のお言葉に助けられた年月でした。細い蜘蛛の糸を幾本も摑み、ようやく光の当たる場所に引き上げていただいたようなものでした。

沢山の言葉を落としてくださって、本当にありがとうございました。

少年の体のまま
成長できない病に
おかされた元皇太子
WEB発BLノベル唯一無二の伝説的傑作！
雪原の月影
上巻 三日月／下巻 満月／外伝 合わせ月
サイズ：四六判
彼と出会い、
己の生き方の
全てを変えた
戦闘種族の男
著 月夜 イラスト 稲荷家房之介

初　出

祝祭………書き下ろし
メイセン領主と伴侶のささやかな日常………書き下ろし

ガンチェの蜂蜜
ガンチェと砂糖菓子
お屋敷に棲むモノ
タージェスとティス
トーデアプスと子供たち
湯殿のガンチェと小さな殿下

＊上記の作品は「ムーンライトノベルズ」（https://mnlt.syosetu.com/）
掲載の「雪原の月影」の同名短編を加筆修正したものです。

『雪原の月影　合わせ月』をお買い上げいただきありがとうございます。
この本を読んでのご意見、ご感想など下記住所「編集部」宛までお寄せください。

アンケート受付中
リブレ公式サイト　https://libre-inc.co.jp
TOPページの「アンケート」からお入りください。

雪原の月影
合わせ月

著者名　月 夜
©Tsukiya 2025

発行日　2025年4月18日　第1刷発行

発行者　是枝由美子

発行所　株式会社リブレ
〒162-0825 東京都新宿区神楽坂6-46 ローベル神楽坂ビル
電話　03-3235-7405（営業）　03-3235-0317（編集）
FAX　03-3235-0342（営業）

印刷所　株式会社光邦
装丁・本文デザイン　ウチカワデザイン

Printed in Japan
ISBN978-4-7997-7160-0